Z

Wencke Mühleisen

DU LEBST JA AUCH FÜR DEINE ÜBERZEUGUNG

Mein Vater, Otto Muehl und die Verwandtschaft extremer Ideologien

Aus dem Norwegischen von
Sylvia Kall und Ina Kronenberger

Paul Zsolnay Verlag

Die Originalausgabe erschien erstmals 2015 unter dem Titel *Kanskje det ennå finnes* en åpen plass i verden im Verlag Gyldendal, Oslo.

Die Übersetzung dieses Buches wurde gefördert von NORLA.

NORLA
NORWEGIAN LITERATURE ABROAD

1. Auflage 2020

ISBN 978-3-552-05985-6

Satz: Nele Steinborn, Wien
Autorenfoto: © Rolf M. Aagaard
Umschlag: Anzinger und Rasp, München
Foto: privat
Druck und Bindung: CPI books GmbH, Leck
Printed in Germany

FSC
www.fsc.org
MIX
Papier aus verantwortungsvollen Quellen
FSC® C083411

Für Stein

Den Körper eingepackt. Eine Schicht Kleidung über der anderen. Ein warmes Korsett, das den Körper im Halblicht aufrecht hält. Ich bin gerüstet.
Nachts: die von Mamas Mutter geerbte Wolldecke.
Sie muss ganz innen liegen. Schlafe mich tief durch die Nächte des Dunkels wie ein Kind oder eine alte Katze.
Nichts will ich wissen.
So vergingen viele Jahre. Dann flackerte das Licht der Schlaflosigkeit hinter empfindlicher gewordenen Augenlidern auf.
Zeit, zu wachen. Zu wissen.

1

Auch an diesem Abend faltete ich meine Hände über der Brust, ließ die Augenlider zufallen. Der Brustkorb hob sich in einer vom Bauch ausgehenden Wellenbewegung. Pause. Die Atemwelle zerlief sich in entgegengesetzter Richtung, hin zum Venusberg, wo sie zum Stillstand kam. Pause. Skelett, Herz, all das Innere, von dem ich kaum etwas ahne, füllte den Körper. Alles sank hinab, wurde von der Matratze in Empfang genommen. Aber die Flüssigkeiten sammelten sich nicht in einer kalten Lache an der untersten Linie des Körpers, wie bei den Toten. Nein, mein Herz ruht nie. Es pumpt Blut. Die Wärme blieb auch an diesem Abend bei mir. Der gnädige Augenblick des Tages, das Einschlafen, holte mich ein. Alles verschwand.

Dann hörte ich im Hinterhof einen Knall. Riss erschrocken die Augen auf, sah mich ängstlich um. Im Halbdunkel erkannte ich die gewohnten Umrisse der Dinge, doch der Takt meines Herzens verlangsamte sich nicht. Ich blieb reglos im Bett liegen, bis ich begriff, dass der Knall mich nicht betraf. Der Schreck hatte sich festgesetzt und ging beim Gedanken an einen völlig normalen Tag, der mich in einigen Stunden zu sich rufen würde, in Entsetzen über. Mit trockenem Mund und ohnmächtig angesichts dieser jämmerlichen Angst ließ ich den Blick über das große Bücherregal schweifen, das die Längsseite des Raumes links neben dem Bett einnimmt. Ganz oben erblickte ich die alten Fotoalben, die meine Mutter über meine Kindheit angelegt hatte. Dort war kaum Sicherheit zu finden. Ich hatte mein Kindheits-Ich und mein junges Ich hinter mir gelassen. Diese Ichs entschieden beiseitegeschoben. Meine Ichs auf falsche Art geliebt und auf falsche Art gehasst. Entweder log ich romanhaft oder sprach verlogen und mit gedämpfter Stimme von mir. Schob alles an mir, was ich nicht haben wollte, von mir.

Im Bücherregal herrschte Unordnung. Vor allem ganz oben, wo ich nur mit der Leiter hinkam. Im Halbdunkel erkannte ich schemenhaft Papierstapel, Plastikmappen, graue Ordner, Tagebücher und Notizbücher. Eine Bürde. Mit einem Seufzer voller Selbstmitleid nahm ich das oberste Buch vom Stapel auf dem Nachttisch. Die Gnade des Schlafs war fort, es würde mehrere Stunden dauern, bis sie sich wieder einstellen konnte. Und weil ich schon immer eine Frau der Tat war, fasste ich auf der Stelle einen Entschluss: Ich würde aufräumen. Wegwerfen. Simple living. Easy going.

Bereits am Tag nach meinem nächtlichen Entschluss saß ich auf dem Fußboden meiner Osloer Wohnung, umgeben von Stapeln, die ich von den obersten Brettern des Bücherregals geholt hatte. Neben mir einen schwarzen Abfallsack für das, was ich wegwerfen wollte. Vergangenheit wegräumen, um mehr Gegenwart zu bekommen – denn mitten in der Semesterendphase an der Universität Stavanger hatte ich mehr als genug zu tun, war beschäftigt mit Examensbenotung, Studentenbetreuung, den ewigen Berichten und Sitzungen. Dem wöchentlichen Pendeln zwischen Stavanger und Oslo. Aufsätzen, die geschrieben werden sollten, aber immer wieder verschoben werden mussten.

Ich zog einige Mappen zu mir heran. Zuoberst ein schmutzig brauner, schmaler Kunststoffordner. Papas Papiere. Vor seinem Tod 1996 hatte er systematisch Dinge weggeworfen – bis auf einige Geburtsurkunden und Todesanzeigen verstorbener Eltern und Geschwister, Zeugnisse, Führerschein. Das fand ich in seinem Schreibtisch, als ich nach dem Tod meiner Mutter 2006 aufräumte. Wir, seine Kinder, sollten nackte Fakten finden können: Name, Geburtsdatum, Geburtsort. Ausbildung.

Ich habe mit Papa in vielen Wohnungen und Häusern gelebt. Meine drei Geschwister, die Eltern und ich, wir haben in engem Körperkontakt gelebt. Der Geruch meines Vaters, seine körperliche Anwesenheit im Raum ist mir innig vertraut. Ich kann die Wärme seines Atems spüren, wenn er mich mit seinem nicht ganz frisch rasierten Kinn kitzelte. Ich weiß genau, wie es sich anfühlt, Löffelchen zu liegen. Ich war der kleine Löffel und Papa der große, als ich im Alter von zwei bis fünf Jahren eine Zeitlang die Angewohnheit hatte, nach dem Aufwachen ins Schlafzimmer meiner Eltern zu laufen, um in den schlafenden Papalöffel aufgenommen zu werden, in die Papawärme. Von dieser Wärme ist jetzt nichts mehr übrig.

Ich schlug eine andere dünne Plastikmappe mit handgeschriebenen Karten und Briefen auf. Einige davon hatten all meine Umzüge mitgemacht. Trivialitäten, über das Wetter, vor allem. Der ein oder andere Geburtstagsgruß, auch wenn er solche Tage meist vergaß. Mein Vater war kein Briefschreiber. Er war ein eher schweigsamer Mann.

Ganz hinten in der Plastikmappe fand ich ein zusammengefaltetes Blatt Papier, das ich ausbreitete. Eine halbe Seite in der ordentlichen Schreibschrift meines Vaters. Datiert vom 11. April 1984. Da war ich 31. Das ist ein halbes Leben her. Ein Brief von meinem Vater an mich, auf Deutsch:

»Liebe Wencke,
wenn Du mir den genauen Zeitpunkt angibst, wann Du in Oslo bist, können wir uns dort treffen, und ich bleibe so lange in Oslo oder irgendwo in der Gegend, bis Du das Familientreffen absolviert hast. Ich freue mich schon, Dich und Dein kleines Kind zu sehen. Du mußt nicht glauben, daß ich ein unverbesserlicher alter fanatischer Faschist und Rassist bin (mein bester Freund war zum Beispiel ein Jude), aber ich habe einen höllischen Krieg in Ungarn, Rußland, Finnland und den arktischen Regionen mitgemacht, verloren und überlebt. In der Zeit sind Tausende aus meiner engsten Umgebung, mit denen ich teilweise befreundet war, gefallen, erfroren, verhungert, zerrissen, pulverisiert oder sonst elend zugrunde gegangen. Sowas verpflichtet. Ich habe diesen Krieg für mein Volk, meine Überzeugung und meine Gesellschaft, aus der ich herausgewachsen bin, mitgemacht. Da gab es keine Alternative. [...] Ich kann nicht meine Familie verraten, indem ich einen Neger hineinschwindle und als Familienmitglied akzeptiere, weil ich sonst meine Selbstachtung verliere. Die Kommunisten nennen das Solidarität. Wir haben einen ganz altmodischen Begriff dafür, nämlich Ehre und Gewissen. Ich hoffe, Wencke, daß Du mich verstehst? Du lebst ja auch für deine Überzeugung gegen den Strom.
PS: Anders leben als denken (verschiedene Wirklichkeiten) nennt man Schizophrenie. Grüß mir den Guru Muehl und meine anderen Freunde und Freundinnen in der Kommune und sei selbst herzlichst gegrüßt. Vater«

Nachdem ich den Brief gelesen hatte, pochte mein Herz so stark in meiner Brust, dass jeder Schlag einen dumpfen Stoß hinterließ. Ein dünner Schweißfilm legte sich auf die Haut. Wie hatte ich das vergessen können? Und so lange vergessen? Obwohl ich allein war, fühlte ich, wie Schamröte sich ausbreitete. Mein Vater hatte zweifellos rassistische Einstellungen. Und ich war unbestreitbar seine Tochter. Aber das vielleicht Erschütterndste war die Verknüpfung, die er in dem Brief zwischen uns herstellte: »Du und ich«, schien er zu sagen. »Wir beide.« Was hatte ich, eine linke Feministin, getan, das ihn, ganz rechts stehend, dazu veranlasste, uns in einem einzigen Satz zu nennen und auf die gleiche Stufe zu stellen?

Wie ich mich erinnerte, war der Brief die Antwort auf ein Schreiben von mir aus demselben Jahr gewesen. Ich hatte erfahren, dass er meiner Schwester verboten hatte, nach Hause zu kommen, er weigerte sich, sie zu sehen, nachdem sie einen nichtweißen Mann aus Nigeria geheiratet und ein Kind mit ihm bekommen hatte. Daraufhin hatte ich meinen Vater gebeten, diese irrsinnige Entscheidung zu revidieren und zusammen mit meiner Schwester, ihrem Mann und Kind an einem Familientreffen in Oslo teilzunehmen. Dieser kurze Brief war seine Antwort. Es wirkte, als habe er seit 1945 all die Jahre eingekapselt und fertig vorgeschrieben in ihm gelegen. Erst als ich eine Erklärung verlangte, brach der braune Eiter unübersehbar hervor. 1984, fast vierzig Jahre nach dem Zweiten Weltkrieg, stand nichts zwischen ihm und der Ideologie, mit der er in den Krieg gezogen war.

Schrieb er nicht auch mit unverkennbarem Stolz und rhetorischer Eloquenz; so als habe er lange darauf gewartet, ebendiese kleine Verteidigungsrede loswerden zu können?

Mit verschwörerischem Humor umriss er das Weltbild, das dem Nationalsozialismus zugrunde lag – trotz der Wendung »Du mußt nicht glauben, daß ich ein unverbesserlicher alter fanatischer Faschist und Rassist bin«. In der Verneinung liegt die Bestätigung, das weiß schließlich jeder. Wie hatte mir dieser Brief so lange entfallen können? 28 Jahre waren vergangen, bis ich ihn wiederfand.

Ich verspürte den zwingenden Drang, ihn wegzuwerfen. Doch, nein. Stattdessen las ich ihn noch einmal.

2

In der ersten Zeit, nachdem mir der Brief wieder in die Hände gefallen war, konnte ich kaum einen klaren Gedanken fassen. Fragen kreisten ununterbrochen in meinem Kopf, ich ertrug das in dem Brief hergestellte »Wir« nicht. Ich dachte an meinen Vater, und ich dachte an mich selbst. Nachts schlief ich unruhig, biss die Zähne zusammen, erwachte mit schmerzendem Kiefer. So alt und ein so nützliches und gut funktionierendes Mitglied der Gesellschaft hatte ich also werden müssen, bis ich es über mich brachte, diese schmutzige Gedankenarbeit in Angriff zu nehmen. Denn jetzt führte kein Weg mehr an ihr vorbei.

Er hatte mich in eine Gemeinschaft geschleust: die Gemeinschaft derjenigen, die extreme Ideologien vertraten, die den Willen zum Handeln besaßen und Handlanger charismatischer, autoritärer Persönlichkeiten wurden. Der Brief schien eine jahrelange Paralyse in mir aufzulösen, ein selbst induziertes Vergessen. Die in mir bohrenden Gedanken gaben keine Ruhe, wobei ich besonders über meinen

Hang zu grenzüberschreitenden Handlungen nachgrübelte, den ich trotz aller Wachsamkeit, die ich mir im Lauf der Zeit als Schutz davor angeeignet hatte, noch nicht überwunden hatte. Nachts schlief ich wenig, tagsüber bekam ich von meiner Arbeit nicht viel geschafft.

Einige Tage, nachdem der Brief aufgetaucht war, ging ich den Bogstadveien in Oslo entlang, was ich normalerweise vermeide, obwohl ich in unmittelbarer Nähe wohne. Aber ich wollte in der Eisenwarenhandlung dort Holzleim kaufen. Gewöhnlich fahre ich mit dem Rad, an diesem Tag ging ich jedoch mit fest auf den Asphalt gerichtetem Blick. Ich wollte all die Frauen, Damen, die jungen und die kleinen Mädchen nicht sehen. Sie tun mir immer so leid und erfüllen mich mit einer derart anstrengenden Verachtung, dass ich mich völlig kraftlos fühle. All diese aufdringlichen Frauenkörper. All diese eingeschlossenen weiblichen Geschlechtsorgane ohne ausreichende Blutzirkulation in hautengen, luftdichten Hosen. Dieses automatisierte Feilbieten, als sei es zwingend notwendig, sich in den Blick der Passanten zu drängen. Es ist so beschämend, dass Frauen sich genötigt sehen, dabei mitzumachen. Und während ich mit Blick auf den Boden weiterlief, wurde mir etwas klar, worüber ich vorher noch nie nachgedacht hatte: dass mein Vater und ich die Verachtung für Frauen teilten. Dass wir beide vom selben Gift infiziert waren: der lüsternen, antiquierten Verachtung von Schwäche.

Was hatten wir wohl sonst noch gemeinsam? Ich wusste, dass wir ungefähr gleich alt waren, beide in den Zwanzigern, als wir uns in den Dienst einer umwälzenden Vision stellten. 1976, im Alter von 22 Jahren, zog ich in die W-Künstlerkommune in Österreich. Ziel der Kommune war es, durch die Vereinigung von Kunst, Zusammenleben und Politik die Menschen zu befreien und ein neues Gesellschaftsmodell zu begründen. 1941 war Papa 25. Damals schloss er sich der Wehrmacht an der Ostfront an. Das wusste ich seit 1980, dem einzigen Besuch meines Vaters in der Kommune, bei dem er mir zum ersten Mal erzählte, dass er Deutschland als Soldat gedient habe.

Wir saßen in einem Café in Neusiedl am See, einem Ort in der Nähe der Kommune. Ich genoss die Anonymität der Öffentlichkeit. Den frisch zubereiteten Kaffee, ein reichhaltiges Geschmackserlebnis verglichen mit der Variante aus der Großküche der Kommune. Und dann der ganz gewöhnliche, für mich jedoch erlesene Kuchen, ein Stück trockene Sachertorte. Zu dieser Zeit war mein Verteidigungswall, die lebensnotwendige Eigenliebe, bereits etwas geschwächt. Ich sehnte mich nach alltäglichen Dingen. Ruhe, zum Beispiel. Danach, mich zurückzuziehen, um einfach nichts zu tun. Ziellos umherzuschlendern, ohne Aufgabe. Abende mit dem Lesen von Romanen zu verbringen. In erster Linie verspürte ich eine unklare Sehnsucht nach Frieden. Muße.

Die einzige Erinnerung an das Treffen mit meinem Vater ist, dass er mir unaufgefordert ein Schwarzweißfoto zeigte, auf dem er in Uniform, in deutscher Uniform, abgebildet war, als wäre das Bild ein selbsterklärendes Dokument. Und vielleicht war es das ja auch. Ich glaube, er sagte lediglich, er habe im Zweiten Weltkrieg als Soldat gedient. Und sei an der Ostfront gewesen. Ich meine, er habe Finnland erwähnt. Das sagte mir wahrscheinlich nichts. Damals wusste ich so gut wie nichts über den Zweiten Weltkrieg, abgesehen von der verbreiteten Meinung zu Hitlers Rohheit und der Judenverfolgung. Außerdem war ich so vollständig auf mein eigenes Leben und die wachsenden Sorgen darum fixiert, dass ich die möglicherweise in der Mitteilung enthaltene Hinwendung nicht wahrnahm. Die Information sickerte nicht als bedeutsam durch. In Österreich hatten ja die meisten in meiner Generation Väter, die in der Wehrmacht gewesen waren. Aber seit diesem Tag wusste ich etwas, über das mein Vater vorher nie mit mir gesprochen hatte: dass er Soldat für die Nazis gewesen war. Indem er mich ins Café einlud und mir dieses Foto zeigte, hatte er sein Schweigen brechen wollen. Mir klarmachen wollen, dass es bedeutsam war. So muss es gewesen sein.

Nachdem ich den Holzleim, den praktischen Grund für meinen Ausflug zum Bogstadveien, besorgt hatte, bog ich in die Holtegata ein und trat auf die Uranienborg-Kirche zuhaltend den Heimweg an. Inmitten von Straßenbahnlärm, Bauarbeiten, hektischen Horden von Frauen, die mir auf dem Weg in die Modeboutiquen des Bogstadveien entgegenkamen, einem quengelnden Kind in einem beigen Designerkinderwagen, Hundegebell aus einem Hinterhof, gurrenden Tauben und einem neuen Licht am Himmel wurde mir eins klar: Es würde mich nicht loslassen.

Ich fasste einen Entschluss. Ich musste anfangen, die Geschichte meines Vaters aufzudröseln, auch wenn ich nur den Brief als abscheuliches Zeugnis besaß. Mein Vater war schon viele Jahre tot, aber mir war, als hätte ich nie getrauert. Der Schmerz beim Tod ist blind, wohingegen die Trauer sehend ist. War auch sein Brief eine aufrichtige Hinwendung? Aus dem Wunsch heraus, mit mir ins Gespräch zu kommen? Sich an jemanden zu wenden ist mit dem Risiko verbunden, die kontrollierte Selbstdarstellung zu verlieren. Versuchte er in dem Brief bloß, eine Form von Moral aufrechtzuerhalten, mit der er seinem alten Ich und der Ideologie seiner Familie treu blieb? Aber war der Ton des Briefs nicht auch appellierend? Bat er nicht um Verständnis und Anerkennung für seine Lebensgeschichte? Ich musste versuchen, mehr zu erfahren. Warum wurde er Wehrmachtssoldat? Was war vom Beginn seines Kriegsdienstes bis zu der Zeit passiert, als er mir 1984 diesen Brief schrieb? Und nicht zuletzt: Gab es möglicherweise eine Ähnlichkeit – eine Verwandtschaft – zwischen dem, was ich als meine grenzüberschreitenden Jahre betrachtete, und seinem Lebenslauf?

Jahrelang war ich panisch vorwärtsgestürmt, hatte nach vorne geblickt, nach vorne gedacht. Im Frühling dachte ich, dass sich im Sommer alles klären würde. Dann würde ich tun können, was ich musste, was ich wollte. Im Sommer dann – dass es wohl im Herbst passieren würde. Im Herbst – dass im Winter alles gut werden würde. Aber jetzt musste ich versuchen, Gedanken und Blick in eine andere Richtung zu zwingen. Ich war davon überzeugt, zu einer Maschine zu werden, wenn ich nicht zurückschaute, wenn ich nicht anhielt und die Zeit in mir aufsteigen ließ.

3

An einem Nachmittag im Oktober 1976 saß ich in der Tram vom Wiener Westbahnhof zum Prater. Der Prater ist Wiens Vergnügungspark, ursprünglich der Park, den Kaiser Joseph II. 1766 für die Allgemeinheit geöffnet hat. Das wusste ich nicht. Ich war noch nie in Wien gewesen, trotz der Ferienaufenthalte, die ich in meiner Kindheit bei den Großeltern in dem kleinen Gebirgsdorf Grundlsee in der Steiermark verbracht hatte.

Ich war 22 und lehnte an der Fensterscheibe, in der Hand einen Zettel, auf dem »Praterstraße 32« stand. Der Regen rann über das glänzende graue Stadtbild. Die Tram vollgestopft mit Menschen. Ein Geruch von nasser Wolle. Ich fühlte mich seltsam in der Zeit zurückversetzt, obwohl ich aus einer nördlichen Provinz in eine Metropole gereist war und eine alte, aber zeitgemäße Schaffelljacke anhatte, die ich auf einem Dachboden in der Hjelmelandsgata in Stavanger gefunden hatte. Unter der Jacke trug ich ein langärmeliges Herrenunterhemd, das ich moosgrün gefärbt hatte, und eine ausgebleichte Cordhose in Burgunderrot. Die Leute in der Tram sahen alle aus, als seien sie in den mittleren Jahren. Aber das war sicher nicht der Fall, vielmehr entstand dieser Eindruck, weil die meisten traditionelle österreichische Kleidung trugen. Dem Wetter angepasste Kleidung, das heißt einen sogenannten Lodenmantel, einen Mantel oder ein Cape aus schwarzem, alternativ grauem oder dunkelgrünem, wasserabweisendem Wollstoff.

Ich war auf dem Weg zu dem avantgardistischen Künstlerkollektiv *Die AAO-Kommune.* Im Frühsommer jenes Jahres hatte ich im Kino in Tønsberg zusammen mit meinem Freund den Film *Sweet Movie* des serbischen Regisseurs Dušan Makavejev gesehen. Wir arbeiteten beide in der freien Theatergruppe am Thesbi-Theater. Im Abspann des Films hieß es, Mitglieder der AAO-Kommune seien engagiert worden, um einige Szenen einzuspielen, unter anderem die, in denen sich nackte Menschen gegenseitig mit flüssiger Schokolade beschmierten, oder war es Erde? Gerade diese Szenen hatten mich irgendwie berührt. Ich hatte noch nie von der AAO gehört, aber kurze Zeit später war ich in einer Ausgabe der *Gateavisa* auf eine Reportage über die Kommune gestoßen. Sie zeigte Fotos von Menschen mit kahlrasierten Köpfen und seltsam offenen Gesichtern.

Ich hatte gelesen, dass die AAO-Kommune 1970 in Wien ins Leben gerufen wurde, in ebendieser Wohnung in der Praterstraße 32. Ihr Gründer war der 45-jährige Aktionskünstler Otto Muehl. Die AAO-Kommune war eine der vielen Antworten auf die große Frage der 68er-Generation, die in der *Gateavisa* häufig diskutiert wurde: Ist eine andere Lebensweise möglich? Ein wichtiger Bestandteil unterschiedlicher Gegenkulturen der 1970er Jahre war die Hoffnung auf eine grundlegende Veränderung der Gesellschaft, aber damit diese sich vollziehen konnte, musste auch der Mensch eine Verwandlung durchlaufen. Ja, eine solche innere Transformation wurde als Voraussetzung für eine endgültige Abrechnung mit der alten Gesellschaftsordnung betrachtet.

In der *Gateavisa* stand, dass psychoanalytische Methoden und diverse neue therapeutische Errungenschaften nicht nur der Schlüssel zur individuellen Psyche, sondern auch ein Instrument zur Flucht aus der familiären Zwangsjacke des monogamen Heterolebens seien. Befreite Sexualität sei nicht bloß ein Mittel zum Erreichen des kleinen privaten Glücks, sondern ein Anfang, das Bestehende zum Einsturz zu bringen: das Leben als Kunst und Politik.

1970 hatte die Künstlerkommune AAO aus einem festen Kern von etwa zehn Personen bestanden. Im Volksmund wurde sie auch die *Muehl-Kommune* oder die *Sex-Kommune* genannt. Die Bewohner waren Künstler, Hippies und junge Leute aus dem linken Spektrum. Ihr Ziel war es, die Mängel sowohl des Kapitalismus als auch des Kommunismus zu beseitigen. Die *Gateavisa* referierte die wichtigsten Prinzipien der wachsenden AAO-Kommunebewegung: *1. Selbstdarstellung (SD), 2. Freie Sexualität, 3. Gemeinschaftseigentum, 4. Gemeinsame Arbeit und Produktion, 5. Gemeinsames Kinderaufwachsen, 6. Direkte Demokratie.*

Am Ende des Artikels wurde darauf hingewiesen, dass die Kommune einen zwölftägigen Kurs zu den Themen *Selbstdarstellung* und *Kommunelehrgang* anbot. Beim Kommunelehrgang ging es um die Prinzipien des Zusammenlebens in der Kommune, während die Selbstdarstellung als eine Mischung aus Kunst, Improvisation und Therapie beschrieben wurde. Diese Beschreibung hatte ich sofort mit den seltsam berührenden Szenen aus dem Film *Sweet Movie* in Verbindung gebracht.

Für diesen Herbst hatte ich eine längere Reise geplant, um experimentelle Theatermilieus zu besuchen. Wien und die AAO-Kommune waren der erste Stopp, aber ich hatte vor, nach einer Weile weiterzureisen. Ich hatte noch weitere Adressen in meinem Rucksack. Wollte nach Paris, nach London, ja sogar in die USA, wo im Bereich des experimentellen Theaters viel passierte, wie ich zu wissen glaubte.

Spürte ich an diesem Nachmittag in der Tram, in diesem stickigen, feuchten Geruch nach nasser Wolle, zusammengepfercht mit einigen Einwohnern Wiens, in einer Atmosphäre unzeitgemäßer Volkstümlichkeit, ein vages Ziehen in der Herzgegend? Ich weiß es nicht mehr, aber ich dachte wohl, ich müsse tapfer sein. Denn obwohl ich danach hungerte, mich lebendig zu fühlen und aus dem Selbstverständlichen gerüttelt zu werden, aus dem, was bereits geschehen war, trug ich zugleich an einer Angst, die ich nicht verstand. Daher musste ich mich selbst ermahnen: Bleib in der Tram sitzen. Steig an der richtigen Haltestelle aus. Such die Adresse!

Nr. 32 stand direkt über einem dunklen Tor. *Praterstraße Nr. 32*. Ich atmete tief ein, der Kragen meiner Schaffelljacke war mit einer dünnen Schicht Nieselregen benetzt. Ich studierte das Klingelbrett mit deutsch und osteuropäisch klingenden Namen, als die schwere Tür im Torbogen plötzlich aufschwang. Nervös trat ich zwei Schritte zurück, denn heraus kamen vier, fünf laut lachende junge Leute; deutsche Satzbrocken flogen hin und her. Alle trugen handgestrickte Wollmützen in Komplementärfarben, einige von ihnen hatten ebenso farbenfrohe dicke Wollpullover an, andere große, gefütterte Militärjacken und schwarze, abgenutzte Militärstiefel. Zusammen trugen sie einen riesigen zusammengerollten Teppich auf den Schultern. Bei der Begegnung mit der übermütigen Energie, die aus dem Tor strömte, fühlte ich mich augenblicklich kläglich grau, doch ich nahm mich zusammen und fragte die erste Wollmütze, ob die AAO-Kommune in diesem Hof zu finden sei. Die vorwärtsstürmende Teppichtruppe kam abrupt zum Stehen, und die Person, an die ich meine Frage gerichtet hatte und die ich erst da als junge Frau erkannte, musterte mich konzentriert, bevor sie strahlend lächelte und antwortete: »Hier rein, die mittlere Tür, drei Treppen hoch, dann durch einen schmalen Gang nach links, und Simsalabim!« Woraufhin sich alle wieder in Bewegung setzten und durch das Tor zu einem geparkten Lieferwagen eilten.

Allein im Halbdunkel des Hofs, schaute ich zu den Fenstern hoch, gelbes, schwaches Licht wurde vom Regen draußen zurückgedrängt. Im Treppenhaus roch es nach alter Feuchtigkeit und undefinierbarem Essen, durch die Türen der Wohnungen oben drangen die gedämpften Laute der dahinter lebenden Menschen. Dann kam ich zu einem schmalen Gang mit Fenstern, die zum Hof und in die kompakte Herbstdunkelheit wiesen, an seinem Ende gab es nur eine einzige Tür. Eine graue Tür, die einmal weiß gewesen sein musste. Während ich mich ihr langsam näherte, dachte ich, dass ich immer noch umkehren könnte, die Treppen mit dem in der Luft hängenden Essensgeruch hinuntergehen, durch den Hof, das Tor öffnen – und raus auf die Straßen Wiens. Das hier musste nicht mein erster Stopp sein. Ich konnte ohne Weiteres ein paar Tage als Touristin in Wien bleiben, in der Jugendherberge übernachten, und dann zum »Théâtre du Soleil« in Paris weiterreisen. Mit diesen Gedanken im Kopf ging ich auf die schmutzige Tür zu, blieb direkt vor ihr stehen, hob den Arm, legte den Zeigefinger auf den schwarzen Knopf in einer runden Klingel aus gelbweißem Porzellan und schrak vor dem grellen, durchdringenden Klingelton direkt hinter der Tür unwillkürlich zurück. Mein Herz schlug schneller, die Tür wurde erst einen Spalt, dann weit geöffnet, von einem jungen Mann Anfang zwanzig mit blondem, raspelkurz geschnittenem Haar, in einer blauweiß gestreiften Latzhose und mit einer Scheibe Brot in der Hand. Er kaute, machte einen albernen Knicks und winkte mich mit einer weit ausholenden Armbewegung herein. Ich folgte der Aufforderung und trat ein. Ich wollte keine Angst mehr haben.

4

Ich blieb in einem geräumigen Korridor stehen. Der Mann, der mir geöffnet hatte, war verschwunden, aus einem Zimmer auf der rechten Seite drang jazzartiges Klaviergeklimper. Stimmengewirr, Leute, die im Korridor hin und her liefen, alle mit kurzgeschorenen Haaren und alternativ gekleidet. Vertrauensvolle Gesichter, vielleicht wegen der kurzen Haare. Niemand schien Notiz von mir zu nehmen. Links ein Raum ohne Tür, der, den Geräuschen nach, eine Küche sein musste. In der Schaffelljacke war mir entsetzlich warm. Ich versuchte, irgendjemandes Blick aufzufangen, aber anscheinend war es für diese Leute ohne Bedeutung, dass eine Fremde mit Rucksack in ihrer Wohnung stand. Ich zog die Jacke aus, heftete die Augen auf die nächste Person, die – mit einem Stoß Papier, anscheinend Rechenblätter, in der Hand – vorbeieilte, und machte einen Schritt auf sie zu. »Guten Tag«, sagte ich, etwas verlegen, weil dieser Gruß in der hippiehaften Atmosphäre so unangebracht formell klang. Die junge Frau blieb vor mir stehen, und ihr freundlich wirkender Blick erfüllte mich mit Dankbarkeit. Ich wurde etwas abgelenkt, als ich sah, dass ihr Oberkörper unter den Trägern der Latzhose nackt war, und geriet mit meinem Kindheitsdeutsch ins Stottern, als ich etwas von einem zwölftägigen Kurs in Selbstdarstellung murmelte. »Ein neuer Gast!«, rief sie erfreut, und im Nu hatten sich drei, vier andere Neugierige um uns geschart. Die Frau sagte etwas von einem Wagen, der am Abend zum Friedrichshof rausfahren würde, sechzig Kilometer außerhalb von Wien, wo die Kurse stattfanden. Dort könne ich bestimmt mitfahren. Dann eilte sie weiter, und die Versammlung löste sich auf.

Da stand ich also. Ich stellte den Rucksack ab und entdeckte einen Tisch mit Broschüren und mehreren Exemplaren eines Buchs mit oranger Schrift auf blauem Hintergrund: Das *AA-Modell.* Ich nahm eines der Bücher in die Hand und blätterte darin herum, blieb bei einer Passage über den Künstler Otto Muehl hängen. Dort stand, er habe auf Lehramt studiert und sei später Künstler geworden. Er war einer der Hauptakteure in der Künstlergruppe, die als Wiener Aktionismus bezeichnet wurde, einer Gruppe, die in den 1960er Jahren ihre Blütezeit hatte. Muehl und die anderen Aktionisten hätten der Rolle der Kunst in der kapitalistischen Nachkriegsgesellschaft und der »austrofaschistischen spießbürgerlichkeit« ihrer Gegenwart grundlegend kritisch gegenübergestanden, hieß es in dem Buch. Die Aktionisten betrachteten ihre Kunst als Auflehnung gegen den österreichischen Staat, der versuchte, die Erinnerung an die Kollaboration Österreichs mit den Nazis hinter einer Fassade nationaler Harmlosigkeit zu verstecken. Mithilfe dessen, was sie *Direkte Kunst* nannten, wollten sie erstarrte Kunstformen sprengen und die neurotischen Bürger der Nation aus Schweigen und Verdrängung rütteln. Alle Angehörigen des Kreises hatten Verbindung zur bildenden Kunst, waren aber buchstäblich durch die Leinwand und aus dem Rahmen gebrochen und nutzten stattdessen den Körper als Material und Medium, zusammen mit Lebensmitteln, Lehm, Eingeweiden und anderen kunstfremden Elementen. Die Künstler stellten »die hässliche seele der österreicher« aus, und das war, wie ich lesen konnte, nicht unbeachtet geblieben. Mehrere von ihnen waren in den 1960er Jahren wegen Verstoßes gegen das Sittengesetz zu Gefängnisstrafen verurteilt worden, und sie hatten in der Öffentlichkeit moralische Entrüstung hervorgerufen. Zum Beispiel mit der Aktion *Kunst und Revolution,* die am 7. Juni 1968 an der Universität Wien stattgefunden hatte und als *Uni-Ferkelei* bekannt geworden war. Die Aktionisten Otto Muehl, Günter Brus und Oswald Wiener hatten vor den Studenten im Audimax der Universität ein Manifest verlesen. Zum Abschluss spielten sie die Nationalhymne ab und kackten dabei auf das Katheder. Für diese Aktion saß Muehl zwei Monate im Gefängnis, während es seinem Kollegen Brus gelang, nach Berlin zu fliehen, um der Verhaftung zu entgehen.

Ich fuhr zusammen, als die Frau mit den Rechenblättern zu mir kam und sagte: »In der Zwischenzeit kannst du beim Essenmachen in der Küche helfen. Wenn du Lust hast und hungrig bist«, fügte sie freundlich hinzu, aber auf eine Art, dass ich sofort nickte. Ich legte das Buch weg und ging mit ihr in die große Küche. Hoher Geräuschpegel, viele junge Frauen und Männer, einige am Herd, einige um einen Tisch versammelt, wo sie Gemüse schnitten. In der Ecke neben dem Herd bemerkte ich eine Duschkabine ohne Vorhang. Ein Mann in den Dreißigern stand vor mir – dunkle, kurzgeschorene Haare, braune, fröhliche Augen. Er reichte mir ein Messer. Zögernd schloss ich mich der Gruppe am Tisch an und begann etwas unbeholfen, Karotten in feine Streifen zu schneiden. Es kam mir vor, als verstünde ich kein Deutsch. Nicht dieses Deutsch. Alle redeten. Aber keiner sprach mich direkt an. Ich schnitt weiter, schwitzte in dem Essensdunst und der Wärme der Menschen. Plötzlich hörte ich die Stimme des Mannes mit den dunklen Haaren. Hatte er schon vorher mit mir geredet, ohne dass ich es gehört hatte?

»Wie heißt du?« Alle schauten mich an.

»Wencke«, antwortete ich.

»Myhre«, ergänzte er grinsend. Jetzt sah ich, dass auch sein Oberkörper nackt war.

»Otmar«, sagte er und schlug sich mit der Hand, die das Küchenmesser hielt, gegen die behaarte Brust.

»Du schwitzt«, fügte er hinzu. »Zieh den Pullover aus, der ist ja viel zu warm.« Automatisch legte ich das Messer hin und wand mich aus dem Pullover. »Das Unterhemd auch«, sagte Otmar aufmunternd. Alle sahen mich an. Ich zog das Unterhemd aus. Warum?

»Wencke Myhre trägt einen BH!«, rief er triumphierend. »Den brauchst du hier nicht!«

Gelächter. Niemand schnitt mehr Gemüse.

»Zieh den BH aus«, sagte Otmar.

Ein Mädchen, das nicht älter als 17 oder 18 sein konnte, johlte, alle applaudierten. Ich senkte den Blick, drehte mich um und verließ die Küche.

Ich erinnere mich nicht mehr, wie ich die folgenden Stunden verbrachte. Aber ich weiß, dass Stunden vergingen, bis der Wagen endlich kam, der mich zum Friedrichshof, dem Hauptsitz der Kommune, bringen sollte. Ein unbeheizter Kastenwagen. Ich setzte mich ganz nach hinten, und vier, fünf andere folgten mir, Gäste oder frisch angekommene Kursteilnehmer wie ich. Wir waren junge, verfrorene Körper auf dem Weg zur gesellschaftlichen Avantgarde auf einem windgepeitschten Feld irgendwo zwischen Wien und der ungarischen Grenze.

5

In den Tagen nach meinem in der Holtegata gefassten Entschluss vertiefte ich mich in Bücher. Ich wusste nichts über den Geburtsort meines Vaters: Maribor in Slowenien, oder Marburg, wie die Stadt früher hieß. Sie war Teil des Habsburgerreichs beziehungsweise der Doppelmonarchie Österreich-Ungarn, mein Vater wuchs in einer Familie mit deutsch-österreichischen Wurzeln auf. Slowenien mit der Bezirkshauptstadt Marburg gehörte bis zum Ende des Ersten Weltkriegs zum Herzogtum Steiermark im früheren Habsburgerreich. Die Doppelmonarchie umfasste ein Gebiet, das heute aufgespalten ist und nun Österreich, Bosnien-Herzegowina, Kroatien, Tschechien, Ungarn, Italien, Montenegro, Polen, Rumänien, Serbien, Slowakei, Slowenien und Ukraine heißt. In der Doppelmonarchie wurde offiziell Deutsch, Ungarisch, Tschechisch, Polnisch, Ukrainisch, Rumänisch, Serbisch, Kroatisch und Italienisch gesprochen sowie inoffiziell Slowakisch, Slowenisch, Bosnisch, Jiddisch und Ruthenisch. Die Gläubigen in diesem Reich hingen dem Katholizismus, dem Protestantismus, dem Judentum, der orthodoxen Lehre und seit der Eingliederung Bosniens auch dem sunnitischen Islam an. Franz Joseph I. regierte die Doppelmonarchie von 1848 bis zwei Jahre vor Ende des Ersten Weltkriegs. Dann brach infolge des Krieges das multiethnische Großreich auseinander. Österreich schrumpfte zu einem kleinen unbedeutenden Nationalstaat zusammen, und Slowenien wurde 1918 zu einem Teil des Königreichs Jugoslawien, das nun große Minoritäten (Deutsche, Österreicher, Ungarn, Juden, Ukrainer) beherbergte. Nach 1918 wurde allen aus dem ehemaligen Österreich-Ungarn hervorgegangenen neuen Staaten das Nationalstaatsmodell aufgezwungen. Im Sinne dieses Modells übernahm in den neuen Nationalstaaten ein Volk die Herrschaft, was destruktive Konflikte zwischen den Volksgruppen zur Folge hatte.

Mich hatte eine hektische Energie erfasst, sodass ich Probleme hatte, mich auf ein Thema zu konzentrieren. Neben meiner Lektüre über Slowenien fand ich Bücher mit Briefen, die deutsche Soldaten nach Hause geschrieben hatten, Kriegserinnerungen der Opfer und Kriegsliteratur, durch all das wühlte ich mich gierig hindurch, unsystematisch und mit zunehmend bulimischem Brechreiz. Meine Augen waren entweder zu trocken oder zu feucht. Ich kniff sie zusammen, öffnete sie wieder. Dachte darüber nach, was mein Vater in den Jahren seines Kriegseinsatzes an seine Eltern und drei Schwestern zu Hause in Maribor geschrieben haben könnte. Vermutlich hatte er gegen Ende dieser Zeit über Norwegen geschrieben. Zum Beispiel, dass er im Frühsommer 1945 in Kirkenær bei Kongsvinger meine Mutter kennengelernt hatte, die dort ein paar Tage Ferien machte, um sich auf dem Bauernhof ihrer Tante Hedvig einmal wieder richtig satt zu essen, wie meine Mutter mir auf ihre alten Tage erzählt hatte. Mama konnte es gebrauchen, weil sie ihrem alten, dementen Vater in Stavanger, der partout nicht einsehen wollte, dass er nicht immer genug zu essen haben konnte, einen Teil ihrer Lebensmittelkarten geschickt hatte. Bevor ich als längst Erwachsene erfuhr, dass meine Mutter meinen Vater im Frühjahr 1945 in Norwegen getroffen hatte, wurde uns Kindern auf die Standardfrage »Wo habt ihr euch kennengelernt?« geantwortet, meine Eltern hätten sich Hals über Kopf ineinander verliebt, als sie sich 1948 bei der Olympiade in St. Moritz in der Schweiz begegnet sind.

Dass sie in St. Moritz waren, ist wahr. Dass sie sich dort kennengelernt haben, ist eine Lüge, das hat meine Mutter später zugegeben. Im Frühjahr 1945 war mein Vater auf dem Weg von Nordnorwegen nach Süden. Mindestens 350 000 deutsche Soldaten wurden auf Veranlassung der Alliierten gesammelt und in die Gefangenschaft nach Deutschland geschickt.

Auf Basis der unzusammenhängenden Erzählung meiner Mutter war es schwierig, sich ein Bild der weiteren Entwicklung zu machen. Sie hatte ihn an einem warmen Frühsommertag auf einer Brücke getroffen. Zusammen mit einer Freundin war sie mit dem Rad unterwegs zum Baden. Auf der Brücke wurden sie von zwei Männern angehalten, die sich zunächst als ehemalige jugoslawische Kriegsgefangene auf dem Weg nach Süden ausgaben. Sie fragten nach dem Weg zur nächsten Kirche, bevor sie verabredeten, sich am nächsten Nachmittag am Badeplatz zu treffen.

»Der eine hatte so schöne Augen«, sagte meine Mutter.

»Knapp der Abstemplung als ›Deutschenflittchen‹ entgangen«, antwortete ich.

Angeblich verliebten sich meine Mutter und mein Vater spontan ineinander. Mutter hat erzählt, dass zwischen ihrem ersten Zusammentreffen in Kirkenær und ihrer Wiederbegegnung in St. Moritz drei Jahre vergingen. Was geschah in der Zwischenzeit? Ein paar Bruchstücke der Geschichte sind mir bekannt: Als ich meine Mutter einmal gefragt habe, wie die Wartezeit für sie war, hat sie gesagt, ihr seien Bedenken gekommen. Sie schrieben sich Briefe, und der Briefwechsel machte ihr bewusst, dass sie nicht viele Gemeinsamkeiten hatten. Zudem machten ihr neue Verehrer den Hof.

»Aber er hat mir leidgetan«, sagte sie. »Er hatte ja so viel verloren. Sein Land, sein Zuhause, so viele Kameraden. Sollte er mich auch noch verlieren?«

Auch ein Argument, dachte ich. Typisch Frau.

Was machte mein Vater, nachdem er irgendwann im Herbst 1945 aus britischer Gefangenschaft entlassen worden war? Als ehemaliger Soldat Nazideutschlands, das sein Heimatland Slowenien besetzt hatte, konnte er in dieses Land, das jetzt ein Teil des neuen kommunistischen Jugoslawien war, nicht zurückkehren. Wahrscheinlich wäre er von den neuen Machthabern sofort umgebracht worden. Vor allem musste er seine Papiere in Ordnung bringen. Eine ganze Weile streifte er als einer von vielen Staatenlosen durch Österreich, bis man ihm 1949 schließlich die österreichische Staatsbürgerschaft zuerkannte. Wovon lebte er? Tja, laut meiner Mutter überlebte er die erste Zeit, indem er alte Uniformen aufkaufte, die er – Textilfachmann, der er war – in fröhliche Friedensfarben umfärbte und weiterverkaufte. Dann bekam er einen Job in einer Textilfabrik in Wien. Der Besitzer war einer der wenigen überlebenden Juden Wiens. Er nahm sich meines arbeitslosen Vaters an, der keine Papiere besaß, aber Jahre in der Wehrmacht damit zugebracht hatte, »den jüdisch-bolschewistischen Todfeind« zu bekämpfen und zu vernichten. Ich erinnere mich daran, dass wir einmal Besuch von dem Fabrikbesitzer bekamen, der ein Freund meines Vaters geworden war. Zu dieser Zeit lebten wir in der Schweiz. Ich weiß nicht, ob er von Papas Vergangenheit wusste. Dieser Freund, an dessen Namen ich mich leider nicht erinnere, saß lange Abende bei Essen und Wein am Tisch meiner Eltern, während meine Schwester und ich im Kinderzimmer im Bett lagen und durch die Wand die angeregten Stimmen der Erwachsenen hörten. Ich freute mich auf das Resteessen am nächsten Tag. Es ist schön, Kind zu sein, wenn die Erwachsenen zusammen fröhlich sind.

Mir fiel auf, dass ich keinerlei Informationen über die Wehrmachtszeit meines Vaters besaß. Es war zwingend notwendig, andere Quellen zu finden als die aus dem Zusammenhang gerissenen Erinnerungsfetzen meiner befangenen, verstorbenen Mutter. Ich brauchte etwas Konkretes. Etwas, das die Wahrheit sagte. Wo hatte er sich aufgehalten? Wie lange? Welche Rolle hatte er gespielt? Daher nahm ich Kontakt zum slowenischen Nationalarchiv in Ljubljana und einem lokalen Archiv in Maribor auf, danach wandte ich mich an ein Archiv in Österreich. Die Archive wiesen viele Lücken auf, und man teilte mir mit, dass es keine Informationen über die Kriegslaufbahn meines Vaters gebe. Schließlich stieß ich auf die »Deutsche Dienststelle für die Benachrichtigung der nächsten Angehörigen von Gefallenen der ehemaligen deutschen Wehrmacht (WASt)«. Nachdem ich zweimal nachgefragt hatte, bekam ich eine kurze Antwort zugeschickt:

»Lothar Mühleisen, geboren 5.4.1916, Marburg, Slowenien, kam am 6.12.1941 zur 3. Kompanie Gebirgsjäger-Regiment 206, dem Kommando der 7. Gebirgs-Division unterstellt, ehemals 99. leichte Infanterie-Division, Ersatz-Bataillon 319. 1942 Verlegung der Division nach Finnland. Wegen zugefrorener Ostsee von Januar bis in den Sommer 1942 Einsatz der Division vor Leningrad (St. Petersburg). Von 1942–1944: Einsatz bei Kiestinki (Russland) und Uchta (russisches Karelien). Nach Kapitulation der finnischen

Armee Rückmarsch über Kuusamo bis südlich von Rovaniemi (Finnland). Oktober 1944 bis Januar 1945: Rückzug entlang der schwedischen Grenze über Palojoensuu (Finnland) nach Nordnorwegen.«

Das war alles. Der Name der Division. Eine Aufzählung von Orten. Zugleich immerhin die Bestätigung, dass die Geschichte meiner Mutter stimmen konnte. Ich musste die wenigen noch lebenden Personen finden, die mir etwas über meinen Vater erzählen konnten. Über all das, was ich nicht wusste, was niemand hatte wissen wollen.

6

Ich fuhr nach Österreich, nach Grundlsee. Grundlsee ist eine dreistündige Autofahrt von Maribor entfernt. Nachdem Slowenien ein Teil des neuen kommunistischen Jugoslawien geworden war, flüchtete die Familie meines Vaters nach dem Krieg dorthin. Alle, die deutsch-österreichischer Abstammung waren, wurden zu Kollaborateuren gestempelt, viele von ihnen wurden getötet. Die Familie teilte das Schicksal der meisten Angehörigen der deutschsprachigen Minderheit Sloweniens, die nach der deutschen Besatzung vor der Rache der jugoslawischen Partisanen – und des neuen kommunistischen Staates – flohen.

In einer Pension in dem kleinen Dorf stieg ich ab, hatte den Koffer voller Bücher, war selbst voller Fragen. Am nächsten Tag wollte ich meine Cousine Sabine treffen. Ich hatte versucht, mir anzulesen, welche Folgen der Krieg für die verschiedenen Volksgruppen in Slowenien hatte, und hatte bezüglich der politischen Vergangenheit meiner Familie kaum noch Illusionen. In einem Aufsatz über die deutschsprachige Minderheit im Jugoslawien der Zwischenkriegszeit war ich auf Informationen über die politische Tätigkeit meines Großvaters väterlicherseits gestoßen, eine Aktivität, die nahtlos in Vorbereitungen zur Besatzung durch die Nationalsozialisten überging. Nur einen Kilometer von Goebbels' Villa entfernt, die herrlich unten am Wasser gelegen war, lag ich in der schwülen Sommernacht in meinem Pensionszimmer in Grundlsee und las das Buch *Opa war kein Nazi*. Es war das Ergebnis eines Forschungsprojekts, das sich mit der Vermittlung der NS-Vergangenheit über mehrere Generationen in Deutschland beschäftigte.

Da Sabine und ich bisher wenig Kontakt gehabt und nie zuvor über den Krieg gesprochen hatten, war ich angespannt und unsicher, wie ich mich dem Thema nähern sollte. Ich hatte mehrere fast schlaflose Nächte hinter mir und war benebelt und aufgedreht zugleich.

Der Augustnachmittag hüllte uns – Sabine, ihren Mann und mich – in eine schwere Samtwärme, als wir in dem Tal, in dem ich die Ferien meiner frühen Kindheitsjahre verbracht hatte, auf der Terrasse saßen. Hinter Sabines Haus zog sich die Wiese hinauf zum Wald, der sich steil und dunkel an die Berghänge klammerte, bis die nackten, grauweißen Alpengipfel übernahmen, die in den Himmel ragten. Unterhalb der Terrasse stand ein alter Holzschuppen. Das Holz war unbehandelt, vom Alter silbergrau, es erinnerte mich an Edward Hoppers Bilder von Häusern und Küstenlandschaften, auf denen entweder überhaupt keine Menschen zu sehen waren oder Menschen als gleichsam isolierte Figuren in der perfekt kalten und zugleich zärtlich nostalgischen Harmonie zwischen Landschaft und Häusern. Das saftige Gras war von Wiesenblumen übersät, doppelt so groß und üppig wie die, an die ich gewöhnt war.

Meine zehn Jahre ältere Cousine hat immer im »Österreichischen« gelebt, in enger Verbundenheit mit Traditionen, Familie und Sippe, während ich nach zwei Jahren in Norwegen meine gesamte Kindheit hindurch wie auf der Flucht von einem Ort zum anderen gezogen war, bis ich als Jugendliche schließlich wieder in Norwegen landete. Unsere Großeltern teilten wir uns jedoch. Meine Großmutter väterlicherseits war Sabines Großmutter mütterlicherseits. Elizabetho Kumer Mühleisen oder Oma, wie wir sie beide nannten. Sie war Slowenin, die Tochter von Bauern, die eine Schlachterei in der Nähe der Kleinstadt Slovenska Bistrica, einige Kilometer außerhalb von Maribor, besaßen.

Wir saßen um den Tisch und badeten in den betäubenden Düften des Nachmittags: frisch gemähtes Gras, auf den Schwedenreitern trocknend, Wiesenblumen und der leicht süßliche Geruch von Kuhmist; eine Geruchserinnerung, die irgendwo tief eingepflanzt in meiner Hirnrinde sitzt. Ich lehnte mich im Stuhl zurück und schaute auf den See unten im Tal, wo kleine Boote wie hingeworfen auf der Wasseroberfläche lagen. Blinzelte hinab zur Straße, die sich an den Häusern vorbeischlängelte, und meine Augen füllten sich mit Tränen. Ich presste den Atem zum Zwerchfell hinunter, um die Sentimentalität einzudämmen, die Brutalität, die in der Landschaft gewissermaßen eingekapselt war. Und ich selbst hilflos in sie eingewickelt.

Wie mag es wohl für unsere Großmutter, eine slowenische Bauerntochter, gewesen sein, 1911 eine Beziehung mit einem Anwalt einzugehen, der der deutschsprachigen Elite im österreichisch-ungarischen Marburg angehörte? Meine Mutter hatte mir erzählt, dass die Verbindung so wenig standesgemäß war, dass Großvater die Beziehung vor seiner Familie geheim hielt. Er bekam drei Kinder mit Großmutter, heiratete sie jedoch nicht, bis im Ersten Weltkrieg das Chaos ausbrach.

Etwa eine Stunde lang unterhielten Sabine und ich uns über Belanglosigkeiten. Wir erinnerten uns an die Weihnachtsfeste bei Großmutter. Nach einer Weile wagte ich mich vor und fragte sie nach der ersten Zeit in Grundlsee direkt nach dem Krieg. Wie war es für die Familie gewesen, vor den neuen kommunistischen Machthabern in Slowenien zu fliehen?

»In den Jahren nach der Flucht aus Maribor haben wir nie gehungert, wir Geschwister wurden zum Beerenpflücken in den Wald geschickt – brachten literweise Himbeeren, Blaubeeren, Preiselbeeren heim. Wir haben auch Pilze gesammelt – ich gehe heute noch zu denselben Stellen –, und damals blieb kein heruntergefallener Apfel liegen«, erzählte sie und lehnte sich wieder im Stuhl zurück.

Der Geschmack von dunkel geröstetem Kaffee vermischte sich mit dem des Himbeernusskuchens, den sie mit Schlagobers serviert hatte.

Meine von den durchwachten Nächten überbeanspruchten Augen streiften Sabines kreideweiße, frisch gebügelte Bluse. Kleine Puffärmel schwebten wie anmutige weiße Wölkchen über den sonnenbraunen Oberarmen. Um den Hals trug Sabine ein schwarzes Samtband, das ein zartes Silberschmuckstück an seinem Platz hielt, darunter wölbte sich die nackte Haut zu den Brüsten. Die wurden von einem eng sitzenden dunkelgrünen Mieder nach oben gedrückt, dessen ziselierte Silberknöpfe in einer geraden Linie bis zu einer glatt gebügelten blassrosa Schürze reichten. Ich hatte selbst viele Male meine österreichische Dirndlschürze hinter dem Rücken zusammengebunden. Die Falten der Tracht ergossen sich großzügig über die Hüften und fielen über die Oberschenkel bis zur Mitte der glattrasierten nackten Sommerbeine hinab, und während ich einen weiteren Bissen Himbeerkuchen zum Mund führte, fragte ich meine schöne Cousine mit einer Direktheit, die uns, glaube ich, beide überraschte: »War Opa ein Nazi?«

»Dein Großvater war kein Nazi!«, stellte Sabine entschieden fest und sah mich mit einer Mischung aus mildem Vorwurf, Wachsamkeit und Enttäuschung an, als habe ich nicht nur meine Schande aufgedeckt, sondern auch ihre. Ihr Vater, der mit einer Schwester meines Vaters verheiratet gewesen war, hatte angeblich für die deutsche Zivilverwaltung in Maribor gearbeitet. Gerüchteweise bestand seine Aufgabe darin, die *Logistik der Germanisierung* mitzuplanen. Das heißt die Vertreibung und Deportation eines großen Teils der slowenischen Einwohner Maribors. Sabines Mutter hatte mir ein paar Jahre vor ihrem Tod 2009 Familienfotos gezeigt. Dabei hatte sie auf ein Bild von ihrer Hochzeitsfeier gedeutet, die während des Krieges in Maribor stattgefunden hatte, darauf trugen mehrere Anwesende Uniformen mit Hakenkreuz.

Ich versuchte, das Gespräch auf die Wehrmachtszeit meines Vaters zu lenken. Sabine lehnte sich vertraulich über den Kaffeetisch und fragte, ob ich wisse, dass mein Vater Sprengstoffexperte geworden war, verantwortlich für den Trupp, der hinter den feindlichen Frontlinien Minen entschärfte.

»Die geschätzte Lebenserwartung in diesem Trupp lag bei drei bis fünf Wochen«, sagte sie fast flüsternd. »Aber dein Vater hat überlebt.«

Ich wusste nicht, was ich zu dieser deplatzierten Bewunderung sagen sollte. Sabines Mann unterbrach das anschließende Schweigen, indem er in seinem jovialen österreichischen Tonfall sagte: »Dieser schreckliche Krieg ist der Grund, weshalb ich für den Zusammenschluss der europäischen Staaten bin. Nie wieder Krieg!«, setzte er hinzu und nahm einen Schluck aus dem leicht beschlagenen Weißweinglas mit gekühltem Riesling, dabei ließ er den Blick gedankenverloren über die die Terrasse säumenden blühenden Stauden schweifen, für die er verantwortlich war, wie er erzählt hatte.

»Das Weingut bei Maribor«, platzte Sabine heraus, »wo unsere Großmutter, unser Großvater, dein Vater, meine Mutter, die ganze Geschwisterschar an Sommerabenden gesessen, gegessen, Wein aus der eigenen Kellerei getrunken und gesungen haben, wird die Familie wohl nie mehr zurückbekommen.«

»Zurück?«, fragte ich verwundert.

»Ja«, antwortete sie mit wehmütigem Lächeln. »Die Familie ist ja vertrieben worden und hat ihren gesamten Besitz verloren, unter anderem dieses Weingut, das Titos Kommunisten in Jugoslawien konfisziert haben. Nachdem Slowenien 1991 selbständig geworden war, war die Rede davon, dass man sein Eigentum zurückbekommen könne, oder wenigstens eine Entschädigung. Aber daraus ist nie etwas geworden.«

»Aber stimmt es nicht«, sagte ich, »dass unser Großvater sich nach dem Ersten Weltkrieg politisch für die Interessen der Deutschsprachigen engagiert und den Einmarsch der Nazis 1941 begrüßt hat?«

»Das war lange vor dem Krieg, in der Zwischenkriegszeit«, wandte Sabine brüsk ein. »Außerdem hat Opa sich nie in die Politik eingemischt, er hat sich nur mit Kulturarbeit beschäftigt«, fügte sie in milderem Ton hinzu, woraufhin sie aufstand und ins Haus ging. Sie kam mit Kopien zweier Nachrufe aus den Lokalzeitungen der Steiermark von 1956 zurück. »Die hier kannst du haben«, sagte sie, »als Erinnerung an Opa.«

Der Tag neigte sich dem Ende zu, und die Sonne tauchte den Kaffeetisch meiner Verwandten, ihre Gesichter, ihre nackten Arme, Beine und Hälse in eine verschönernde Glut. Eine überwältigende Müdigkeit zwang mich, Kraft zum Formulieren meiner unliebsamen Fragen zu sammeln: »Aber mein Vater stand im Krieg auf der Seite der Besatzungsmacht, das hat er mir 1984 in einem Brief geschrieben. Dort hat er auch eindeutig rassistische Haltungen geäußert. Diesen Brief hatte ich vergessen, habe ihn aber vor Kurzem wiedergefunden.«

Die Worte »Besatzungsmacht« und »rassistische Haltungen« schienen einen roten Fleck am Hals meiner Cousine hervorzurufen, links neben der hektisch pulsierenden Hauptschlagader. Ich bemühte mich mit aller Kraft, das Wesentliche im Blick zu behalten und keine Diskussion anzufangen, bei der die Argumente in einen rhetorischen Kampf münden würden, der mir den Zugang zu dem verschlösse, was ich wissen wollte. Hier ging es nicht darum, recht zu bekommen, sondern etwas zu erfahren, egal was.

»Er wurde eingezogen, als ›Volksdeutscher‹. Wie alle Männer«, antwortete Sabine mit Nachdruck, und ihr Mann, der gerade seine grauen Haare zurückgestrichen hatte, schaltete sich wieder in das Gespräch ein, indem er sagte: »Alle waren Opfer, gleichgültig, auf welcher Seite sie standen, sie waren Opfer. So ist das im Krieg.«

Sabine murmelte etwas, das wie »Geschichtsklitterung« klang.

»Was meinst du?«, fragte ich.

Ihr Mann warf ihr einen traurigen Blick zu.

»Ja, alle waren Opfer des Krieges, des Laufs der Geschichte«, schloss sie kaum hörbar.

Ich fühlte, wie ich von einer Mattigkeit ergriffen wurde. Mittlerweile war es früher Abend geworden. Ich lehnte den Kopf gegen die Nackenstütze und schaute hoch zum nackten Gipfel des Backensteins, auf den die letzten Sonnenstrahlen ein aprikosenfarbenes Licht warfen. In diesem Moment spürte ich die ohnmächtige Bitterkeit und Verachtung wieder, mit der meine Mutter dem Schweigen, der Verstellung und den Halbwahrheiten begegnet war, die unsere Familiengeschichte prägten. Am liebsten hätte ich mich auf die sonnengewärmten Schieferplatten der Terrasse gelegt und die Augen geschlossen, um mit dem Untergrund zu verschmelzen.

7

Sogar nachdem sich meine Mutter bei einer der spätabendlichen Familienrunden in Grundlsee mit einer direkten Frage zu Deutschlands Verbrechen ein blaues Auge eingehandelt hatte, ließ sie ihre Andeutungen und Fragen nie ganz sein. In regelmäßigen Abständen verlor sie, wider besseres Wissen, die Kontrolle, provozierte die Familie ihres Mannes und mischte sich mit unpassenden Fragen in die Familiengeschichte ein. Das hat sie mir viele Jahre später erzählt.

An dem Abend, an dem die rechte Faust meines Vaters das linke Auge meiner Mutter traf, lagen meine Schwester und ich in Großmutters Bett unter dem Kruzifix mit dem fast nackten Jesus. Ich war sechs, es war das Jahr 1959. Die Holzfensterläden waren geschlossen, die Fenster hingegen standen zur schwarzen Alpensommernacht hin offen. Das Zirpen der Grillen stahl sich an den Wortfetzen vorbei, die von den Gesprächen der Erwachsenen aus dem Zimmer nebenan herüberdrangen. Wie so oft, wenn wir zu Besuch in Grundlsee waren, saßen meine Mutter und die gesamte Familie meines Vaters auch an diesem Abend um den Esstisch herum, der mit einer weißen Tischdecke, Wein in grünen Zweiliterflaschen und ungarischer Knoblauchwurst als Snack gedeckt war. Mama unterbrach die meist muntere Stimmung mit der Frage, wie mein Vater eigentlich zum Krieg stehe. Papa schlug zu, damit seine ganze Familie sehen konnte, was für ein Mann er war und was sie für eine Frau war. War Oma an jenem Abend stolz auf ihren einzigen Sohn? Das kann ich nicht wissen. Aber ich weiß, dass sich meine malträtierte Mutter weinend zwischen meine Schwester und mich legte, während Papa weiter Wein mit seiner Familie trank. Ich hatte Angst. Ich wusste nicht, worüber sie gesprochen hatten, aber ich begriff, dass Papa Mama geschlagen hatte.

Selbst nach diesem ersten Schlag kannte meine Mutter ihren Platz nicht.

Zurück in meinem Pensionszimmer, setzte ich mich an den kleinen Schreibtisch, um die beiden Nachrufe zu lesen. Sie mussten von alten Gefährten verfasst worden sein, von älteren Herren, die ebenfalls nach dem Krieg in die Steiermark geflohen waren und die sich vorher, in der Zwischenkriegszeit, gemeinsam mit meinem Großvater für die Interessen der deutschsprachigen Minderheit in Maribor eingesetzt hatten. In den Nachrufen wurde explizit vermerkt, dass Großvater sich nach 1931 jeder politischen Aktivität enthalten habe. So viel zur Behauptung meiner Cousine, er habe sich mit »Kulturarbeit« beschäftigt. Diese Präzisierung muss sich auf seinen Nachruhm ausgewirkt haben, dachte ich. Er stand demnach nicht mehr im Verdacht, direkt in den Nationalsozialismus involviert gewesen zu sein, wie man es den Deutsch-Österreichern in Slowenien unterstellte.

Aber wer war mein Großvater? Als er starb, war ich drei. Im Fotoalbum meiner Kindheit begegnen mir Opas Augen mit großer Sanftmut. Freundlichkeit.

Die Auflösung Österreich-Ungarns nach dem Ersten Weltkrieg führte im Dezember 1918 zur Bildung des *Königreichs der Serben, Kroaten und Slowenen* mit König Alexander als Staatsoberhaupt. Von da an wurde die deutsch-österreichische Stadt Marburg gegen den Willen der Mehrheit ihrer Einwohner Teil des neuen Königreichs und in Maribor umbenannt. Damit wurde mein Vater, der 1916 geboren war, mitsamt seiner deutschsprachigen Familie, die in Maribor lebte, unfreiwillig Bürger dieses neuen Staates. Den Nachrufen und dem Aufsatz, den ich gelesen hatte, konnte ich entnehmen, dass mein Großvater Wortführer und politischer Architekt der deutschsprachigen Einwohner war.

War das womöglich der Anfang? Die deutsch-österreichische Bevölkerungsgruppe wurde zur Minderheit in einem Staat, den sie nicht wollte, und damit setzte das ein, was wir heutzutage Radikalisierung nennen. Und folgte daraus alles andere? Der Dienst meines Vaters in der Wehrmacht, nach dem Krieg die Flucht der Familie nach Grundlsee? Nur im Nachhinein, wenn es passiert ist, nach der Katastrophe, können wir mit dem Finger zeigen und anklagen. Während es geschieht, müssen wir entweder handeln oder nicht. In jener Nacht im Zimmer der Pension in Grundlsee zeigte ich auf meinen Vater. Was, wenn jemand auf mich zeigt? Wenn alle, die ich im Stich gelassen habe, auf mich zeigen?

8

Irgendwann in den frühen Morgenstunden schlief ich ein. Ich erwachte mit pochendem Herzen, aufgewühlt von Träumen, die mich in etwas zurückgeworfen hatten, das ich für überstanden gehalten hatte, vor allem zu Menschen, von denen ich gehofft hatte, ich würde sie nicht mehr lieben. Es geht nie vorbei. Wie gelähmt lag ich auf dem Bauch. Morgen. Zeit zum Aufstehen. Draußen war es hell, das Fliegengitter vor dem Fenster beeinträchtigte ein bisschen die Sicht auf den Backenstein, der in der Morgensonne aufragte. Ich setzte mich im Bett auf und las weiter in *Opa war kein Nazi*, um mehr über das familiäre Schweigen herauszufinden, das Menschen wie ich dem Buch zufolge mit so vielen anderen teilten.

Die Autoren schrieben, es gebe ein Missverhältnis zwischen dem öffentlichen Diskurs über deutsche Schuld und den Familiengeschichten, in denen Ehemänner, Väter und Großväter als unschuldige Soldaten hingestellt würden. Als seien der Beifall und die Begeisterung für Hitler und den Nationalsozialismus in Deutschland und Österreich nicht von der Mehrheit getragen worden. Als sei die Zustimmung der Mehrheit nicht die eigentliche Voraussetzung für die Verbrechen gewesen. Als sei die Katastrophe eine unerklärliche Entgleisung gewesen. Etwas, das schiefging, bei etwas, das im Prinzip richtig war.

Mitte der 1950er Jahre hatte quasi die gesamte Verwaltungselite des Dritten Reichs wieder Positionen inne, die ihrer Stellung in der Nazizeit entsprachen oder sogar höherrangig waren. Die Deutschen schwiegen zum neuen Leben der alten Nazis im Nachkriegsdeutschland. Die Wirtschaft, das Arbeits- und Geschäftsleben waren der neue Deutschlandmythos. Das Wirtschaftswunder war schlichtweg ein deutsches Wunder.

Die Kinder derjenigen, die den Nationalsozialismus in Deutschland ermöglicht hatten, richteten in den 1970er Jahren ihre Wut gegen das Schweigen der Eltern und gegen das immer noch gute Leben vieler Nazis in verantwortungsvollen Positionen im öffentlichen Dienst, in der Politik und der freien Wirtschaft. Vor dem Generationenkonflikt der 1970er Jahre war es um den Postfaschismus in Deutschland ziemlich still. Kollektives Schweigen. Die Vätergeneration der Achtundsechziger war gedemütigt worden, nicht nur von den Russen, die sie weiterhin hassen und verachten konnte, sondern insbesondere vom großen, starken Land Amerika. Die Werte der USA, die amerikanische Kultur, wurden in Deutschland mit offenen Armen aufgenommen. Das war eine Kränkung für diejenigen, die ausgezogen waren, die

Welt zu erobern, und die sich für Angehörige der auserwählten Rasse hielten. Eine Kränkung ihrer Ehre. Plötzlich gab es eine Grußordnung. Deutsche Männer mussten vor amerikanischen Militärs ihre Mütze abnehmen. Männer, die bis vor Kurzem mit donnernder Kommandostimme gesprochen hatten, flüsterten nur noch, behaupteten, sie hätten nichts von dem Geschehenen gewusst, hätten es nicht gewollt, seien von den Nazis verraten worden, von Himmler, Goebbels, Hitler. Von denen. Und nun bückten sie sich, um Zigarettenkippen aufzuheben, und mussten umerzogen werden: »Reeducation«. Von einem Tag auf den anderen wurden die Großen, die Erwachsenen, zu den Kleinen. Einer ganzen Generation war die Macht genommen worden, politisch, militärisch und mental, sie reagierten beleidigt, verstockt und trotzig. Vermutlich gibt es einen Zusammenhang zwischen dem Fall der Eltern und der antiautoritären Bewegung sowie der Studentenrevolution der deutschen Nachkriegsgeneration, die so starke Auswirkungen im Land hatte. Die Kinder richteten sich gegen das Schweigen der Elterngeneration.

Der Geschichtsunterricht hörte bei Bismarck auf. In der Öffentlichkeit setzten die Gespräche, die Erkenntnis und die emotionale Aufarbeitung erst in den 1980er Jahren ein. Die Ausstrahlung der amerikanischen Fernsehserie *Holocaust* von 1978 jagte Schockwellen durch die deutschen Fernsehzimmer und all die schweigenden, zerstörten Familien.

Ich kann mich nicht daran erinnern, dass in meiner Kindheit ein einziges Familiengespräch über den Krieg geführt worden wäre. Nicht über meinen Vater als Wehrmachtssoldat. Nicht allgemein zum Krieg in Österreich, Deutschland, der Schweiz oder Norwegen, also in den Ländern, zwischen denen wir hin und her zogen. Der Krieg war etwas Vergangenes, ein Klumpen, an einen anderen Ort verbannt. Dieser Klumpen war nun in mich hineingewandert. Hinein ins Lebendige. Ich gehörte zur Nachkriegsgeneration, obwohl ich es mir nie bewusst gemacht hatte. Ende der 1950er und in den 1960er Jahren besuchte ich in Deutschland und der Schweiz die Volksschule, bis zur fünften Klasse. Der Krieg stand nicht auf dem Lehrplan. Nicht in meinen Klassen. Nicht bei meinen Lehrern. Ich war neun Jahre alt und wusste nicht, wer Hitler war.

1962 zogen wir aus dem deutschen Aalen in die Schweiz. Mein Vater hatte wieder einmal den Job gewechselt. Das kleine Dorf, in das wir zogen, hieß Netstal. Am ersten Schultag hatte ich mich bereits daran gewöhnt, dass das Dorf von der Wiggis- beziehungsweise Rautikette umgeben war, die Schatten auf die Häuser warfen und die Wolken einfingen. Ich stand auf dem Schulhof, in den die Sonne nicht vordrang, und war umringt von meinen neuen Mitschülern. Sie standen um mich herum und starrten die neue Schülerin aus Deutschland an. Alle Mädchen waren einheitlich gekleidet: kurzärmelige Bluse, bis fast zu den Knien reichender Rock mit handbestickter Schürze und graue, handgestrickte Kniestrümpfe mit Lochmuster. Alle hatten geflochtene Zöpfe und keinen Pony. Und ihre Augen unter der freien, glatten Stirn musterten mich und meine Kleidung: weißes Top, schwarzer Faltenrock, rot-gelb-grün geringelte Söckchen und weiße Turnschuhe. Meine roten Haare waren kurz geschnitten.

Zuerst war es um mich herum ganz still. Ich konzentrierte mich auf die Versammelten und überlegte, mit wem ich mich anfreunden würde. Dann sagte einer der Jungen etwas, das ich nicht verstand, und einige lachten, ein Satz wurde in unverständlichem Schwyzerdütsch mit krächzenden Kehllauten wiederholt, eine freundliche Melodie, und langsam verstand ich, was sie sangen: »Hitler isch dein Opa«, sangen die Kinder, besonders die hellen Mädchenstimmen waren schön, und ich lächelte und nickte allen freundlich zu. Als ich nach Hause kam, fragte ich Mama: »Wer ist Hitler?« Mama antwortete, Hitler sei ein böser Mann gewesen, aber die Dorfkinder hätten es sicher nicht bös gemeint. Und das hatten sie auch nicht. Ich freundete mich schnell mit Rita Maria an, die einen ganzen Kopf größer war als ich, sie hatte ein feinfühliges Wesen, das auf mein nervöses Temperament beruhigend wirkte.

9

Am Tag nach dem auslaugenden Besuch bei Sabine war ich zum Nachmittagskaffee bei Marlene eingeladen, einer Cousine zweiten Grades, der Enkelin des Bruders meines Großvaters. Bestimmt hatte ich sie in den Ferien in Grundlsee, wo sie jetzt ein Ferienhäuschen hatte, schon getroffen, aber die heute siebzig Jahre alte Frau aus Wien mit der aufrechten Haltung und den lebhaften blauen Augen kam mir nicht bekannt vor. Auch sie trug eine sommerliche Tracht mit einer kurzärmeligen weißen Trachtenbluse, und auch sie servierte Kuchen: Mohnkuchen – schwer, feucht, süß und mit dem erlesenen Mohngeschmack getränkt, der mein Herz vor Freude hüpfen ließ. Die Kindheit auf der Zunge. Dazu Kaffee und Weißwein. Auch hier saß ein Mann dabei – ihr dritter, wie mir gutgelaunt mitgeteilt wurde. An diesem Nachmittag regnete es. In dem üppigen, fast wilden Garten um das

Ferienhäuschen bogen sich die Ribiselsträucher unter der Last der schweren Tropfen. Wir saßen an einem Holztisch mit Eckbank; vom Fenster fiel Licht herein und legte sich regenmild über das Kaffeeservice auf der rot-weiß karierten Tischdecke.

Als ich den ersten Bissen Kuchen aß, kamen alle Grundlsee-Sommer meiner Kindheit in einem Bild zurück: die Badestelle. Die Badestelle befand sich unterhalb des zu Marlenes Ferienhäuschen gehörenden Grundstücks: über die Straße, den Hang hinunter, durch ein Gebüsch zu einer schmalen Bucht mit kleinen, runden weißen Steinen, die einen schönen Kontrast zu dem stets dunklen Wasser bildeten. An diesem Strand badete üblicherweise die Familie mit ihren Freunden. Wegen der Schneeschmelze in den Bergen erreichte das Wasser erst irgendwann im August mit seinen stillen, heißen Nachmittagen eine annehmbare Temperatur. Meine Schwester und ich lagen im Schutz des Gebüschs hinter unserer Mutter, die ihre schmalhüftige, langbeinige Gestalt in die Sonne streckte. Sie stach heraus, ihre blonden Haare waren eine Spur länger und wellten sich mehr als die Dauerwellenfrisuren der anderen Frauen, und sie trug Bikini statt Badeanzug. Sie hatte immer eine bunte Perlenkette um den Hals, rote Kunststoffperlen oder weiße und grüne Glasperlen zierten ihre sommersprossigen Schlüsselbeine. Beim Rauchen knickte sie das Handgelenk elegant ab, und in den seltenen Fällen, wenn alles in Ordnung war, das heißt, wenn Papa entweder gute Laune hatte oder nicht da war – am besten Letzteres –, warf sie die Haare in den Nacken und schloss die Augen genießerisch in der Sonne, sie konnte nicht genug Sonne bekommen, diese Frau zwischen den anderen Ehefrauen und Müttern, die trotz der Sonne offenbar nicht aus ihrer ewigen praktischen Kleinbürgervernunft herauskonnten.

Dort hinter dem Gebüsch hockten meine Schwester und ich in nassen Badeanzügen und hielten ein hohles, rohrähnliches Stöckchen von der Größe einer Zigarette zwischen Zeige- und Mittelfinger. Wir zündeten es an und sogen den Rauch ein, der ein Brennen im Hals verursachte, was Husten, Aufruhr und Schelte nach sich zog – nicht wegen unseres ersten Rauchversuchs, sondern wegen der Brandgefahr in dem trockenen Gebüsch.

Dies sah ich vor mir, als ich die siebzigjährige Tochter einer Cousine meines Vaters betrachtete. Ich hatte das Gespräch behutsam auf die auseinanderklaffenden Familiengeschichten gelenkt. Mit einem amüsierten Blick zu ihrem dritten Mann bemerkte Marlene: »Ja, aber in dieser Familie waren alle Nazis, mein Großvater mütterlicherseits, dein Großvater väterlicherseits, die ganze Bande, natürlich waren sie das«, sagte sie fröhlich und schenkte mehr Weißwein in mein Glas. Sie erzählte weiter, dass die Nationalsozialisten in Österreich enormen Aufschwung erhalten hatten, als Hitler 1933 in Deutschland an die Macht kam. Trotz des anfänglichen Verbots nationalsozialistischer Propaganda und Organisationsbildung setzten sie einen gewaltigen Propagandaapparat in Form von Vorträgen, Filmvorführungen und Haustüraktionen in Gang. »Das Versprechen der Nationalsozialisten, mit handlungsunfähigen Regierungen und Politikern abzurechnen, kam bei den Leuten gut an«, sagte Marlene. Ihr Mann warf von der anderen Tischseite ein, dass es auch Widerstand gegen die Nazis gegeben habe und in den Jahren vor Hitlers Besetzung, dem »Anschluss«, Bürgerkrieg herrschte. Doch am 13. März 1938 bejubelten 250 000 Menschen Hitlers Einzug in Wien. Zeitgleich mit dieser Begeisterungswelle verübten die Nazis massenhaft Übergriffe auf ihre Gegner und die jüdische Bevölkerung Österreichs. Die Wiener Kulturelite bestand zum großen Teil aus Juden, und die gesamte jüdische Bevölkerung jagte man wie Tiere, die Schaufenster in der vornehmen Kärntner Straße wurden eingeschlagen und mit antisemitischen Parolen beschmiert. Tatsächlich überstieg die Brutalität alles, was sich bis dahin in Deutschland abgespielt hatte.

Was war nur mit den Österreichern los, dachte ich, dass sie die Aufarbeitung in diesem Land, in dem der Nationalsozialismus eine so aktive und entscheidende Rolle gespielt hat, nach dem Krieg so lange hinausgezögert haben?

Nachdem ich mich von meiner Cousine verabschiedet hatte, satt vom Kuchen, leicht beschwipst vom Wein und dankbar für das offene Gespräch, das sich stark von dem familiären Geschichtsrevisionismus des Vortags unterschieden hatte, kehrte ich in die Pension zurück, um zu telefonieren. Gern hätte ich meinen Cousin Harald während meines Aufenthalts in Österreich getroffen, wir hatten jedoch keinen Termin gefunden und daher verabredet zu telefonieren.

Seine Stimme klang wie die meines Vaters. Leicht knarzend. Harald erzählte mir unaufgefordert, er habe kein gutes Verhältnis zu seinem Vater, einem Landschaftsarchitekten, gehabt. Als Reaktion auf meine Klage über das jahrelange Schweigen meines Vaters sagte er, sein Vater habe nie etwas erzählt. Das verbindet uns, dachte ich. Am anderen Ende wurde es still. Ich überlegte, ob Verschweigen nicht das Gleiche war wie Lügen. Da fügte er etwas zu hastig hinzu, es sei wichtig, den Zusammenhang zu sehen. All die verschiedenen Bevölkerungsgruppen, die miteinander im Streit lagen, das Schicksal der einzelnen Individuen und ihre scheinbaren Entscheidungen, die für die meisten vielleicht eher ein Mangel an Entscheidungsmöglichkeiten waren. Pause. Dann ergänzte er noch, dass seine Mutter einer jüdischen Freundin und deren Familie geholfen habe. Ich sagte: »Ach ja«, woraufhin er vorschlug, mir einen Brief aus dem Nachlass unseres Großvaters einzuscannen und zuzuschicken. Großvater hatte ihn 1954 – als ich ein Jahr alt war – an die österreichischen Behörden geschickt, um nach der Flucht aus Slowenien um eine Art Kriegspension zu ersuchen. Ich nahm das Angebot an und beendete das Gespräch.

Die Bemerkung meines Cousins über die jüdische Freundin seiner Mutter passte nur allzu gut zu dem, was die Autoren des Buchs *Opa war kein Nazi* »kumulative Heroisierung« nennen – Familienmitgliedern werden gute oder heroische Eigenschaften zugeschrieben, die im Laufe der Generationen immer mehr herausgestellt werden. Dennoch hatte meine Tante, verheiratet mit einem Mann, der für die Zivilverwaltung der deutschen Besatzungsmacht arbeitete, vermutlich weggesehen und geschwiegen, als die jüdischen Nachbarn abgeholt wurden und einfach »verschwanden«. Genau wie die meisten anderen nach dem Krieg wiederum geschwiegen hatten, als sie erfuhren, wohin die Verschwundenen verschwunden waren. Aber was wusste ich schon? Vielleicht war meine Tante ja wirklich eine Judenfreundin. Irgendwo hatte ich gelesen, dass Antisemiten meistens ihre Lieblingsjuden hatten, über die sie ihre schützende Hand zu halten versuchten, während sie sich ansonsten voll und ganz der Auffassung anschlossen, dass das »Judenproblem« eine radikale Lösung erfordere.

10

Kurz nach dem Telefonat erhielt ich eine E-Mail mit Großvaters Brief im Anhang. In zwei Versionen: eine Kopie seines handgeschriebenen Briefs, eine Kopie der von meinem Cousin angefertigten maschinengeschriebenen Abschrift. Der Brief war lang. Die schräge Schreibschrift sehr schön, auf einmal saß ich da mit Großvaters alter Schrift in der Hand. Seiner eigenen Darstellung des Krieges, von der mir zuvor noch niemand etwas erzählt hatte:

»Dr. Lothar Mühleisen
em. Rechtsanwalt
Grundlsee 72 – Steiermark
Grundlsee im Jänner 54

Eure Excellenz!
Sehr geehrter Herr Minister!
Es mag verwunderlich erscheinen, daß ein Mensch, den Sie gar nicht kennen, von dem Sie vermutlich noch niemals das geringste gehört haben, mit einer schwerwiegenden Bitte an Sie herantritt. Zu ihrer Begründung diene mein Lebenslauf, den ich nun in kurzer Fassung vortragen will:
Als Abkömmling einer deutschen Familie und Sohn eines altösterreichischen Staatsanwaltes, am 25/9 1876 zu Laibach in Krain geboren, legte ich daselbst das Volks- und Mittelschulstudium zurück und bezog im Herbst 1894 die

Universität Wien, um Jura zu studieren. Im Herbst 1898 legte ich die für den Staatsdienst erforderlichen Prüfungen ab und trat sogleich als Rechtspraktikant beim Landesgericht Laibach in den altösterreichischen Justizdienst ein. Nachdem ich Anfang 1900 an der Wiener Universität das Diplom eines Doktors der Rechte erworben hatte, unterzog ich mich im Frühjahr 1902 der Richteramtsprüfung beim Oberlandesgericht in Graz, wurde im April 1902 zum Richter am Bezirksgericht Rohitsch in der Untersteiermark bestellt und verzichtete im Herbste 1905 auf dieses Amt, um mich der Rechtsanwaltslaufbahn zu widmen. Die durch die österreichische Advokatenordnung vorgeschriebene dreijährige R. A.-Anwärterpraxis vollstreckte ich in Marburg a/D, dem Hauptort der Untersteiermark, legte im Dezember 1908 die Advokatenprüfung beim Oberlandesgericht in Graz ab und eröffnete zu Weihnachten 1908 meine Rechtanwaltskanzlei im Städtchen Windisch-Feistritz nächst Marburg. Mit 1/1 1912 übersiedelte ich nach Marburg und wirkte daselbst als Rechtsanwalt mit einer kriegsbedingten Unterbrechung bis zu meiner Ausreise am 10. November 1944.
Nach dem Frieden von St. Germain, durch welchen die Untersteiermark an das Königreich der Serben, Kroaten und Slowenen gefallen war, wurde ich durch einmütige Wahl der Vertrauensmänner aus allen deutschen Siedlungen zum politischen Führer der deutschen Volksgruppe in der Untersteiermark bestellt. Dieses dornenvolle Ehrenamt habe ich unentgeltlich, ja sogar ohne Aufwandsentschädigung versehen, bis ich es mit Erreichung meines 60. Lebensjahres freiwillig zurücklegte, um mich von da ab völlig meiner einigermaßen vernachlässigten Rechtsanwaltspraxis und meiner Familie zu widmen.

Das Bestreben aller jugoslawischen Regierungen war darauf gerichtet, die im Staate lebenden Minderheiten zu entnationalisieren und sie mit den slawischen Staatsvölkern zu verschmelzen. Der vorhandene starke Wille der deutschen Volksgruppe in der Untersteiermark zu völkischem Eigenleben mußte also durch Organisation aller Kräfte aufrechterhalten werden. Zu diesem Zwecke gründete ich vorerst den ›Politischen und wirtschaftlichen Verein der Deutschen in Slowenien‹, der denn auch die Genehmigung der Regierung fand. Diesem Vereine gelang es, die Deutschen in der Untersteiermark zu erfassen, zu sammeln und zu einheitlichem Vorgehen in allen politischen Dingen zu bestimmen. Ehe er aber seine Tätigkeit auf das wirtschaftliche und kulturelle Gebiet ausdehnen konnte, wurde er von der zuständigen slowenischen Behörde aufgelöst; das an die Regierung eingelegte Rechtsmittel blieb ohne Erfolg.
Bald darauf gelang es der zahlenmäßig weit stärkeren deutschen Volksgruppe im Banat, der Bacska und Vojwodina – sie zählte mehr als 400 000 Seelen – eine starke Organisation, den ›Schwäbisch-Deutschen Kulturbund‹ aufzuziehen. Unter dieser Dachorganisation gründete ich eine ›Ortsgruppe Marburg des Schwäbisch-Deutschen Kulturbundes‹, welche mit finanzieller Unterstützung wohlhabender Deutscher aus der Untersteiermark und gelegentlicher Unterstützung durch den ›Verein für das Deutschtum im Auslande‹ eine überaus erfreuliche Entwicklung nahm. Ein geeignetes Vereinsheim wurde gemietet, ein Privatunterricht für die deutsche Jugend eingerichtet, ebenso Kindergartenstunden für die Kleinen, Christbaumfeiern, Vorträge, musikalische Darbietungen und Liebhaber-Theatervorstellungen veranstaltet, an österreichischen oder deutschen

Hochschulen Studierende aus der deutschen Volksgruppe unterstützt und die Gründung des deutschen Sportvereines ›Rapid‹ in die Wege geleitet. Praktisch dehnte die Ortsgruppe Marburg ihre Tätigkeit auf das ganze Gebiet der Untersteiermark aus. Für den Dienst an der Sache in wirtschaftlicher Beziehung wurde auch das einzige bedeutende von Deutschen verwaltete Kreditinstitut, die ›Marburger Kreditanstalt‹, deren Aufsichtsrats-Mitglied ich auch 30 Jahre war, herangezogen, so daß dem Kreditbedarf von Angehörigen der deutschen Volksgruppe in weit höherem Maße als vorher entsprochen werden konnte.
Auf diese Weise gelang es, die deutsche Volksgruppe in der Untersteiermark bis zur Besetzung durch die deutsche Wehrmacht lebendig und in ihrem Volksbewußtsein gegenüber der altösterreichischen Zeit noch erhöht zu erhalten. Nach Kriegsende konnte immerhin ein Großteil der deutschen Menschen aus der Untersteiermark nach Österreich oder Deutschland flüchten und das deutsche Volkstum stärken. So ist die geleistete Arbeit doch nicht erfolglos geblieben.
Während meiner langjährigen Tätigkeit als politischer Führer der deutschen Volksgruppe in der Untersteiermark suchte ich auch in das öffentliche Leben einzudringen, soweit und solange dies auf dem Wege von Wahlen möglich war. Auf diese Weise wurde ich Mitglied des Marburger Gebietsparlamentes, Mitglied des Marburger Gemeinderates und Stadtrates, Aufsichtsrats- und Direktionsmitglied der städtischen Sparkasse Marburg.
Unsere Volksgruppe war auch dem ›Verbande deutscher Volksgruppen in Europa‹ angeschlossen. Als ihr Vertreter beteiligte ich mich an den Tagungen des Verbandes in

Salzburg, Kiel, Essen, Stuttgart und Bad Schandau und erstattete jeweils das Referat über die Verhältnisse der untersteirischen Volksgruppe.
Bemerken möchte ich noch, dass mein einziger Sohn Lothar d.J. sich schon im August 1941, obgleich er einen gut honorierten Posten als Textilingenieur in Krainburg bekleidete, als Kriegsfreiwilliger zur Wehrmacht meldete, nach kurzer Ausbildung an die nordfinnische Front abging, dort 2 ½ Jahre unter den schwierigsten Bedingungen stets in vorderster Linie kämpfte, darauf zur Offiziersschule nach Wiener Neustadt kommandiert, nach Absolvierung zum Leutnant befördert, abermals an die nordfinnische Front entsendet wurde, den Rückzug der Heeresgruppe Nord von der Eismeer- und Nordfinnland-Front nach Norwegen mitmachte, dort mit der Kapitulation des deutschen Heeres in Kriegsgefangenschaft geriet, aus welcher er im November 1945 entlassen nach 4 harten Kriegsjahren zu seiner Familie in Grundlsee zurückkehrte.
Nach Zurücklegung meines Amtes eines Obmannes der Ortsgruppe Marburg im Jahr 1936 hatten selbstverständlich sowohl ich als auch meine Ehefrau Elisabeth unsere Mitgliedschaft in dieser völkischen Vereinigung beibehalten. Durch ein deutsches Reichsgesetz, glaublich vom Jahre 1942 oder 1943, wurden sämtliche Inhaber von roten Legitimationskarten des Steirischen Heimatbundes zu deutschen Staatsbürgern erklärt. Auf diese Weise bin auch ich deutscher Staatsbürger geworden.
Nun bin ich 77 Jahre alt geworden, verbraucht durch 46 Jahre anstrengender geistiger Arbeit, zermürbt durch die erlittenen Schicksalsschläge und wegen hohen Alters und körperlicher Beschwerden gänzlich erwerbsunfähig.

Mit Ausnahme von Geldmitteln im Betrage von 15 000 Mark habe ich mein ganzes nicht unbeträchtliches Vermögen in Jugoslawien verloren. Es bestand aus einem kleinen doch ertragreichen Landgute in der Umgebung von Marburg mit einem Herrenhaus und 3 Wirtschaftsgebäuden, der vollständigen Einrichtung einer 4-Zimmer-Wohnung daselbst samt Tisch- und Bett-Wäsche, Glas, Porzellan, Eßgerät und Kochgeschirr, aus der vollständigen Einrichtung einer 5-Zimmer-Wohnung in Marburg samt Tisch- und Bett-Wäsche, Glas, Porzellan, Eßgeräte und Kochgeschirr, aus einer Einrichtung meiner 4-zimmrigen Kanzlei nebst 4 Schreibmaschinen und einer umfangreichen und wertvollen Bücherei und nicht zuletzt aus einem Pensionsanspruch. Dieses Vermögen ist endgültig verloren, denn ich wurde des Urteils eines Volksgerichtes in Marburg in Abwesenheit wegen angeblicher Kollaboration mit dem Feinde zu 20 Jahren Kerker und zum Verlust meines Vermögens verurteilt. Das gleiche Schicksal widerfuhr allen deutschen Rechtsanwälten der Untersteiermark, die noch rechtzeitig nach Österreich hatten flüchten können. Jene deutschen Rechtsanwälte aber, welche in grenzenlosem Optimismus nach der Kapitulation des deutschen Heeres noch in der Untersteiermark geblieben waren, wurden entweder kurzerhand von den jugoslawischen Partisanen ermordet oder von Volksgerichten zum Tode verurteilt und hingerichtet.
Bis Ende 1948 konnte ich mit meinen Geldmitteln, die alsbald durch die österreichische Währungsreform eine gewaltige Schmälerung erfuhren, bei äußerster Sparsamkeit für mich und meine Ehefrau das Auslangen finden.
Von da ab unterstützten uns unsere vier Kinder, so daß wir Eltern unseren bescheidenen, aber nicht dürftigen Unter-

halt hatten. Nun sind aber zwei meiner Kinder selbst unverschuldet in äußerst mißliche finanzielle Verhältnisse geraten, weshalb sie uns Eltern voraussichtlich auf lange Zeit hinaus nicht mehr oder doch nur unzureichend werden unterstützen können.
Bei dieser Notlage gedachte ich, bei der österreichischen Regierung um Gewährung eines Versorgungsgenusses anzusuchen. Deshalb erlaube ich mir an Sie, sehr geehrter Herr Minister, die dringliche Bitte zu richten, mir einen bescheidenen Versorgungsgenuß zu gewähren, der mich instandsetzen soll, die mir noch zugemessenen Tage ohne Sorge um den notwendigen Unterhalt für mich und meine Ehefrau Elisabeth zu beschließen.
Hiermit verbleibe ich
Euer Excellenz sehr ergebener
Dr. Lothar Mühleisen«

Der Brief meines Großvaters brachte mich völlig aus der Fassung. In Bezug auf die Vergangenheit meines Großvaters war keine Detektivarbeit mehr erforderlich. Case closed. Was für eine Selbstdarstellung. Eine gründliche Erklärung für seine enge Zusammenarbeit mit dem deutschen Naziregime während der Besatzungszeit in Maribor. Sein Stolz auf die rote Legitimationskarte für Kollaborateure, durch die sie die deutsche Staatsbürgerschaft erhielten. Alles freimütig und penibel aufgezeichnet, selbst Bettzeug und Gabeln waren mitgerechnet worden. Das Ganze definitiv in krassem Gegensatz zu der Behauptung in den Nachrufen, er habe seine politische Karriere 1931 beendet. »Politischer Führer« nannte er sich selbst. Er war die ganze Zeit dabei gewesen. Er hatte die Grundlage für einen herzlichen Empfang der Nationalsozialisten geschaffen, deren Bestrebungen, so gut er konnte, unterstützt, und zwar bis zu seiner »Ausreise« nach Österreich im November 1944. Eine der folgenden Informationen widersprach der Behauptung meiner Cousine, dass mein Vater keine andere Wahl gehabt habe, als sich zur Wehrmacht einziehen zu lassen. Großvater schreibt, er habe sich freiwillig gemeldet. Das war neu.

Ich starrte auf die akkurate deutsche Schreibschrift meines Großvaters. Das Datum: »Jänner 54«. Er schrieb diesen Brief also neun Jahre nach Kriegsende. Ein Jahr, nachdem ich in Dale in Hordaland, Norwegen, geboren worden war, wo mein Vater in den Dale-Textilfabriken arbeitete.

1954 stand Österreich noch unter der Verwaltung der Alliierten, die erst 1955 mit der Unterzeichnung des neuen Staatsvertrags endete. In seinem Brief an die österreichischen Behörden beschreibt Großvater im Detail und mit unverhohlenem Stolz seine Unterstützung der nationalsozialistischen Besatzungsmacht und deren Regime. Erwartete er von den österreichischen Behörden etwa eine Anerkennung für treue Dienste, obwohl Österreich noch von den Alliierten regiert wurde? Offensichtlich schrieb er diesen Brief im Vertrauen darauf, dass der Empfänger Verständnis für seine Situation aufbringen würde und vielleicht sogar gerührt wäre.

Mir wurde klar, dass ich auch diese Nacht nicht würde schlafen können. In diesen wenigen Tagen in Grundlsee waren die Erinnerungsbilder meiner Kindheit von Zeugnissen abgelöst worden, wonach die Familie meines Vaters die nationalsozialistische Besetzung Sloweniens aktiv unterstützt und mein Vater sich freiwillig zur Wehrmacht gemeldet hatte.

Ich hatte geglaubt, ohne Illusionen nach Österreich gereist zu sein, doch ich hatte mich geirrt. Es war, als hätte ich eine neue Familie bekommen.

11

Als ich mit Blick auf den Backenstein, den mächtigen Berg, zu dem ich aus dem Fenster meines Pensionszimmers hinaufschauen konnte, erwachte, überlegte ich, dass Grundlsee ein anderes Österreich war als das Land, in dem ich von 1976 bis 1985 gelebt hatte. Die Zeit in der Künstlerkommune erschien mir vollkommen losgelöst von allem Österreichischen; die Kommune hätte überall sein können. Ich war damals fast im Rausch. Vielleicht war es aber auch so, als würde ich mich selbst deportieren, einem Zwang folgen: Gib mir ein Umfeld, in dem ich mit der vollen Kraft meiner selbst wirken kann, das mir den Traum einer verlorenen Einheit schenken kann. Ich glaube, das dachte oder fühlte ich.

Als wir an jenem dunklen Herbstabend im Oktober 1976 am Friedrichshof ankamen, war ich von all den Eindrücken meiner ersten Begegnung mit der AAO-Kommune in Wien bereits erschöpft. Man teilte mir ein Bett zu. Das Erdgeschoss eines großen Betongebäudes war provisorisch als Schlafsaal eingerichtet. Grob gezimmerte Betten standen dicht an dicht an allen Wänden, die Längsseiten ohne Zwischenraum aneinandergestellt. In der Mitte des Raums eine Art Mittelgang, mit einem verschlissenen Teppich ausgelegt. Keine Stühle, keine Tische. Die Rucksäcke und Taschen der Teilnehmer wurden unter den Betten verstaut. Es war mir gelungen, ein Bett an der Wand zu erobern, sodass ich mich zu der Wand umdrehen und Schutz finden konnte, oder ich lag mit dem Rücken zur Wand, offen, bereit, selbst im Schlaf, den anderen, den noch Fremden, zugewandt. Für die nächsten zwölf Tage war das meine Wand.

Ausgepumpt ließ ich mich in den Schlaf fallen.

Als ich beim Erwachen die morgendlich verquollenen Gesichter der anderen Teilnehmer erblickte, fühlte ich mich für einen Augenblick in die Schullandheimaufenthalte meiner Kindheit zurückversetzt. Das Bewusstsein, sich in der Fremde zu befinden, einen Hauch von Heimweh zu verspüren, vermischt mit aufgekratzter Abenteuerlust und Freiheitsgefühl. Mein erster Impuls war, sehen zu wollen, wo ich mich befand, bei unserer Ankunft am Abend zuvor war es stockfinster gewesen. Ich stand vor dem Betongebäude, der Regen war einer dunstig-bleichen Morgensonne gewichen. Ich atmete die raue Herbstluft ein und glaubte, mich wieder orientieren zu können. Denn ich wusste, dass der Friedrichshof im Bundesland Burgenland südlich von Wien nahe der ungarischen Grenze liegt. Vor mir erstreckte sich eine weite, flache und offene Agrarlandschaft – so ganz anders als die idyllische, österreichische Alpenlandschaft, die man gewöhnlich auf Postkarten sieht. Ganz anders als das schöne Tal meiner Kindheit, Grundlsee. Die weichen Linien der Landschaft hier erinnerten eher an das westnorwegische Jæren, bloß ohne Meer. Eine landschaftliche Abweichung in Österreich, so wie Jæren ein Ausreißer in der norwegischen Geografie ist. Ich erkannte den erschreckend offenen Himmel der Jæren-Landschaft wieder, mit dem ich mich so verbunden fühle. Das machte mir Mut.

Schon für den ersten Tag war eine individuelle Einführung in die »Aktionsanalyse« angesetzt. Nach der Lektüre des Artikels in der *Gateavisa* und dem Blättern im Buch *Das AA-Modell* am Abend vorher hatte ich nur vage Vorstellungen, worum es sich dabei handelte.

Herbert, mein Mentor und *Analytiker* bei der Sitzung, war ein kleiner, dürrer Mann von Anfang dreißig. Er sprach einen breiten österreichischen Dialekt, seine Stimme war warm, die Worte direkt, er wollte mir nichts verkaufen. Ich kannte ihn von Fotos, er war schon bei der Gründung der ersten Wohngemeinschaft 1970 in Wien dabei gewesen. Da er auf dem einzigen Stuhl in dem kleinen Raum saß, setzte ich mich etwas linkisch auf ein Bett, das an der einen Längswand befestigt war. Er begann mit einem Abriss über die Entwicklung der Aktionsanalyse. Die Kommune in Wien war rasch gewachsen, und nicht allen gelang es, sich in der lebhaften Gemeinschaft zu behaupten. Muehl beschäftigte sich zu dieser Zeit intensiv mit der Lektüre von Wilhelm Reichs Texten. Reich vertrat die Auffassung, individuelle Therapie sei eine Art archäologischer Ausgrabung der Persönlichkeitsstruktur, wobei diese Struktur nichts weniger als der »erstarrte soziologische Prozess einer bestimmten Epoche« sei. Versuchsweise bot Muehl seinen Mitbewohnern individuelle Analysen an. Inspiriert von der sogenannten Primärtherapie, die zu jener Zeit in Mode war, erweiterte er das Gesprächsmodell um Atemübungen. Er ermunterte dazu, Gedanken und Gefühle zum Ausdruck zu bringen und innere Blockaden zu lösen. Der Muskelpanzer des Körpers sollte durchbrochen werden, um zu vitalen Gefühlen und symbolischen Bildern zu finden. Ließ man diese ungehindert zu, konnte die Energie frei fließen. Später wendeten die Mitglieder der Kommune diese Methode aneinander an.

Herberts Erklärung ließ meine Handflächen feucht werden. Ich war mehr an Theaterimprovisation und allem, was über Selbstdarstellungen in der *Gateavisa* gestanden hatte, interessiert als an Therapie.

»Leg dich auf die Matratze und versuch, dich zu entspannen«, sagte Herbert in freundlichem Ton. Trotz aller Vorbehalte gehorchte ich. Er fragte, wie ich von dem Kurs erfahren hätte und warum ich gekommen sei. Ich starrte an die weiße Betondecke, während ich angespannt auf der Matratze lag und spürte, wie mein Herz klopfte. Herbert wollte wissen, was ich fühlte. Das hier ist einfach nur bescheuert, dachte ich.

»Ich bin so verzweifelt«, sagte ich.

Warum sagte ich das? Ich hörte ein kurzes, hysterisches Lachen. Es kam aus meinem Mund. Ich wollte mich von der Matratze erheben, spürte jedoch den sanften bestimmenden Druck von Herberts Hand auf meinem Brustkorb. Ließ mich wieder auf die Matratze sinken. Atmete tief ein.

»Schließ die Augen«, sagte Herbert. »Die Aktionsanalyse hat kein Ziel«, fuhr er fort, »es geht nur um das, was dabei passiert. Es geht nicht um Leistung. Sie ist vielmehr eine Reise in dich selbst, die du so oft unternehmen kannst, wie du willst, und sie ist jedes Mal anders. Bilder kommen hoch, werden aus Schichten von Gefühlen und Erinnerung geholt. Die Gefühle sind wie Lava, aber anstatt frei zu fließen, sind sie in Ablagerungen und Mustern erstarrt, wie ein miserabler Plot, der sich ständig wiederholt.«

Was für ein Plot, dachte ich.

»Tief einatmen«, sagte Herbert. »Ich werde dir beim Atmen helfen, indem ich leicht auf deinen Brustkorb drücke, denn direkt unter dem Atem haben sich diese unartikulierten Gefühle verschanzt, die die Atmung fest im Griff haben und die Geschichten vorgeben wie in einem durchschnittlichen, konventionellen Melodram, einem Groschenroman.«

Ich spürte, wie er mit der Hand meinen Brustkorb so fest herunterdrückte, dass ich stärker ausatmete, und ich schnappte instinktiv nach mehr Luft, die ich tief in die Lunge einsog.

»Wie fühlt es sich jetzt an?«, fragte Herbert.

Ein tiefes Schluchzen brach sich Bahn: »Ich bin so verzweifelt.«

Ich wiederholte diesen Satz, der sich erbärmlich und peinlich anhörte. War ich wirklich verzweifelt?

Trotz meiner Unsicherheit beschloss ich, mich auf diese Sitzung einzulassen. Immerhin hatte ich die Kursgebühr bezahlt, und war ich nicht hierhergekommen, um meine Grenzen zu testen, etwas zu lernen, das nur diese Kommune bieten konnte?

»Weswegen bist du so verzweifelt?«, fragte Herbert.

»Weiß nicht«, antwortete ich.

»Nun gut«, sagte Herbert. »Denk an deinen Vater«, fuhr er fort.

Mein Gott, durchfuhr es mich, wie vorhersehbar. Dennoch zeichnete sich unwillkürlich ein Bild von Papa auf meiner Netzhaut ab. Eine jüngere Ausgabe. Wie warm und leuchtend seine braunen Augen waren. Ich badete im Licht der Papa-Augen. Gluckste vor Wohlbehagen. Ich war eine sechsjährige Ausgabe meiner selbst und warf mich in seine Arme, als er auf dem Wohnzimmersofa lag. Aber plötzlich und für mich unerklärlich stand er auf und ging. Schloss hinter sich die Tür. Eine bezwingende Sehnsucht ergriff mich: Papa!

»Streck deine Arme aus«, schlug Herbert mit seiner freundlichen Stimme vor, sie schien in meinen Kopf gewandert zu sein. Ich streckte die Arme nach Papa aus, rief nach ihm, zuckte zusammen, als ich meine eigene Stimme hörte, trotzdem schrie ich noch lauter.

»Mach weiter«, kommentierte Herbert. Ich ließ mich fallen, gab mich meinen Tränen hin. Der Körper stürzte zu einer Stelle, an der ich schreien konnte. Es tat gut, dort zu sein. Das hier war ich. Wie laut ich schreien konnte! Der Schrei übertönte alles. Die Schallwellen hoben mich an, die Bauchmuskeln zogen sich zusammen. Ich brüllte nach Papa. Warum kam er nicht? Hörte er mich nicht?

»Du bist wütend«, stellte Herbert fest.

Wütend? Ich war außer mir. Papa ließ mich im Stich. Er ging einfach weg. Das Schlimmste war: Ich musste mich vor ihm in Acht nehmen. Denn er konnte gefährlich sein. Er schlug.

»Du jämmerlicher Wicht«, knurrte ich.

»Mehr«, konterte Herbert.

»Du Schwein«, schrie ich, »Verräter, du elender Wurm, du erniedrigst mich!«

»Noch mehr«, warf Herbert ein.

»Ich hasse dich!«, brüllte ich. Der Satz erfüllte meinen Kopf. Herrlich. Bestimmt war ich aufgesprungen. Lachte so sehr, dass ich umfiel, wälzte mich auf der Matratze, bekam keine Luft mehr, japste, lachte – nein, heulte. Ja, das tat ich. Ich war wieder auf den Beinen, den Rücken gekrümmt, den Kopf nach vorn gebeugt, fühlte die Kraft meiner Armmuskeln, das Blut donnerte durch meine Adern, geradewegs zu meinem Reptiliengehirn. Ich ballte die Hände zu Fäusten. Wurde von einer irrsinnigen Kraft erfüllt.

»Was tust du da?«, fragte Herbert. Ich bekam Papas frisch gebügeltes weißes Hemd zu fassen, klammerte mich daran fest und spürte, wie sich meine Zähne in seinen Hals verbissen. Ein vertrauter Rasierwasserduft stachelte mich an, ich musste in die Haut beißen, bis sie aufplatzte, und ein Stück Fleisch herausreißen. Ich wollte zu ihm hinein.

»Lass mich rein!« Ich spuckte Blut, Haut und Fleischfetzen aus. Gurgelte und fauchte. Öffnete die Augen und wurde vom Licht geblendet. Von seiner hellen Liebe. Sie drückte qualvoll gegen meine schmerzenden Augäpfel. »Du bist so groß«, schrie ich. »Ich liebe dich!« Ich schüttelte ihn mit aller Macht, hämmerte mit meinen Fäusten gegen seine Brust.

»Mach weiter«, ermunterte mich Herbert.

Ich nahm einen Vorschlaghammer. Er war viel zu schwer. Brauchte alle Kraft, um ihn über den Kopf zu heben. Hörte den dumpfen Schlag, als das Metall den Schädel traf. Schlug zu. Zerschmetterte ihn.

»Ich werde dich auslöschen«, zischte ich. Das Geräusch, als das Kranium nachgab. Ich schlug weiter mit dem Hammer auf die blutig dampfende Masse vor mir ein.

»Was hast du getan?«, fragte Herbert.

Oh Gott, was hatte ich getan? Ich sank vor den blutigen Überresten zusammen, wimmerte. Wurde von heftiger Übelkeit gepackt.

»Steck dir den Finger in den Hals«, schlug Herbert vor, »und sieh zu, dass der ganze Scheiß rauskommt.« Ich umklammerte einen Plastikeimer. Musste mir keinen Finger in den Hals stecken, der Inhalt meines Magens schoss von allein hoch und ergoss sich in den Eimer. Ich erbrach mich, bis die Magensäure die Mundhöhle verätzte. Fühlte mich erschöpft, durchgescheuert. Herbert gab mir Papier, um mir den Mund abzuputzen. Ich war nass vor Anstrengung, sank zurück auf die Matratze. Leer. Eine warme Hand strich mir über die Haare, die an der Kopfhaut klebten.

Später las ich weiter in dem Buch mit der orangen Schrift auf dem Cover. *Das AA-Modell.* Ich las, dass ein gelungener Analyseverlauf den in der *AA-Bewusstseinsparabel* beschriebenen Stufen folge. In dem Buch heißt es, der »Selbstdarsteller« durchlaufe während der Aktionsanalyse eine Transformation, die dem zivilisatorischen Entwicklungsprozess des Menschen entspreche. In der ersten Phase, der pränatalen, melde sich Widerstand. Der Analysand bewege sich in der Zeit zurück, durch die Verletzungen, die ihm in der Kindheit zugefügt worden seien, über den »Urmord«, die symbolische Tötung der Eltern, bis zum eigentlichen Geburtserlebnis. In der nächsten Phase würden die Verletzungen auf bewusster Ebene erlebt, wodurch kompensatorischer Narzissmus, Angst, Asozialität und Sexualfeindlichkeit überwunden werden könnten. In der postnatalen Phase könne sich der Analysand von unten nach oben arbeiten, durch die Kindheit hindurch, und die Verletzungen auf symbolischer und sprachlicher Ebene korrigieren. Abgeschlossen werde die Aktionsanalyse mit der Aufgabe der Rolle, die dem Analysanden von der autoritären Kleinfamilie übertragen worden sei.

Herrje. Ich musste erkennen, dass ich mich auf der untersten Entwicklungsstufe befand. Long way to go.

Im Pensionsbett in Grundlsee, 36 Jahre nach meiner ersten Aktionsanalyse in der AAO-Kommune, grübelte ich darüber nach, warum es so lange gedauert hatte, bis ich dazu in der Lage war, Bücher über den Krieg aufzuschlagen. Bei meinen früheren Versuchen hatte ich das Gefühl gehabt, als verknote sich etwas in meiner Brust und ich falle in die Zeit vor meiner Zeit zurück. Dass ich jetzt langsam begann, der zwingenden Wirklichkeitssuche nachzugeben, war reiner Angst geschuldet. Ich musste mich gegen meinen Willen an etwas erinnern, das ich nicht selbst erlebt hatte, von dem mir niemand etwas erzählt hatte.

Noch vor dem Frühstück legte ich los. Ich hatte den Tag für die Lektüre reserviert. Was an Nachkriegsösterreich ließ meinen Großvater hoffen, dass die Behörden Verständnis für seine Bitte um Anerkennung seines Einsatzes aufseiten der Deutschen haben würden?

1943, in der sogenannten Moskauer Deklaration, hieß es, Österreich sei Hitlers erstes Opfer gewesen. Und Opfer begehen keine Verbrechen. In der Nachkriegszeit und bis weit in die 1980er Jahre hinein rechtfertigten österreichische Wehrmachtssoldaten ihre Taten damit, dass sie keine andere Wahl gehabt hätten, dass sie wie die Einwohner anderer besetzter Gebiete gezwungen worden seien, sich an der »verhassten Kriegsmaschinerie« zu beteiligen. Wenn der Einsatz der Österreicher für die Nazis wirklich unfreiwillig erfolgt sein sollte, fällt es schwer zu verstehen, weshalb Millionen von Österreichern die Befreiung 1945 als vernichtende Niederlage erlebt und im Gegensatz dazu die Anwesenheit der

Alliierten nach Kriegsende als Besatzung empfunden hatten. Der Begriff »Besatzungszeit« bezog sich in Österreich nicht auf die Besetzung durch die Deutschen zwischen 1938 und 1945, sondern vielmehr auf die »Besetzung« durch die Alliierten von 1945 bis zum Zustandekommen des neuen Österreichischen Staatvertrags 1955.

Tatsächlich weckte der »Anschluss« Österreichs 1938 eine berauschende Zukunftshoffnung in einer Nation, die, nachdem sie das Zentrum der Großmacht Österreich-Ungarn gewesen war, zu einem bedeutungslosen kleinen Nationalstaat zusammengeschrumpft war. Das hatte mir meine Cousine Marlene bei meinem Besuch erzählt. Das Versprechen des Nationalsozialismus, das Land in eine neue deutsch-österreichische Glanzzeit und zu größerer Macht zu führen, wirkte auf die jubelnden Massen, die die deutschen Soldaten herzlich begrüßten, unwiderstehlich. »Anschluss« bedeutet ja auch nicht Besetzung, sondern Zusammenschluss oder Wiedervereinigung. Im Gegensatz zu den deutschen Nachkriegsregierungen lud die österreichische Regierung die emigrierten Juden nach dem Krieg nicht zur Rückkehr ein, und sie erhielten auch keine Entschädigung.

Mit dem gewollten Vergessen in Österreich verhält es sich so: Wer nicht über die Massen, die Hitler begeistert empfingen, sprechen will, muss auch über all die schweigen, die vor dem Einmarsch der Deutschen 1938 von den österreichischen Nazis verhaftet wurden, über die, die den Widerstand gegen die Nazis organisiert haben, und über die, die fliehen mussten. Wer über all die schweigen will, die für die Gestapo gearbeitet haben, muss auch die österreichischen Opfer der Gestapo vergessen. Seit Anfang der 1950er Jahre entwickelte die österreichische Öffentlichkeit daher eine absurde Doppelzüngigkeit. Nach außen hin hielt Österreich am Mythos von der Unschuld des Landes fest. Innenpolitisch wurde der Widerstand gegen die Nationalsozialisten jedoch als kommunistisch stigmatisiert. Politiker hielten Reden an Kriegerdenkmälern und dankten den ehemaligen Wehrmachtssoldaten für ihre Pflichterfüllung und Opfer bei der Verteidigung des Vaterlands.

Erst durch die Waldheim-Affäre 1986 wurde Österreich international mit seiner NS-Vergangenheit konfrontiert. Der ehemalige Wehrmachtssoldat, SA-Angehörige, österreichische Diplomat, UN-Generalsekretär und Präsidentschaftskandidat Kurt Waldheim antwortete, als er zu seiner Rolle im Krieg befragt wurde: »Ich habe im Krieg nichts anderes getan als hunderttausende Österreicher auch, nämlich meine Pflicht als Soldat erfüllt.« In einem solchen Klima lässt sich leicht nachvollziehen, warum der Rechtspopulist und Parteivorsitzende der Freiheitlichen Partei Österreichs (FPÖ) Jörg Haider von Mitte der 1980er Jahre bis zu seinem Tod 2008 so großen politischen Erfolg hatte. Bei einer Gedenkveranstaltung für ehemalige Wehrmachtssoldaten 1990 sagte er: »Eure Opfer werden in den nächsten Jahren in das richtige Licht gerückt werden, weil an der Gesamtentwicklung dieses Europas deutlich gemacht wird, dass die Grundlage für Frieden und Freiheit von euch gelegt wurde.« Die Popularität des postnazistischen Populisten Haider kann direkt auf die österreichische Verleugnungs- und Verdrängungskultur und die große Zahl von Altnazis in den Regierungen der Nachkriegszeit zurückgeführt werden.

Österreichische Schriftsteller und Künstler haben jahrzehntelang gegen den Austrofaschismus und Österreichs mangelnde Aufarbeitung der Nazivergangenheit gewütet.

Das Werk der Nobelpreisträgerin Elfriede Jelinek gräbt in dem Leichenberg, aus dem diese nazibelastete Nation besteht. Thomas Bernhard, Ingeborg Bachmann, Maja Haderlap, die Avantgardisten der Wiener Gruppe und die Wiener Aktionisten sowie die Filmregisseure Michael Haneke, Ulrich Seidl und viele andere drückten und drücken immer noch unermüdlich auf die Schmerzpunkte der braunen Nation.

Über dem winzigen Schreibtisch in der Pension hing eine grauweiße Fotografie vom Grundlsee mit Frauen und Männern in Tracht. Das Bild hatte mitnichten eine beruhigende Wirkung auf mich. Einige der Leute standen im Schatten eines großen Baums und spielten Blasinstrumente. Wahrscheinlich ein lokaler Festtag. Der Anblick von trachttragenden Alt- und Neonazis, die wahrscheinlich ohne jede Scham zwischen Kuchenbissen, Würstchen, Bier und dem guten österreichischen Wein Lügengeschichten wiederkäuten, erfüllte mich mit Abscheu.

Ich beendete den Lektüretag mit dem Fazit, dass mein Großvater wirklich begründete Hoffnung gehabt haben konnte, mit seinem Gesuch um einen finanziellen Ausgleich für seinen jahrelangen Einsatz für Österreich-Deutschland Erfolg zu haben. Ja, es bestand wenig Grund zur Annahme, dass der Brief von den als Demokraten der sich ankündigenden Republik verkleideten Postfaschisten nicht wohlwollend aufgenommen worden wäre.

Am Nachmittag lieh ich mir ein Fahrrad und radelte ins Tal, bis dorthin, wo die Berge am Ende des Wassers zusammentreffen. Ich war eine Erwachsene im Tal meiner Kindheit. Hatte mir ein Fahrrad geliehen und konnte tun und lassen, was ich wollte. Das tat ich dann auch. Gönnte mir eine Tasse Kaffee in dem kleinen Ufercafé am Ende des Grundlsees. Legte mich direkt ans Ufer, fühlte das Pieken der kleinen warmen Steine an der Haut, warf einen letzten Blick hinauf zum Gipfel des Backensteins, der vor dem diesigen Sommerhimmel weiß leuchtete. Ich schloss die Augen, das Gesicht der Sonne zugewandt, den unendlich vielen sonnenzugewandten Gesten meiner Mutter nicht unähnlich, und schlief mit den Geräuschen der im Wasser spielenden Kinder im Ohr ein.

Am nächsten Tag wollte ich weiter nach Slowenien, nach Maribor. Ich hatte noch drei Tage Urlaub, und meine Cousine hatte mir erzählt, dass der jüngste Cousin meines Vaters noch lebte – irgendwo bei Maribor. Er hatte meinen Vater in dessen Jugend gekannt, bevor dieser sich zur Wehrmacht meldete. Es gab nicht mehr viele Menschen, auf die das zutraf.

13

Am nächsten Abend saß ich zusammen mit Oswald, Papas jüngstem Cousin, von dem ich vor Beginn meiner nervösen Grabearbeit noch nie gehört hatte, an einem Cafétisch in Maribor. Er saß mir direkt gegenüber, in dem Café, das vor dem Krieg Treffpunkt der deutschsprachigen Jugend gewesen war. Ein lebender Zeuge, ein Zeitzeuge, ein unbekannter Verwandter, dessen Mutter eine Schwester meiner Großmutter, Elizabetho Kumer, meiner geliebten Oma, war.

Der Cousin meines Vaters war liebenswürdig, ja er

strahlte, und ich erkannte die leicht schräg stehenden Augen meiner Großmutter wieder. Ein gutaussehender, älterer Herr mit welligem, nach hinten gekämmtem silbergrauem Haar. An diesem warmen, freundlichen Sommerabend in der Geburtsstadt meines Vaters hatte er mir ein gigantisches Eis spendiert, und ich wunderte mich darüber, wie zwei einander völlig fremde Menschen sich in der Erwartung nach irgendeiner Art von Nähe gegenübersaßen, nur weil sie miteinander verwandt waren. Wir unterhielten uns auf Deutsch. Ich folgte dem Impuls, sofort nach dem freiwilligen Eintritt meines Vaters in die Wehrmacht zu fragen. Er antwortete besänftigend, vielleicht auch etwas ausweichend, dass es jetzt im Nachhinein schwer zu beurteilen sei, inwieweit man in Bezug auf meinen Vater und die Wehrmacht von Freiwilligkeit sprechen könne. »Vergiss nicht, er war der einzige Sohn, und sein Vater erachtete es als selbstverständlich, dass sich Ernst Lothar an dem Kampf beteiligte, der Slowenien wieder zu einem Teil des Österreichischen und Deutschen machen sollte«, fügte er hinzu.

Ich ließ das Thema fallen und fragte, ob seine Mutter und meine Großmutter tatsächlich aus einer slowenischen Familie stammten. Die Familie meines Vaters habe Oma immer als Angehörige der deutschsprachigen Minderheit in Slowenien hingestellt. Auf seinem Gesicht breitete sich ein Lächeln aus, und er antwortete in gebrochenem Deutsch mit unverkennbar österreichischem Akzent, dass sie Slowenin war. Sein Großvater, also der Vater meiner Großmutter, bewirtschaftete einen Bauernhof bei Slovenska Bistrica. In genau dieser Kleinstadt hatte mein Großvater 1908 seine erste Anwaltskanzlei, und hier lernte er Oma kennen. Demnach hatte meine Mutter recht gehabt, dass es für den jungen Juristen in klassenmäßiger wie ethnischer Hinsicht eine problematische Verbindung war, eben weil Oma Slawin war.

Ich empfand tiefe Genugtuung, wie ich mit dem viel zu süßen Eis dasaß, das auf meiner Zunge zerging. Spürte das Adrenalin durch meine Adern prickeln angesichts dieser schlichten Tatsache: Die Familie meines Vaters hatte gemischtes Blut in ihren Adern. Wie alle anderen auch. Zu allen Zeiten. Ich schleckte am Eis, das ich mir aus Höflichkeit hatte aufdrängen lassen. Empfand Zufriedenheit bei der Feststellung, dass sich die Unreinheit aller Dinge, die der Welt innewohnende Mannigfaltigkeit, dieses biologische, soziale und kulturelle kreative Gold der Evolution, einfach und deutlich auch in meiner unmittelbaren Familie geltend machte. In dieser sehr kurzen Linie von Menschen, die noch lebten oder in der Erinnerung der Lebenden präsent waren. Meine slawische Großmutter hatte einen aus einer deutsch-österreichischen Familie stammenden Mann geheiratet. Mein Vater, der seiner eigenen Ideologie zufolge als ethnischer Mischling bezeichnet werden konnte, heiratete wiederum die norwegische Ellen, und wir, ihre vier Kinder, sind eine ganz gewöhnliche Mischung, ebenso wie sie. Eine meiner Schwestern hat Kinder mit einem Mann aus Nigeria, weshalb mein Vater den Kontakt zu ihr abbrach. Eins der Kinder hat wiederum Kinder mit einem Partner aus Gambia. Die Großmutter meines Lebensgefährten hatte in Berlin eine Affäre mit einem Türken, dem unbekannten Großvater meines Freundes. Der Bruder meines Lebensgefährten hat eine Chinesin geheiratet, sie haben zwei Kinder, mein Bruder lebt mit einer Thailänderin zusammen, and so it goes.

Oswald bezahlte für uns beide, und wir verließen das Café. Er wollte mir das Gymnasium zeigen, das mein Vater besucht hat. Maribors Straßen lagen im frühen Abendlicht. Es war noch warm. Seite an Seite schlenderten wir durch die Stadt. Die Dämmerstunde ist die schönste Zeit des Tages. Beim Wechsel zwischen Licht und Dunkelheit stellt sich ein Zeitgefühl ein, aber auf eine freundliche und fürsorgliche Art und Weise. Die Stadt sah gepflegt aus. Dennoch bemerkte ich mehrere offenbar erst seit Kurzem geschlossene Geschäfte. Oswald seufzte und sagte, es seien schwierige Zeiten, ein wirtschaftlicher Niedergang. Auf der anderen Straßenseite kamen uns zwei Personen entgegen. Eine völlig kaputte, abgemagerte Frau um die vierzig hatte ihr Gesicht in eine Art Clownsmaske verwandelt. Der Lippenstift folgte nicht den Konturen der Lippen, sondern zeichnete das Bild eines vollen Mundes, und die Augen waren von dicken, schwarzen Linien umrahmt. Neben ihr ging ein vielleicht zwanzig Jahre jüngerer Mann, der in besserer Verfassung zu sein schien. Trotzdem machten beide den Eindruck, als koste das nackte Leben sie all ihre Kraft.

Das Gymnasium, das nach wie vor als Schule genutzt wurde, war ein großer, alter Backsteinbau mit Bogenfenstern und einem großzügigen Eingangsbereich. Breite Treppenstufen führten zu einer schönen, mindestens vier Meter hohen Doppeltür aus Eichenholz. Oswald überredete mich dazu, mich oben vor die mächtige Tür zu stellen, er wollte ein Foto von mir machen. Meine Hand tastete nach dem blankgescheuerten Türgriff, der noch einen Rest Sonnenwärme gespeichert hatte. Denselben Türgriff hatte Papas Hand Ende der 1920er und Anfang der 1930er Jahre viele Male umfasst. Klick. Eine fotografische Verbindung. Eine kleine Spur von mir im Maribor meines Vaters.

Wir standen vor einem großen Eckhaus an einem kleinen Stadtpark. Oswald zeigte auf die Wohnung im Erdgeschoss, in der mein Vater mit seiner Familie gewohnt hatte. Hier war Oswald in seiner Kindheit oft zu Besuch gewesen. Ich betrachtete das Haus, es war ein seltsames Gefühl, zum ersten Mal vor der Wohnung zu stehen, in der mein Vater seine Kindheit verbracht hatte. Oswald tippte mir vorsichtig auf die Schulter, er musste gehen, hatte noch was vor, und wir verabredeten uns für den nächsten Tag in Slovenska Bistrica, wo er wohnte – eine kurze Fahrt von Maribor entfernt. Ich blieb vor dem Haus stehen. Testete die Eingangstür. Offen. Trat in das gepflegte Treppenhaus, stieg einen Treppenabsatz hinauf, rechts war die Tür zu der Wohnung, in der mein Vater aufgewachsen war. Die Tür war natürlich verschlossen. An ihr hing ein ovales Messingschild mit einem slowenischen Namen.

Papa, hast du manchmal von der großen Eckwohnung in Marburg, der Stadt deiner Kindheit, geträumt? Bist du manchmal in Gedanken durch die Räume gelaufen, in denen du als Kind gewohnt hast, vorm Krieg, bevor die Deutschen als Befreier kamen? Konntest du dich dorthin denken, wo alles noch war wie zuvor? Lange Gardinen, die vor den zum Stadtpark hinausweisenden Wohnzimmerfenstern den Boden berührten, vielleicht konntest du einen Blick in die Küche werfen, Gläser und Teller waren gespült und standen auf einem sauberen Handtuch auf der Arbeitsplatte. Vielleicht hast du den Schrank in der Diele geöffnet, den gewohnten Geruch eingesogen. Du liefst herum und sahst die Schuhe deiner Schwestern, deine eigenen. Du gingst weiter in die Bibliothek. Im Wohnzimmer bliebst du an einer bestimmten Stelle des Kachelofens stehen, ihr hattet doch sicher einen? Dort hast du als kleiner Junge an Winterabenden gestanden, hast dir die Wärme in den Rücken strahlen lassen, hattest dir eine Stelle ausgesucht, die einen gewissen Überblick über das Wohnzimmer bot, über das Treiben der anderen, deine Mutter, die gewöhnlich geschäftig zwischen den Räumen hin und her lief. Dein Vater, der Anwalt, in einem Sessel. Las die Zeitung im Licht des Fensters hinter sich.

Damals hast du an dieser Stelle gestanden, in all den Jahren deiner Kindheit, vor dem Krieg, bevor das Deutsche zur verordneten Identität wurde, in der du und die Deinen, all das Deine, zu Hause waren, in der ihr zur Schule gingt, in der du eine Ausbildung erhieltst. Die deutsche Sprache, die Bücher im Bücherregal, die Konzerte, zu denen ihr gegangen seid, die deutsch-österreichischen Kulturabende mit gemeinsamem Gesang, das Engagement deines Vaters für das Recht, die deutsche Sprache sprechen zu dürfen. Und dann, im Lauf der 1930er Jahre, knüpfte sich das Deutsche da an eine Hoffnung, ein Versprechen? In Bezug auf eine Heimkehr, eine Wiederherstellung, eine neue Zeit vielleicht? Damals, bevor alle wussten, was geschah, vor dem Ganzen, warst du ein anderer als danach. An diesen Gedanken klammerte ich mich: dass es ein Davor gab. Dass du einmal ein anderer warst.

14

Nachdem ich im Hotel eingecheckt hatte, schaute ich über Maribors Dächer, denen die letzten Lichtstrahlen eine so schmeichelnde Färbung verliehen. Das offene Hotelfenster ließ Stimmen und Küchengeräusche aus den umliegenden Häusern herein. Die Stadt meines Vaters.

Ich hatte die Kissen am Kopfteil des Bettes gestapelt und lehnte mich dagegen. Hatte Lust auf einen Roman, aber nein, ich musste die Literatur der Wirklichkeit lesen, die Literatur, die für sich in Anspruch nimmt, die Wahrheit zu sagen. Musste mehr wissen über die Deutschsprachigen im Königreich der Serben, Kroaten und Slowenen nach dem Ersten Weltkrieg, über diese Minderheit, zu der die Familie meines Vaters gehörte. Noch immer verfügte ich nur über bruchstückhaftes Wissen. Ich musste die Halbwahrheiten und fragmentierten nostalgischen Erinnerungen der Familiengeschichten zu fassen bekommen, ebenso wie meine eigenen vorurteilsbehafteten Fehlschlüsse.

Die deutschsprachige Bevölkerungsgruppe in Slowenien stellte die Ober- und Mittelschicht, die intellektuelle und wirtschaftliche Machtelite. Bis zum Fall der Doppelmonarchie nach dem Ersten Weltkrieg hatten viele Deutschsprachige führende Positionen in der Staatsverwaltung sowie Schlüsselstellungen in der Wirtschaft inne. Mit anderen Worten: Sie waren die Elite. Daher also der Groll der slowenischen Mehrheitsbevölkerung gegen die deutschsprachige Minderheit und alles, wofür sie stand.

Um die Macht der ehemaligen deutschsprachigen Elite zu schwächen, konfiszierten die neuen Machthaber nach dem Ersten Weltkrieg den Besitz vieler Deutschsprachiger, es wurden zahlreiche Kündigungen ausgesprochen und deutschsprachige Schulen geschlossen, was zu Minderheitenkonflikten führte. Trotz der Versuche des Staates, den Einfluss der Deutschsprachigen zu verringern, konnten viele von ihnen auf lange Sicht ihre Privilegien als Industrielle und Grundbesitzer sowie als Anwälte, Ärzte und Ingenieure behalten. Abgesehen von seiner Anwaltskanzlei besaß mein Großvater noch ein Weingut in der hügeligen Umgebung der Stadt. Auf den Druck der Regierung antwortete die deutschsprachige Minderheit mit einem ausgeprägten Nationalbewusstsein, wodurch sie für die politische Führung des Landes in der Zwischenkriegszeit zu einer Herausforderung wurde.

Dennoch wurde 1922 ein Verein für die Interessen der Deutschsprachigen zugelassen: der *Politische und wirtschaftliche Verein der Deutschen in Slowenien.* Den Namen kenne ich aus dem Bittbrief meines Großvaters. Ich sitze in einem Hotelzimmer in der Geburtsstadt meines Vaters und lese ein Buch über die deutsche Minderheit, der mein Vater und Großvater angehörten, plötzlich taucht der Name auf: »Der Verein wurde von dem Juristen Dr. Lothar Mühleisen gegründet. In den 1920er Jahren bildeten sich Ableger in vielen slowenischen Städten heraus.« Weiter lese ich, dass Großvater 1927 als politischer Vertreter der Deutschsprachigen ins Regionalparlament des Bezirks Maribor gewählt wurde.

Ich war erschöpft und legte das Buch weg. Meine Augen waren trocken und sehnten sich nach Tränen. Ich hatte fast eine halbe Flasche säuerlichen Rotwein getrunken und starrte von meinem Platz im Bett auf slowenische Fernsehreklame. Es wurde für ausländische Produkte geworben, die sich die Leute hier nicht leisten konnten, die niemand brauchte, von denen aber alle glaubten, sie müssten sie haben. Von dem miserablen Wein und den selbstmitleidigen Gedanken musste ich sauer aufstoßen. Ich wankte ins Bad. Mein Blick streifte den Spiegel, und ich sah das Gesicht meines Vaters. Kniete mich vor die Toilette, klappte die Brille hoch und ließ den Magen eine halbe Flasche Wein widerstandslos hochpumpen. Die Stirn gegen die kühlen hellblauen Wandfliesen gelegt.

Hörte ich durch das Mauerwerk einen Abzählreim vibrieren? Er füllte den schwarzen Abgrund in meinem Kopf:

Ist die schwarze Köchin da?
Nein, nein, nein!
Dreimal muß ich 'rummarschieren
Das vierte Mal den Kopf verlieren
Das fünfte Mal: Komm mit!

15

In der feuchtschwülen Sommernacht fiel es mir schwer, in meinem Hotelbett einzuschlafen. All diese fremden Betten. Ich hatte nie genug Zeit, mich an sie zu gewöhnen. Mit Schlafgewohnheiten verhält es sich wie mit Besitz, Essen und Sex: Es gibt so viele Varianten, so viele Beweggründe – Lust, Langeweile, zwingende Gewohnheit, kalte Notwendigkeit. Nichts deutet beispielsweise darauf hin, dass es natürlicher ist, allein, maximal zu zweit, in einem dunklen, kühlen Raum in einem eigenen Bett in der eigenen Wohnung zu liegen, als auf andere Arten zu schlafen. Irgendwo habe ich gelesen, dass sogar die empfohlenen acht Stunden Schlaf am Stück eine verhältnismäßig neue Gewohnheit – oder Notwendigkeit – seien. Früher waren kürzere Schlafphasen über 24 Stunden verteilt üblicher: Nomadenvölker und Menschen auf Wanderungen oder auf der Flucht schlafen eine Stunde hier, eine Viertelstunde da; ebendann, wenn sich die Möglichkeit bietet.

In meinen ersten Jahren in der AAO-Kommune, nach den Nächten im Schlafsaal der Kursgäste, lagen wir im Hochbett, auf einem Hängeboden. Ich schlief in einem kleinen Haus, das wir Schulhaus nannten, weil es das ehemalige Schulgebäude des aufgegebenen Gutshofs war, den die Kommune übernommen hatte. Ungefähr dreißig Personen, Frauen und Männer durcheinander, lagen auf Schaumstoffmatratzen, dicht an dicht ohne Zwischenraum, ein Meer schlafender Menschen in Bettdecken gehüllt und ineinander verwickelt. In den anderen Gebäuden des Anwesens schliefen Gruppen auf dieselbe Weise, insgesamt waren wir zu dieser Zeit vielleicht hundert Personen.

Die fürs Wecken verantwortliche Person spielte eine jazzartige Melodie auf dem Klavier, das unter dem Hängeboden stand. Neben dem Klavier befanden sich Holzkisten mit sauberer Kleidung. Wir nahmen uns, was wir an Hosen, T-Shirts und Pullovern brauchten. Es passiert mir auch heute noch, dass ich morgens aufstehe, vor dem Schrank die Qual der Kleiderwahl durchleide und mich zu den Kisten voller verwaschener Latzhosen und T-Shirts zurücksehne.

Dem Klavierspiel folgte gewöhnlich improvisierter Gesang. An einem der vielen Morgen in der Kommune streckte ich mich noch und überlegte kurz, ob es sich lohne, schnell aufzustehen, um der Schlange an der Dusche zuvorzukommen. Die meisten neigten dazu, sich noch mal umzudrehen und liegen zu bleiben, bis ihnen der Gesang des Weckenden lästig wurde. Ich wendete die Bettdecke und schüttelte das Kopfkissen etwas auf. Im Gegensatz zu den Männern, die fast jede Nacht auf einer neuen Matratze schliefen, hatte ich die Verantwortung für zwei Matratzen. Dieses geschlechtsbasierte System war eingeführt worden, um etwas Ordnung in den chaotischen nächtlichen Bettzeugtransport zwischen wechselnden Schlafpartnern zu bringen. Die bevorzugte Verhütungsmethode in der Kommune war neben dem Kondom die Temperaturmessung, was dazu führte, dass die Frauen mehr mit sich herumzuschleppen hatten: Thermometer, Stift, Notizbuch mit Eisprungkurven. Waren die Männer ohne feste Matratze heimatloser als die Frauen? Vielleicht. Im Nachhinein haben einige der männlichen Kommuneveteranen die Matratzenverteilung als Zeichen einer überlegenen Frauenmacht in dem sozialen Experiment gedeutet.

An diesem Morgen erblickte ich einen rasierten dunklen Kopf auf der Matratze neben mir. Mein Mensch für die Nacht. Ich setzte mich auf, krabbelte zwischen den Schlafenden hindurch zur Treppe. Am Abend vorher hatte ich mich in die Arbeitsgruppenliste eingetragen. Ich wollte mich am Ausheben eines Bauplatzes beteiligen. Darauf war ich gespannt, weil ich lernen würde, wie man einen Bagger bediente. Dazu hatte ich schon lange Lust. Ich spürte einen festen, warmen Griff um meinen Knöchel. Kam nicht weiter, jemand machte Anstalten, mich unter eine Decke zu ziehen. Ich versuchte, mich aus dem Griff zu winden, um die

Dusche zu erreichen, kam aber nicht los. Als ich mich umdrehte, um zu sehen, wer mich festhielt, schaute ich in das morgenmüde, fröhliche Gesicht eines meiner Mitkommunarden und sah ein, dass ich auch an diesem Morgen in der Schlange an der Dusche stehen würde. Wenn ich es recht bedenke, war mir das eigentlich ganz recht.

So ist es mit allem. Reine Gewohnheitssache. Ich schlafe nicht mehr mit vielen Menschen um mich herum, das habe ich mir abgewöhnt. Aber hin und wieder muss ich daran denken, dass ich trotz allem, was in der Zwischenzeit geschehen ist, nicht vergessen darf, dass ich damals, unmittelbar bevor ich in den Schlaf glitt, umgeben von Bettzeuggeraschel, Gemurmel, leisem Lachen und flüsternden Stimmen, beim Lauschen auf das Geräusch des kollektiven Atmens, das den Rhythmus meines eigenen Atmens annahm, feststellte, dass ich vor nichts Angst hatte.

16

Am nächsten Morgen in Maribor wurde ich mit der Tristesse eines Hotelfrühstücks konfrontiert. Fremden Menschen beim Frühstücken zusehen zu müssen, von Fremden umgeben zu sein, wenn ich selbst esse. Obwohl der Weg zur österreichischen Grenze und dem guten Sauerteigbrot auf Roggenbasis nicht weit war, war an diesem Morgen nur Weißbrot mit einem staubigen Geschmack in Sicht. Ich würde Oswald gleich wiedertreffen und dachte darüber nach, was er zum Grad der Freiwilligkeit bei der Entscheidung meines Vaters, sich rekrutieren zu lassen, gesagt hatte. War sein Kampf für die Sache der Deutschen einer zwingenden familiären Notwendigkeit geschuldet, war sein Kampf auf das Engagement seines Vaters für die deutsche Minderheit zurückzuführen?

Versuchte ich hier, einen Spalt der Rechtfertigung zu öffnen? Hm. Ich stellte mir vor, dass es sich nicht um eine isolierte, rationale, individuelle Entscheidung gehandelt hatte, sondern um etwas viel Diffuseres, Verzwickteres und Gefährlicheres – etwas, das seinen Ursprung in den starken Gefühlen hatte, die durch die Familiengeschichte, aber auch die kulturelle Umgebung, eben alles, was außerhalb des Radars des Egos liegt, ausgelöst worden waren. Es war nicht leicht, den Krieg nicht von seinem Ergebnis aus zu betrachten. Wie sollte es auch möglich sein, einen Blick vom allseits bekannten Ende zurück auf den Anfang zu werfen: auf das, was einmal Gegenwart mit einer unüberschaubaren Zukunft gewesen war, deren Prämissen sich ständig veränderten. Erst im Nachhinein nicken wir altklug und glauben zu wissen, dass das eine in einer gesetzmäßigen Ursachenkette zum anderen führte. Vielleicht setzte mein Vater sein Vertrauen in die herrschende Vernunft und die Sprache der Wissenschaft. Vielleicht hörte er auf die führenden Stimmen seiner Gegenwart, wie auch ich es heute mache. Hätte er da überhaupt ausbrechen können, und wenn ja, wohin hätte es geführt?

Das konnte ich hier und jetzt bei meiner altklugen und rechthaberischen Detektivarbeit nicht wissen.

Vor meiner Verabredung mit Oswald in Slovenska Bistrica hatte ich gerade noch Zeit für einen Besuch des National Liberation Museum. An diesem Morgen, siebzig Jahre nach der Besetzung des jetzt selbständigen zur EU gehörenden Slowenien, war ich die einzige Besucherin. Am Empfang stand ein hochgewachsener, dunkelhaariger junger Mann, vielleicht ein Student. Unsere Blicke trafen sich, als er mir die Broschüre zur Ausstellung reichte. Blieb sein Blick in der stillen Halle an mir hängen? Konnte er mir ansehen, dass ich Nachkomme eines Mannes war, der auf der falschen Seite gestanden hatte? Sein freundliches »What country are you from?« rief mich zur Ordnung, und ich antwortete beschämt: »Norway.«

Sprich bloß nicht Deutsch, schärfte ich mir ein. Denk dran. Nicht diese Sprache. Nicht hier.

Die Deutschen hatten Maribor am 8. April 1941 besetzt. Jugoslawien wurde zwischen Deutschen, Italienern, Ungarn und Bulgaren aufgeteilt. Slowenien fiel an Deutschland und wurde in das Großdeutsche Reich eingegliedert. Hitler besuchte Maribor und hielt auf dem Rathausbalkon eine Rede, in der er seine Anhänger energisch aufforderte: »Machen Sie mir dieses Land wieder deutsch!« Mit großer Wahrscheinlichkeit war mein Großvater unter den Jubelnden. Ebenso mein Vater. Wie auch seine Schwestern. Von der Minderheit ins wärmende Zentrum der Macht. Von den eigenen Leuten empfangen und wieder heimgeholt werden.

Ich betrat die Ausstellung und las, dass die Deutschen systematisch versucht hatten, den slowenischen Teil der Bevölkerung zu kontrollieren und zu überwachen. Maßnahmen zur Germanisierung Sloweniens waren das Verbot der slowenischen Sprache in Öffentlichkeit und Schule, das Verbot slowenischer Vereine und die Eindeutschung slowenischer Namen. Maribor hieß wieder Marburg, wie unter der österreichisch-ungarischen Doppelmonarchie. Plätze und Straßen bekamen deutsche Namen. Die deutschnationale Organisation *Schwäbisch-Deutscher Kulturbund,* deren Marburger Untergruppe mein Großvater zuvor gegründet hatte, stellte sich in den Dienst der Entnationalisierungspolitik, der mörderischen Germanisierungspolitik der Deutschen. Marburgs Juden wurden im Frühjahr 1941 in Konzentrationslager deportiert. 1942 wurden Slowenen zur Wehrmacht zwangsrekrutiert und an die Ostfront geschickt. Viele Slowenen und Jugoslawen konnten fliehen und schlossen sich stattdessen den Partisanen an.

Zu Beginn des Krieges wurden 80 000 Slowenen umgesiedelt; die meisten wurden zur Zwangsarbeit nach Deutschland deportiert, aber viele brachte man auch nach Rumänien und Bulgarien. Die Deutschen verhafteten Familien und Verwandte von Widerstandskämpfern. Kinder unter 18 Jahren kamen zur Umerziehung nach Deutschland. Kinder unter drei, die dem sogenannten höchsten Rassestandard entsprachen, wurden in Lebensborn-Kinderheime geschickt und von arischen Pflegefamilien in Deutschland adoptiert. Die Organisation Lebensborn sorgte auch dafür, große blonde und blauäugige SS-Männer mit ebensolchen arischen Frauen zusammenzubringen, um reinrassige Kinder zu zeugen. Das entsprach dem Programm der SS zur *Aufnordung* – der Erhöhung des Anteils nordischen Blutes als Grundlage für eine starke arische Zivilisation. In Lebensborn-Kinderheimen aufwachsende Kinder galten als Geschenk ihrer Mütter an den Führer. Die Kinder, die in Slowenien geraubt und in Lebensborn-Kinderheimen untergebracht wurden, nannte man *Die gestohlenen Kinder.* Vermutlich sind noch etwa dreihundert von ihnen am Leben. Viele Kinder kamen nie zu ihren Familien zurück, weil ihre Eltern ermordet worden waren.

Im Krieg sind Kinder Opfer und Geiseln. Man formt sie nach dem Bild der Macht, um die Zukunft zu sichern, von der man selbst ausgeschlossen ist. »Kinder können auch nach dem Krieg Geiseln des Schweigens sein«, murmelte ich kläglich, als ich aus dem Gebäude, hinaus ins Freie, trat.

17

In der Mittagshitze saß ich auf Oswalds angenehm schattiger Terrasse. Blickte über den üppigen Küchengarten, den seine Frau angelegt hatte. Sie sprach kein Deutsch, nahm aber die Schürze ab und lächelte so, dass die Augen mitstrahlten und ich mich willkommen fühlte. Ich studierte eingehend das alte Gesicht von Vaters Cousin, dachte darüber nach, dass er ein Kind war, während mein Vater als junger Erwachsener seine Entscheidung traf – weil seine Familie es von ihm erwartete, oder weil er selbst es wollte?

Wie waren all die Jahre nach dem Krieg in Titos kommunistischem Jugoslawien für Oswald und seine Familie gewesen? Was würde er erzählen? Er trug ein kurzärmeliges, frisch gebügeltes gelbes Sommerhemd, über seiner Oberlippe sammelten sich Schweißperlen, sein breiter Körper erinnerte mich an die voluminöse Figur meiner Großmutter. In einen Gartenstuhl gequetscht, suchte er nach Worten, schüttelte den Kopf und entschuldigte sich für sein fehlendes deutsches Vokabular. Ich sah, dass es ihn anstrengte, in gebrochenem Deutsch über die Vergangenheit, die Politik und die Regierungen zu sprechen. Schließlich erklärte er, dass es in Titos Jugoslawien – nach der Härte der ersten Jahre – relativ liberal zugegangen sei, solange man sich ausschließlich um seine eigenen Angelegenheiten kümmerte, und dass die Selbständigkeit Sloweniens 1991 viel Gutes gebracht habe, es jetzt aber wirtschaftliche Schwierigkeiten gebe, Arbeitslosigkeit herrsche und die Politiker sich an die Macht klammerten.

Ich wollte auf die »Härte« der ersten Zeit zurückkommen. Mit der kleinen Kaffeetasse in den großen Händen erzählte der alte Mann etwas umständlich, sein Vater sei deutscher Abstammung gewesen und vor dem Krieg bei einem Unfall ums Leben gekommen. Trotz seiner slowenischen Mutter sei die Familie von Deutschheit »infiziert« gewesen. Sie hätten viel Kontakt zur Familie meiner Großmutter gehabt, die ja daran mitgewirkt hatte, der deutschen Besatzung den Boden zu bereiten. Daher wurde seine Familie, wie viele andere mit deutschen oder österreichischen Wurzeln, nach dem Krieg in Viehwagen nach Österreich verfrachtet. Obwohl sie sich nie für die Interessen der Deutschen engagiert hatten, traf sie die Rache der Partisanen und der neuen Regierung. Es war geplant, die menschliche Fracht zur Zwangsarbeit in die Sowjetunion weiterzubefördern. Aber der Viehwagen, in dem sich der zwölfjährige Oswald, seine beiden Schwestern und ihre Mutter befanden, wurde in Österreich von den Alliierten angehalten, und sie erhielten den Befehl, nach Slowenien zurückzukehren.

Oswald sah kurz von der Kaffeetasse auf und blickte zu seiner Frau. Im Stuhl zurückgelehnt saß sie ihm direkt gegenüber. Er berichtete, dass seine Familie daraufhin nach Hause zurückkehrte, nach Slowenien, nach Slovenska Bistrica. Nach der Niederlage der Nazis wurden viele »Deutschenfreunde« von ehemaligen kommunistischen Partisanen vertrieben oder getötet. Die wenigen, die übrig blieben, wurden enteignet und verloren ihre staatsbürgerlichen Rechte. Viele wurden in Arbeitslagern interniert. Alles, was Oswalds Familie besessen hatte, nahm ihnen der neue Staat weg, und sie wurden zusammen mit Schicksalsgenossen in ein Zentralarbeitslager gesteckt. Dort waren sie ein Jahr eingesperrt. Oswald stellte die Kaffeetasse auf den Tisch und rieb sich die Augen. Es war nicht zu übersehen, dass es ihm schwerfiel, über diese Zeit zu sprechen. Er atmete tief ein und erzählte von dem nagenden Hunger, von der Angst. Von Hinrichtungen.

Ich fand den Gedanken sehr unangenehm, dass Oswalds Familie während des gesamten Bestehens Jugoslawiens und sicher auch heute noch mit den verhassten Nazis in Verbindung gebracht wurde. Unserer Familie dagegen haftete nichts Derartiges an, zu keiner Zeit, egal, ob wir in Österreich, Deutschland, der Schweiz oder Norwegen lebten. Mein Vater, der wirklich mit den Nazis kollaboriert hatte, entkam. Ein Mann ohne Schatten, ohne Vergangenheit. Für mich hatte Slowenien nicht existiert. In meiner Kinderwelt war mein Vater gebürtiger Österreicher gewesen. Ich verband ihn mit dem schönen Grundlsee. Wo wir Urlaub machten, bei Oma und Opa, Tanten, Onkeln, Cousins und Cousinen.

»Und dann?«, fragte ich Oswald. »Was geschah nach dem Lager?«

»Es war furchtbar schwierig«, bemerkte er. Wischte sich mit einer Serviette die Schweißperlen von der Stirn. Seine Mutter und die älteste Schwester arbeiteten schwarz für die Bauern der Umgebung. In der ersten Zeit nach dem Krieg bekamen die Deutschsprachigen keine festen Jobs und hatten keine sozialen Rechte. Titos Entscheidung, der Bevölkerung das Reisen zu erlauben, war jedoch ein Faktor, in dem sich Jugoslawien von den übrigen Ostblockstaaten unterschied, sie ermöglichte es Oswald, den Kontakt zu dem nach Österreich geflüchteten Teil der Familie zu halten. Schließlich wurde er Elektroingenieur, heiratete und bekam mit seiner Frau zwei Kinder.

»Was wurde nach Sloweniens Selbständigkeit 1991 aus der regierenden kommunistischen Partei?«, fragte ich. Nach langem Schweigen sagte er in seinem umständlichen Deutsch, die kommunistische Partei sei aufgelöst worden, trotzdem seien die meisten Machthaber im neuen Slowenien ehemalige Kommunisten. Oswalds Stimme wurde immer leiser. »In den 1990er Jahren wurden in Slowenien in Massengräbern Leichen entdeckt«, berichtete er. »Es heißt, in Slowenien seien mindesten 70 000 Männer, Frauen und Kinder bei Vergeltungsmaßnahmen direkt nach dem Krieg ermordet worden.« Leise erzählte er weiter, dass viele im Frühjahr 1945 aus dem übrigen Jugoslawien nach Norden flohen, um der Rache der Partisanen zu entgehen. Viele schafften es nach Österreich.

»Wie Papas Familie«, warf ich ein.

»Ja«, antwortete Oswald, »aber sie waren klug genug, Slowenien schon 1944 zu verlassen, mit Ausnahme meiner Tante, deiner Großmutter, die im Frühjahr 1945 flüchtete.«

Ich hatte gelesen, dass die meisten, die vor Tito und der Rache seiner Männer flohen, in Österreich vom britischen Heer empfangen und umgehend zurück nach Slowenien geschickt wurden, wo Arbeitslager, Folter, Hunger, Vergewaltigung und Tod auf sie warteten. Jede slowenische Familie hat irgendeine Verbindung zu Opfern der Massaker oder zu denen, die sie angeordnet hatten. Oswald richtete sich mühsam im Stuhl auf, sah erst seine Frau, dann mich an und fügte hinzu: »Genau wie es in jeder slowenischen Familie jemanden gibt, der Verbindungen zu Opfern der von den Nazis begangenen Massaker hat oder zu denen, die sie begingen.«

Oswald wollte sich jetzt ein wenig bewegen, daher fuhren wir mit dem Auto zu einer Anhöhe bei Slovenska Bistrica, zur Grabstätte der Familie. Namen über Namen von entfernten Verwandten, von denen ich noch nie gehört hatte. Die Grabstätte bestand aus drei Steinwänden, in die Tafeln mit verschnörkelter Schrift eingelassen waren. Die Grabmäler standen dicht nebeneinander wie eine kleine, weiße Stadt: die Stadt der Toten auf der Anhöhe bei der Stadt der Lebenden, Slovenska Bistrica. Direkt über uns die Sonne. Ich fühlte mich fremd.

Zurück in den Straßen der Stadt, hielt Oswald an einer Kreuzung und zeigte auf ein Haus auf der anderen Straßenseite: »Dort im Eckhaus war die erste Anwaltskanzlei deines Großvaters, und jeden Tag fuhr deine junge, schöne Großmutter Elizabetho mit einem Karren vor, der von zwei Pferden gezogen wurde und mit Ziegelsteinen für die Bauarbeiten am Haus direkt gegenüber beladen war. In der Mittagszeit konnte dein Großvater sie von seinem Fenster aus sehen – der Rest ist Geschichte«, sagte er vergnügt glucksend.

Mit zusammengekniffenen Augen betrachtete ich das gelbe Gebäude, während Oswald den Wagen wieder anließ und in der stehenden Hitze ein leichter Luftzug durchs offene Autofenster drang. »Die schöne Elizabetho.« Ich erinnerte mich an eine Anekdote, die in der Familie kursierte. Über Oma mit der Peitsche. Über die schöne Elizabetho, die in ihrem Weingut mit der Peitsche in der Hand das Kinderzimmer im ersten Stock betrat. In dem Weingut, das auf einer Anhöhe lag, mit Blick auf die sich bis ins Tal der Drau erstreckenden Weinstöcke. Meine Großmutter ging mit der Reitpeitsche in der Hand zu ihren vier Kindern, wenn sie zur Schlafenszeit keine Ruhe geben wollten. Bevor sie hinaufging, warnte sie sie mit einer Polizeipfeife. Nach dem vierten Pfiff kam sie mit der Peitsche. War es wirklich so gewesen? Mir wurde plötzlich klar, dass mein Vater nie etwas über seine Kindheit erzählt hatte.

Eine Schicht feuchter Wärme klebte auf meiner Haut. Ich zog für mich den Schluss, dass ich für dieses Klima nicht geeignet war. Vermutlich war ich auch nicht dafür geeignet, auf dieser Reise Fakten und Fiktion auseinanderzuhalten. Aber ich musste weitere Puzzleteile finden, um meinen Vater für mich wirklich werden zu lassen. Das erschien mir quälend notwendig. Ich fühlte mich matt, mir war heiß, ich lehnte den Kopf an die Nackenstütze, schloss die Augen, spürte die Traurigkeit im Körper. Was machte ich bloß in dieser gottverlassenen Stadt, damit beschäftigt, alte Gespenster aufzuspüren, mich Menschen anzunähern, mit denen ich nichts gemeinsam hatte, außer unserer Vorstellung von Vergangenheit und unserer Verwandtschaft. Ich tat das, was sonst alte Leute taten. Dahin war ich also gekommen: zu Blut und Boden.

»Wie war Papa?«, fragte ich Oswald, wobei ich zum Schutz vor dem Licht wieder die Augen schloss.

»Tja, ich war ja viel jünger als er, erinnere mich aber an unsere Besuche in der großen Eckwohnung. Er zeichnete. Pferde. Ich weiß noch, dass er Pferde zeichnete. Und er wirkte ... ernst. Ein ernster, junger Mann.«

Oswald hielt den Wagen an. Er hatte mich zu meinem Hotel in Maribor gefahren. Ich umarmte ihn. Zum ersten und vermutlich auch zum letzten Mal. Ich dankte ihm für die Bereitschaft, mich zu treffen, und für alles, was er mir erzählt hatte. Er lächelte.

Du hast mit deinen Zeichensachen in deinem Zimmer am Tisch gesessen, weil du so gern zeichnetest, Papa. Den schmalen Nacken unter dem kurzen Jungenhaarschnitt über ein weißes Blatt gebeugt. Das leise Kratzen des Bleistifts auf dem Papier, während du das Pferd entstehen ließest, den sehnigen Hals, den Kopf nach vorn geworfen, die Muskeln und Bewegungen, die sich im selben Moment einstellen wie der Wille, die Notwendigkeit und die Lust zum Sprung.

Nicht das tun, was die anderen taten. Nicht tun, was die Gemeinschaft verlangt. Manchen gelingt es. Mir gelingt es jetzt nicht. Mir gelang es auch damals nicht, 1976.

18

Am Abend meiner ersten Aktionsanalyse mit Herbert lief ich einen schlammigen Fahrweg in der offenen Landschaft des Friedrichshofs hinauf. Heute ist der Weg asphaltiert und von üppiger Vegetation gesäumt, von Hecken und großen Bäumen, die die Kommunemitglieder irgendwann Anfang der 1980er Jahre gepflanzt haben. Aber damals war es ein schlammiger oder staubiger Weg, der vom Schulhaus zum größten Gebäude des aufgegebenen Hofs hinaufführte, dem Schüttkasten, wo ich meine erste Nacht als Kursgast verbracht hatte. Dabei handelte es sich um ein dreistöckiges, massives, rechteckiges Betongebäude, den ehemaligen

Getreidespeicher. Er lag auf einer kleinen Anhöhe mit einer Gruppe Akazien rechts vom Eingang.

Der größte Raum in der ersten Etage des Gebäudes war als große Schreibstube eingerichtet, mit Tischreihen und ausrangierten Schreibmaschinen. Er ähnelte einer chaotischen Zeitungsredaktion. Hier saßen immer Leute, Dauerbewohner der Kommune ebenso wie Kursgäste, und hackten auf die Schreibmaschinen ein. Was schrieben sie? Tagebucheinträge, Protokolle über innere und äußere Vorkommnisse und Erschütterungen. Schriftliche Selbstdarstellungen, Analysen zur persönlichen Entwicklung oder zu Zusammenbrüchen Einzelner, Fragen, Anklagen, Selbsterkundungen und Notizen zu Niederlagen, Siegen, Ideen und Manifesten.

In derselben Etage befand sich Muehls Atelier. Dort versammelte sich der innerste Kreis der Kommune beziehungsweise zog sich dorthin zurück. Es dauerte einige Wochen, bis mir die erste Audienz gewährt wurde, ein Privileg, das man erst erhielt, wenn man über den zwölftägigen Kurs hinaus blieb. Die zweite Etage beherbergte drei kleinere Räume neben dem großen für die Selbstdarstellung genutzten Gemeinschaftsraum. Der hatte an einer der Längsseiten große Fenster, durch die tagsüber das Licht flutete, während sie sich abends in blinde Glasflächen verwandelten, die die Nacht und die wechselnden Jahreszeiten draußen hielten. Kursgäste und ständige Bewohner saßen stets dicht zusammen in einem großen Kreis, entweder auf dem Boden oder auf ausrangierten Sesseln und Sofas mit abgesägten Beinen. Teppiche bedeckten die Fläche, die *die Mitte* genannt wurde, die Arena für die abendlichen Selbstdarstellungen. Anstelle von Fernsehen, Theater, Konzerten, Treffen, Kino, Café oder

Pub sorgten sie für die Unterhaltung der AAO-Kommune: Sie waren politisches und philosophisches Diskussionsforum, Erweckungsversammlung, Kaderschule, Therapieraum und in gewisser Weise auch Kneipe, weil im Lauf des Abends häufig der Jahreszeit entsprechende Fruchtsäfte und Weine der Region angeboten wurden.

Am Rand der Mitte hatte man Platz für einen Flügel und Trommeln unterschiedlicher Größe gelassen. Am Flügel saß oder stand in der Regel der Selbstdarstellungsleiter, der die Person oder die Personen begleitete, die in der Mitte standen, tanzten, redeten, deklamierten, flüsterten, stöhnten, riefen, schrien oder sangen, dazu sprach, sang oder klimperte er verschiedene Melodien und Rhythmen. Manchmal schlug er auch Rhythmen auf den Trommeln und peitschte die Selbstdarsteller in ekstatische Phasen der Inszenierung. Der Selbstdarstellungsleiter war meist Muehl selbst, oder, wenn er nicht da war, ein anderes erfahreneres Kommunemitglied, das sich in der hochangesehenen Kunst übte, den Abend zu seinem erhofften Höhepunkt zu führen.

Selbstdarstellung und Aktionsanalyse waren der Beitrag der AAO-Kommune zu den Experimenten der 1970er Jahre mit neuen Kommunikations- und Ausdrucksformen. Die von der AAO praktizierte therapeutische Version der Körpertherapie basierte auf Elementen der Psychoanalyse und besonders auf Wilhelm Reichs Ideen. In seinem Universum waren Körper, Psyche und Gesellschaft drei Seiten einer Medaille, wobei die sexuell gehemmte Persönlichkeit als idealer Nährboden für Autoritätsgläubigkeit, Aggression und Faschismus galt. Zudem war die Kommune von den neuen Therapieformen der damaligen Zeit inspiriert, wie Arthur Janovs *Primärtherapie,* Alexander Lowens *Bioenergetischer*

Analyse, dem *Psychodrama* und diversen selbst entwickelten Improvisationstechniken. In *Das AA-Modell* heißt es: »durch wilhelm reich, den wir aktionistisch verstanden, kamen wir zur körperanalyse. über die körperanalyse kamen wir zur selbstdarstellung. über die selbstdarstellung kamen wir zur emotionalen extase (sic!). der selbstdarsteller macht sich in der selbstdarstellung selbst gesund.«

Wir hielten das für möglich. Ja, wir wünschten es uns mehr als alles andere und waren von dem Willen getrieben, zu üben, zu trainieren, uns zu entwickeln, zu befreien und zu verbessern. Unser Ziel war die Erschaffung eines völlig neuen Menschen, der Grundlage einer neuen Art zu leben. Die Revolution des Selbst.

Vitalisiert und betäubt zugleich nach meinem Stunden zurückliegenden erschütternden aktionsanalytischen Vatermord war ich auf dem Weg zu meinem ersten Selbstdarstellungsabend. Wir waren etwa zwanzig Kursgäste und zur allabendlichen Versammlung der Kommune eingeladen. Ich saß vollkommen still zwischen den anderen Kursteilnehmern auf dem Boden, im innersten Kreis von Menschen. Wir waren leicht von den ständigen Bewohnern zu unterscheiden, die alle rasierte Köpfe hatten. Einige von ihnen waren in der Mitte gewesen und hatten geredet. Andere hatten gesungen oder getanzt. Mir fiel es schwer, mich zu konzentrieren, die aufwühlenden Erlebnisse der Aktionsanalyse saßen immer noch in meinem Körper fest. Außerdem war ich damit beschäftigt, mir einen Eindruck von Muehl zu verschaffen.

Er saß direkt hinter mir am Flügel. Ich hatte ihn im Lauf des Tages schon kurz gesehen. Mittelgroß, grober Knochenbau, kräftige Hände und große Nase, schmale Augen und dunkle Haare. Mein erster Gedanke war: Er ist alt. 51 Jahre. Deutlich älter als die anderen Frauen und Männer, die zwischen 16 und dreißig waren. Kein Zweifel, wer das Sagen hatte. Sein Gesichtsausdruck wechselte in einer schnellen Abfolge gummiartiger Grimassen. Er stand über die Tasten des Flügels gebeugt und improvisierte jazzartige Passagen, während er sang, redete, schrie und emotionale Gesten machte. Konfrontiert mit so viel ungestümer Expressivität, fühlte ich mich verlegen. Das war also der Aktionskünstler Otto Muehl, von dem ich gelesen hatte, der Initiator der AAO-Kommune. Alle schauten in seine Richtung. Alle Körper waren ihm zugewandt. Auch meiner. Er musste etwas an sich haben. Oder etwa nicht? Er nahm Raum ein. Alle gaben ihm Raum. Ein Mann wie er hinterließ ein leichtes Ziehen im Zwerchfell. Entweder Begehren oder Furcht. Ich saß still da und wappnete mich gegen ihn. Wollte nicht, dass er mich bemerkte.

Und doch: Als ich ihn das erste Mal sah und spürte, welche Wirkung er auf die Menschen um mich herum ausübte, beschlich mich eine dunkle Ahnung, dass ich mich entweder in das verdichtete Feld, das Energiefeld des Magiers, Meisters, Führers, begeben oder mich zum Gehen entschließen musste. Sofort. Und zu Letzterem war ich nicht imstande. Warum sollte ich auch gehen? Ich war gekommen, um etwas über Selbstdarstellung als performative und therapeutische Kunstform zu lernen. Ich wollte dem Versprechen des Artikels in der *Gateavisa* folgen, dass etwas anderes möglich war. Außerdem wollte ich endlich meinen unstillbaren Hunger loswerden. Den Rausch des Risikos spüren.

Haben nicht alle ein Loch in der Seele?

Ich glaube, ich hatte Angst und war bereit.

Die meisten trugen die gleiche Art von Latzhosen oder zerschlissenen Jeans, T-Shirts und Hemden. Ich kämpfte gegen den Drang, mich umzudrehen und Muehl näher in Augenschein zu nehmen. Durfte auf keinen Fall seine Aufmerksamkeit in meine Richtung lenken. Mit verzerrter Stimme intonierte er in breitem, österreichischem Dialekt einen Sprechgesang. Nach der Sitzung mit Herbert fühlte ich mich schwach und zerschlagen, die Augenlider waren vom vielen Weinen geschwollen. Ich lieh mir Körperwärme von den Kursteilnehmern neben mir.

In die Mitte trat eine Frau, wie der Welt der Amazonen entsprungen. Sie trug eine blau-weiß gestreifte Latzhose. Hatte dunkle, millimeterkurze Haare, olivenfarbene Haut und klassisch geschnittene Gesichtszüge. Ihre Arme zeigten ein fabelhaftes Muskelspiel. Das musste Clara sein, von der ich schon gehört hatte. Sie war wohl eine der ersten Frauen im Kreis um Muehl und stand in dem Ruf, die beste Selbstdarstellungskünstlerin zu sein. Die Schläfrigkeit fiel von mir ab, ich verstand jedoch nicht, was sie sagte. Schweizer Akzent. Sie redete. Gestikulierte. Schrie. War sie wütend? Weinte sie? Sie sang und tanzte mit immer wilderen Bewegungen. Clara riss sich die Träger der Latzhose herunter, ließ die Hose fallen und stieg nackt aus ihr heraus, wobei sie ihren wilden Tanz fortsetzte. Ihr Körper sah aus wie die gottbegnadete weibliche Ausgabe einer männlichen griechischen Skulptur. Sie gab sich bizarren Zuckungen und spastischen Grimassen hin, als versuche sie, aus einem imaginären Käfig auszubrechen. Es hörte sich an, als werfe sich Muehl hinter mir auf die Tasten, er stieß unartikulierte Laute aus, der Trommelrhythmus nahm an Geschwindigkeit und Intensität zu. Claras Gesang und unverständliche Rede ging über in heftiges Stöhnen, abrupte Schreie, tiefe Gurgellaute und drohendes Brummen, das sie zum Vibrieren brachte, als sie ihren Körper in einem unnatürlichen Bogen nach hinten spannte. Sie kroch über den Boden, legte sich in eine zitternde Embryohaltung, entfaltete sich wieder und erhob sich, sie schloss die Augen und stand einige Sekunden ganz still, nackt und nass von der Anstrengung vor uns allen, bevor sie die Latzhose aufhob und sich in die Nähe des Flügels setzte. Applaus brach los. Ich starrte sie an. Wurde von Bewunderung und Neid durchrieselt. Sie war so schön, dass sich alle an die Illusion klammern konnten, es sei tatsächlich möglich, die Begrenzungen des Lebens zu überwinden. Ich wollte werden wie sie. Wie wäre es, wenn ich mir die Haare mit so einem Apparat, der nur wenige Millimeter stehen lässt, abrasierte? Morgen.

Clara sollte meine wichtigste politische Alliierte werden, und meine fatale Gegnerin.

19

Meine zwei für Slowenien vorgesehenen Tage waren vorüber. Ich fuhr zurück nach Österreich, dort wollte ich noch einen Menschen treffen, bevor ich nach Hause musste. Zusammen mit Franz, einem Cousin zweiten Grades, den ich seit meinem zehnten Lebensjahr nicht mehr gesehen hatte, saß ich im Außenbereich des Hotelrestaurants *Zur Linde* in

Mistelbach an der Zaya, einem Ort im niederösterreichischen Weinviertel. Es war immer noch unerträglich schwül und heiß. Franz war Rentner. Sein Gesicht glänzte in der Sommerhitze. Auch ich spürte, wie mir der Schweiß von den Schläfen tropfte und über den Hals lief. In der Familie meines Vaters ist Schwitzen verbreitet.

Franz war ein Gemütsmensch. Er sprach laut. Mir war, als hätte ich in den Ohren einen Filter gegen den österreichischen Akzent eingebaut. Mama hat mir einmal erzählt, die ersten österreichischen Worte, die ich wenige Minuten nach meiner Geburt gehört habe, seien folgende gewesen: »Ich kann dieses Kind nicht sehen!« Das sagte mein Vater in der Tür zum Schlafzimmer in Dale in Hordaland, wo Mama mich gerade zur Welt gebracht hatte, ein paar Wochen zu früh. Eine überstürzte Hausgeburt. Er drehte sich in der Tür um, kehrte mir seinen breiten Rücken zu, weil mein Gesicht verzerrt und dunkelblau war, nachdem ich bei der Geburt knapp einer Strangulation entgangen war. Die Nabelschnur hatte sich mehrere Male um meinen Hals gewickelt und während der zum Licht führenden Berg-und-Tal-Bahn der Wehen zugezogen.

Mein Cousin Franz bestand darauf, dass ich mir ein Schweinsschnitzel bestellte, also bestellte ich es, obwohl ich Schweinefleisch verabscheue. Mir fällt es schwer, Menschen zu enttäuschen. Nun lag es auf dem Teller, ich versuchte, es zu kauen und hinunterzuschlucken, aber das Fleischstück wollte einfach nicht. Ich versuchte, mit kühlem Riesling nachzuhelfen. Wie meine Cousine hielt Franz es für wichtig, mir zu erzählen, dass mein Vater ein tapferer Soldat gewesen sei. Franz schaute nachdenklich hinauf in die Krone einer alten Kastanie, die Schatten auf die Tische warf, nahm einen Schluck aus dem schlanken Weißweinglas, das in seiner großen Hand etwas komisch aussah, räusperte sich und vertraute mir an, wie abscheulich die Naziideologie gewesen sei. Während des Gesprächs nahm die Hitze eine Spur ab, und mir gelang es, mithilfe von viel Weißwein ein paar Bissen des Schnitzels herunterzubringen. Der Rest blieb auf dem Teller.

Offenbar war ich für einen Moment abgedriftet, war benommen von zu viel und gleichzeitig zu wenig Information, von zu wenig Schlaf, zu viel Unruhe und vom Wein. Plötzlich hörte ich Franz über den Kongo reden, über die trotz allem positiven Folgen der belgischen Kolonialherrschaft.

»Jedenfalls haben sie Straßen und Infrastruktur bekommen. Natürlich ist das nach dem Abzug der Kolonialmacht alles wieder verfallen.«

Wie kam er auf den Kongo? Ich trank noch einen Schluck Wein, und bevor ich etwas sagen konnte – ich hätte sowieso nicht gewusst, was –, nahm sich Franz ein seiner Meinung nach ernstes Thema vor, das er das demografische Problem Österreichs nannte: Die österreichischen Frauen bekämen nicht genug Kinder, wodurch der Anteil der weißen Bevölkerung stagniere. Er hatte in der Zeitung gelesen, dass Norwegens weiße Frauen die fruchtbarsten in Europa seien, und fragte mich nach dem Rezept. Ich betrachtete die hellen Haare auf meinen Armen – fror ich? – und hörte mich antworten: »Staatliche Gleichstellungspolitik. Kindergärten. Schwangerschaftsurlaub. Elternzeit für Väter.«

Ich musste zur Toilette. Es fühlte sich an, als hätte sich ein Stück Fleisch ganz unten in der Speiseröhre verkeilt. Mir war klar, dass es nur einen Weg gab, dieses Gefühl loszuwerden, ich musste den Finger in den Hals stecken. Anschließend spülte ich den Mund aus, wusch mir die Hände. Im Spiegel über dem Waschbecken auf der Toilette des vornehmen Restaurants in Mistelbach an der Zaya blickte ich in meine rotgeränderten Augen. Dass er die Frechheit besaß, hier zu sitzen und seine kolonialistischen Zwangsvorstellungen mit mir zu teilen. Wenn es in den 1920er oder 1930er Jahren passiert wäre, da waren rassistische Einstellungen und Vererbungslehre – das Klassifizieren und Beurteilen von Menschen nach biologischen Kategorien – noch keine deutsche Spezialität. Nein, Rassenhygiene, die Sprache des Blutes, die dem Nationalsozialismus und dem Faschismus zugrunde lag, war kulturelles, ideengeschichtliches Gemeingut, ein Thema der Wissenschaft. Diskussionen darüber, wie man dem Verfall der nordischen Rasse entgegenwirken könne, waren Teil der norwegischen Sozialpolitik der Zwischenkriegsjahre. Der Bauernverband war ein eifriger Verfechter der Kultivierung des guten norwegischen Bauernblutes und ging energisch gegen Juden vor. Der führende norwegische Rassentheoretiker Jon Alfred Mjøen engagierte sich sehr in dieser Frage und lancierte *Das norwegische Programm für Rassenhygiene.* Dabei ging es darum, durch Verhinderung von Rassenvermischung die biologische Degeneration zu bekämpfen. Auch der anerkannte Sozialmediziner Johan Scharffenberg beschäftigte sich mit nationaler Erb- und Rassengesundheit, um Geisteskrankheit, Geistesschwäche und Kriminalität einzudämmen. 1934 gelang es ihm, *Scharffenbergs Entwurf zum Gesetz zur Sterilisation* mit großer Mehrheit durchs Parlament zu bringen. Ja, sogar der junge radikale Arzt Karl Evang hielt es für zukunftsweisend, schlechte Erbeigenschaften zu isolieren.

Ich ging zurück in den Hotelgarten, um das Wiedersehen mit meinem Cousin zu beenden. Das Familiäre – verpflichtet es zu etwas? Eigentlich nicht, dachte ich, stand vom Tisch auf, bedankte mich für seine Gesellschaft und sagte, ich müsse gehen, weil ich am nächsten Tag die Heimreise antreten werde.

20

Im ersten Winter auf dem Friedrichshof radierte der die flache Landschaft bedeckende Schnee die noch vorhandenen Gebäude des alten Gutshofs fast vollständig aus. Ich hatte gerade angefangen, mich als Teil der Gemeinschaft zu fühlen, war nicht länger Kursgast, sondern Teilnehmerin eines Testprojekts. Das *Wohnexperiment* bestand aus einer Gruppe ehemaliger Kursteilnehmer, die für kürzere oder längere Zeit das Kommuneleben ausprobieren konnten. Nach dem zwölftägigen Kurs hatte ich vorgehabt, auf der Suche nach freien Theatergruppen nach Paris weiterzureisen, aber ich konnte mich nicht von den Aktionsanalysen losreißen. Ich war auf einem guten Weg und erlangte immer mehr Klarheit hinsichtlich der Servilität meiner Mutter und der Angst vor meinem Vater. Da brannte etwas, das ich nicht loslassen wollte. Außerdem hatte ich mich an den abendlichen Adrenalinkick und die Gesellschaft beim Erproben von Selbstdarstellungen gewöhnt.

Spätabends, nach den Sitzungen, versammelten wir ehemaligen Kursteilnehmer uns im Schüttkasten, der uns mit seiner Betonhülle umfing. Nach all den emotionalen und körperlichen Entladungen war es um uns herum still. Diese abendlichen Versammlungen erinnerten mich an die

Abende meiner Kindheit, wenn unsere Eltern ins Bett gegangen waren und meine Schwester und ich uns gegenseitig in den Schlaf flüsterten, sodass wir nicht wussten, wessen Träume wir träumten. Hier am Friedrichshof waren wir viele Geschwister, mit einem Bier und vielleicht ein paar belegten Broten als Nachtmahl saßen wir um unsere provisorischen Betten herum. Wir diskutierten die Ereignisse des Tages, vertrauten uns unsere Zweifel an und gratulierten einander zu Fortschritten bei der Bewusstseinsentwicklung. Wir sprachen über das, was unserer Ansicht nach in der AAO-Kommune nicht gut funktionierte, tratschten ein bisschen über die Dauerbewohner und tauschten Zukunftspläne aus. Häufig redeten wir über Muehls Führerrolle in der Kommune, kritisch gegenüber allen Autoritäten, wie wir es waren. Zugleich imponierten uns seine Improvisationen am Flügel und seine souveräne Verspieltheit – oder war er eher ein sich selbst überschätzender, autoritärer Elitenmensch? Die meisten von uns waren Studenten, Aktivisten, Möchtegernkünstler oder wirkliche Künstler, einige ließen sich schwerer einordnen als andere, aber alle waren Anfang zwanzig oder jünger. Das Blut floss so leicht und so heiß, die Hormone waren wild auf ihr Ziel fixiert. Und auch wenn es uns nicht bewusst war, lag unserer Gemeinschaft ein Manifest zugrunde: Unsicherheit und Risiko als Bedingung für ein intensives Leben.

Wenn die Gespräche abends verstummt waren, lag ich in meinem Schlafsack und merkte, wie ich allmählich Zugehörigkeit empfand. Mir gefiel die praktische Arbeit in der Gemeinschaft. Mir gefielen die Selbstdarstellungssitzungen, und ich dachte darüber nach, wie ich diese performative Methode mit meinem Theaterinteresse verbinden könnte. Ich malte mir künftige Theatervorstellungen aus. Das tiefe Abtauchen in die Aktionsanalyse und all die Gespräche machten das intime Selbst in gewisser Weise zu etwas anderem als das persönliche Ich. Indem wir einander unsere Entwicklungsgeschichten präsentierten und so an den Geschichten der anderen teilhatten, wurden wir Teil unserer gegenseitigen Geschichte. Die Gesellschaft, nach der wir uns sehnten, lebte in jedem von uns und im Umgang miteinander.

Eines Abends las ich in *Das AA-Modell* über »das gemeinsame Kinderaufwachsen«. Alle Bewohner waren dazu verpflichtet, sich jeden Tag für ein paar Stunden in verschiedenen Arbeitsgruppen der Kommune einzubringen. Eine Zeitlang half ich bei der Betreuung der kleinsten Kommunekinder. In dem Buch hieß es, die Kinder sollten so lange von der Mutter gestillt werden, wie sie es wünschen. Der Körperkontakt zwischen Mutter und Kind solle nicht durch eine Flasche mit künstlichem Milchpulver ersetzt werden, weil die Beziehung zur Mutter von größter Bedeutung für die psychosexuelle Entwicklung des Kindes sei. Eine frühzeitige Entwöhnung könne, so das Buch, zu schweren emotionellen und körperlichen Störungen führen, da sich das Kind verraten, zurückgestoßen und minderwertig fühle. Die Erwachsenen sollten keine Autoritäten sein, die die natürliche Autonomie der Kinder behindern, sondern liebevolle Betreuungspersonen. Die Kinder dürften nicht gegen ihren eigenen Willen zu etwas gezwungen oder gedrängt werden. Daher sollten sie selbst entscheiden, wann sie essen, trinken, schlafen oder spielen wollten. Alle, die mit den Kindern zusammenlebten, sollten diese Prozesse unterstützen.

Am Tag darauf ruhte ich mich in der schläfrigen Wärme

des Kinderzimmers im Schulhaus aus, zusammen mit zwei Kommunekindern, der zweijährigen Zita und dem etwas älteren Albert, sowie seiner Mutter. Es waren zwei von fünf in der Kommune geborenen Kindern. Mir fielen vor Müdigkeit fast die Augen zu. Beide Kinder waren ebenfalls völlig erschöpft, nachdem sie sich gegenseitig sowie die herumliegenden Blätter jauchzend mit Fingerfarbe beschmiert hatten. Ich hatte den ganzen Winternachmittag mit ihnen gespielt. Albert krabbelte zu seiner Mutter, hob ihr T-Shirt hoch, steckte sich die Brustwarze in den Mund, legte sich gemütlich hin und schloss die Augen. Zita fing sofort an zu quengeln, woraufhin Alberts Mutter die andere Brust aus dem T-Shirt fallen ließ und sie Zita anbot, die den Vorschlag annahm. Die Mutter lehnte sich an mich, um gestützt zu werden. Alle schlossen wir die Augen und versanken in uns selbst.

21

Nach meiner Heimkehr aus dem Urlaub in Österreich und Slowenien fand ich schnell zurück in die sich scheinbar selbst antreibende Maschinerie des Alltags. Die hektische Suche nach den noch lebenden Lebens- und Zeitzeugen meines Vaters erschien mir mit der Zeit immer unwirklicher. Vielleicht auch unwichtig? Ich fragte mich, was es bringen sollte, in der Vergangenheit zu wühlen.

Doch dann kam eines Tages ein kleines Päckchen von meiner Cousine in Grundlsee. Sie hatte ein Bündel Briefe gefunden, die mein Vater in den letzten Jahrzehnten seines Lebens an seine Schwester geschrieben hatte. Und so bekam mein Verteidigungswall gegen das Vergangene wieder Risse. Meine Cousine schrieb nicht dazu, ob sie die Briefe selbst gelesen hatte, sie war aber der Meinung, ich solle sie haben.

Ich dachte, Papa hätte seiner ältesten Schwester vielleicht Gefühle, Kriegserfahrungen, all das, worüber er mit mir nicht gesprochen hat, anvertraut. Aber die Briefe, die ich mit langsam erkaltenden Händen las, enthielten keine Bekenntnisse über eigenes Leid oder das Leid anderer. Vielmehr waren sie in einem verschwörerischen, zynischen und verächtlichen Ton geschrieben. Am 22. März 1986 schrieb er zum Beispiel: »Wie Du sicher weißt, hat Wencke mit mehreren ein Haus in Oslo Zentrum gekauft. Dort lebt auch R. mit dem Negerbastard.« Oder am 14. April 1987: »R. lebt zusammen mit ihrem Neger, der in Oslo die Handelshochschule besucht! Was er damit im Urwald machen will, ist mir ein Rätsel.« Schwester und Bruder pflegten einen scherzenden Umgangston. Über den Mann seiner Schwester, der langsam gebrechlich wurde, schrieb mein Vater am 1. Juni 1985: »Daß er in seinem Alter noch so munter herumkutschiert und fabelhafte Bilder macht, ist wirklich allerhand. Nichts ist zäher als ein alter Nazi!« Und am 14. April 1987 hieß es: »Bei einer Vermählung in Norwegen kann auch der Mann den Namen der Frau annehmen, was die beiden machten. Kommt ein schwarzes Mühleisen nach Nigerien.«

Mein Herz war vom Lesen dieser menschenverachtenden Schreiben kalt geworden. Die Briefe stammten aus der Zeit vor Papas Tod 1996. Nichts hatte sich verändert. Bis ganz zuletzt blieb er seinem Standpunkt treu. Meine Hände zitterten, als ich das Bündel zu den anderen Papieren in die braune Plastikmappe legte. Ein Gedanke setzte sich fest: Ein Mann so voller rassistischer Verachtung, selbst gegenüber seinen allernächsten Angehörigen, gegenüber dem Mann seiner eigenen Tochter und seinem Enkelkind – wozu war er noch imstande? Wenn slowenische und österreichische Archive keine Informationen über die Wehrmachtszeit meines Vaters hatten, gab es vielleicht weitere Archive in Deutschland, an die ich mich wenden konnte, überlegte ich.

Ich würde die Suche wiederaufnehmen.

Mein Vater agitierte nicht. Er wartete still. Jemand, der stillsteht, bewegt sich nicht. Jemand, mit dem man nicht spricht, existiert nicht. So muss es sein. Wir haben unsere Chance verpasst. Die Chance, einander zu lieben.

Auch so lange nach seinem Tod gelang es meinem Vater noch, mich mit seiner Ideologie zu erreichen. Mich, die ich bei ihm war, als er am 2. April 1996 in Kristiansand starb. Ich saß an seinem Bett und wartete auf seinen Tod. Meine Mutter und meinen Bruder, die von den vielen Stunden an seinem Bett erschöpft waren, hatte ich nach Hause geschickt. Mein Vater war an unheilbarem Bauchspeicheldrüsenkrebs erkrankt.

Er hatte eine Weile geschlafen. Dann schlug er die Augen auf, starrte einige Sekunden an die Decke und hob den rechten Arm, der mit gelben und blauen Blutergüssen bedeckt war. Unendlich langsam zeigte er auf etwas an der Wand hinter mir, die ich am Fußende des Bettes saß. Er bat mich leise, es wegzunehmen. Ich drehte mich um und sah, dass Mama eine knallrote Jacke aufgehängt hatte. Es war eine Stunde vor seinem Tod. Ich grinste und nahm die Jacke weg. Verstand sofort, warum es für ihn wichtig war, dass sie entfernt wurde. Er hatte einen ausgeprägten Sinn für Ästhetik, und diese grellrote Jacke vor der leeren, weißen Wand tat seinen verlöschenden Augen weh. Außerdem ist Rot die erste Farbe, die wir als Neugeborene wahrnehmen, und die letzte, die wir als Sterbende noch sehen können. In seinem gesamten Berufsleben als Textildesigner und Ingenieur hatte er sich mit der Zusammensetzung von Farben und Formen beschäftigt. Bunte Stoffe mit seinen Mustern und seinem Design waren überall in unseren wechselnden Haushalten zu finden. Reste davon habe ich immer noch.

Die Tür ging auf, und eine Pflegehelferin kam so bestimmend und zielstrebig herein, wie es für diesen Beruf erforderlich zu sein scheint. Noch während sie sagte, sie wolle seinen Katheter wechseln, schlug sie die Bettdecke zur Seite, sodass ich den Blick nicht mehr rechtzeitig senken konnte. Obwohl Papa eben noch die Kraft gehabt hatte, mich um das Entfernen der roten Jacke zu bitten, war er so geschwächt, dass er auf diese Entblößung nicht reagierte. Sein Glied, das ich kurz sah, war blauviolett geschwollen. Ich ging auf den Flur. Weinte. Wo du immer so schamhaft warst, Papa. Wie konnte sie uns das antun? Du hast es noch nicht einmal gemerkt. Dann ist alles verloren. Jetzt stirbst du bald.

Nachdem er gestorben war, blieb ich lange an seinem Bett stehen. Ich konnte ihn nicht verlassen. Es hing mit der Wärme zusammen. Die Materie vibrierte zusammen mit mir. Du und ich, Papa. Als sein Körper keine Wärme mehr ausstrahlte, hatte ich alles in mich aufgenommen.

Als nichts mehr da war, ging ich.

22

Ich stand in meiner Apartmentwohnung in Stavanger und hackte Knoblauch fürs Essen. Die Radionachrichten im Ohr. Der Tag war okay gewesen. Seminar an der Uni, nach Hause, Kaffee, einige Seiten in einem Buch, Blick auf die Blutbuche vor dem Fenster, Geräusche aus der Küche der Nachbarn, Lichtreflexe an der Wand, das Gedicht, das ich gerade las. Aber vor allem die Stunden am Computer, die ich jeden Tag brauchte. Sie waren in diesem unwirklichen Leben das Wirklichste geworden. Ohne das Schreiben würde alles – Arbeit, Essen, Trinken, Liebe, Schlaf und Traum – in rasender, maschinenartiger Eile davontreiben. Beim Schreiben wurde ich von Erinnerungen durchströmt. Alles bewegte sich gleichzeitig: Menschen, Ereignisse, Orte, alles durchkreuzte mich wie auf einer lebenden Karte. Manchmal angestrahlt wie von einer Halogenlampe, andere Male verschleiert, undurchdringlich. Was ich jetzt schrieb, hatte sich lange vorbereitet, ohne dass es mir bewusst gewesen war.

Ich hielt beim Knoblauchhacken inne, das Radiogesumm war zu vernehmbarer Rede geworden: Die norwegische Fortschrittspartei schlug vor, Asylsuchende, deren Antrag auf eine Aufenthaltsgenehmigung abgelehnt worden war, bis zu ihrer Abschiebung in geschlossenen Aufnahmeeinrichtungen zu internieren. Etwas drückte mir auf den Brustkorb. Du bist immer deinem Herzen gefolgt, nicht wahr, Papa, dachte ich. Du hast die Fortschrittspartei gewählt. Die Partei, die als erste Fremdenfurcht schürende Haltungen zum Allgemeingut werden ließ. Der Rassismus entspringt einer Urangst: der Angst vor dem, was wir an uns selbst verachten und dann auf andere übertragen, damit wir das Fremde in uns selbst nicht sehen müssen. In Norwegen, diesem Land mit seiner kulturell homogenen, farbenblinden Geschichte, sind Unterschiede so lange eingeebnet worden, dass wir uns nicht mehr an sie erinnern. Samen, fahrendes Volk, Roma, Arme, Arbeitslose, Kommunisten, Künstler, Anarchisten, Behinderte, Psychiatriepatienten, Katholiken, Angehörige der Freikirchen, Einwanderer, alleinerziehende Mütter, Nicht-Weiße, Schwule, Lesben, abweichende und verschiedenartige Individuen jeder erdenklichen Art haben wir domestiziert und so an das bornierte kleine Ego des Konsenses angepasst, dass wir uns beruhigt mit einer selbstzufriedenen, toleranten Monokultur identifizieren konnten, die ein Ideal des guten Lebens vertrat, dessen Akzeptanz von allen erwartet wurde. Du, Papa, hast die Fortschrittspartei bei ihrer langen, geduldigen Arbeit unterstützt, Haltungen und Denkweisen genießbar zu machen, die früher als extrem eingestuft wurden – nationalkonservative Ideologien mit faschistischen Elementen, zu denen sich niemand bekennen wollte. Jetzt auch an die neue Zeit angepasst. Improvisation mit alten Ideologien: ein Gedanke so verschoben und aufgehübscht, dass er als Avantgarde erscheint. Eine neue Freiheit. Die Freiheit, anderen Grenzen zu setzen.

Mein Vater und ich waren freiwillige Anhänger extremer Ideologien. Das haben wir gemeinsam. Die dadurch begründete Gemeinschaft hatte mich auf die Suche nach seinen postumen Bekenntnissen getrieben. Änderte das, was ich herausgefunden hatte, irgendwas? Ich wusste es nicht. Änderungen können zu persönlichen Exzessen des Egos führen. Manchmal führen sie zu notwendiger Veränderung. Häufig führen sie einfach bloß in die Hölle.

23

Irgendwann im Frühjahr flog ich von Stavanger nach Oslo, um dort zwei Wochen zu bleiben. Die übliche Pendlerstrecke. Den ganzen Winter über hatte die stille Geschichte meines Vaters weiterhin in meinem System geknirscht. Wie Sand im Getriebe. Als ich am Flughafen Gardermoen die Behindertentoilette verließ, wurde mir plötzlich klar, dass ich jetzt nicht den Shuttlezug nach Oslo nehmen würde. Stattdessen kaufte ich mir ein Flugticket nach Berlin. Nach zwei Stunden Wartezeit war ich wieder in der Luft. Dieses maschinenartige Unwohlsein, dem sicher nicht mit Medikamenten beizukommen war, verließ mich, als wir in Berlin-Schönefeld zur Landung ansetzten.

Als ich später in der Prenzlauer Allee aus der Straßenbahn stieg, merkte ich, dass der Frühling hier viel weiter fortgeschritten war. Sah es an den Berliner Straßenkötern, die trotz gichtkranker Hüften in den lüsternen Ausdünstungen des Asphalts davonstoben. Dies musste ein vortrefflicher Ort sein, um vor die Hunde zu gehen, schoss es mir durch den Kopf, während ich nach einer Pension suchte. Ich lief die Greifswalder Straße entlang, im ehemaligen Ostberlin, Bezirk Prenzlauer Berg, der jetzt eine der hippsten Gegenden für junge und/oder wohlhabende Leute war – Designer, Künstler, Werbeleute, Schriftsteller und Skandinavier, die sich die Miete leisten konnten. Es wimmelte von Kinderwagen und den Sonnenbrillen des Frühlings. In einer Seitenstraße der Greifswalder Straße entdeckte ich nahe der wenig vertrauenerweckenden Pension, die ich ausgemacht hatte, noch einige graubraune Mietshäuser, nicht renoviert, mit Einschusslöchern aus dem Krieg und vielleicht auch einer kleinen Kolonie der ursprünglichen Mieter aus der Zeit vor dem Mauerfall 1989. Einige davon gehörten möglicherweise zu der sich schnell dezimierenden Gruppe von Zeitzeugen des Krieges. Zu den Menschen, bei denen sich die Kriegsjahre wie Schlacke im Gehirn, im Nervensystem abgelagert haben, die von allen anderen gefragt werden können, was sie im Krieg getan haben, oder eher, warum sie nichts getan haben, allem zum Trotz, was sie gewusst haben müssen.

Ein paar Straßen vom Alexanderplatz entfernt entdeckte ich einen Friedhof und setzte mich auf eine Bank, um Bjørn Westlies Buch *Fars krig (Vaters Krieg)* zu lesen. Auf dem Friedhof war es ganz ruhig, und ich wurde plötzlich von Freude ergriffen, dass mich niemand erreichen konnte. Niemand wusste, wo ich war, das Handy war ausgeschaltet. Ein Glücksgefühl überwältigte mich, und zusammen mit ihm die Gewissheit, dass mich ebendiese Lust, in regelmäßigen Abständen vor allem und allen davonzulaufen, vor Stillstand, Krankheit und frühem Tod bewahrt hatte. Lust und Bücher sind die Erklärung, dachte ich, die Erklärung dafür, dass ich nicht drogenabhängig geworden bin, dass ich geliebten Menschen gegenüber nicht gewalttätig wurde, dass ich in der Lage bin, morgens aufzustehen, und es meistens schaffe, meine Termine einzuhalten. Aber die Lust hat leider nicht verhindert, dass ich auch ein Miststück bin, dachte ich an diesem Frühlingstag auf dem Friedhof weiter. Es gibt schließlich Grenzen für das, was man von Lust und Büchern erwarten kann.

Ich schlenderte zurück zur Pension, stieg alle acht Stockwerke hinauf. Ganz unten an der Treppe roch es nach abgestandenem, altem Zigarettenrauch, weshalb ich auf den ersten Stufen den Atem anhielt, bis die Luft besser wurde.

Ich freute mich darauf, mich auf die braune Plüschdecke auf dem schmalen Bett zu legen, die ich beim Einchecken gleich bemerkt hatte. War tagsüber so müde, konnte nachts nicht schlafen. Ich muss versuchen, wach zu bleiben, dachte ich, und muss nach einer kurzen Pause raus, um Lebensmittel zu kaufen.

»Werden Sie bedient, oder was wünschen Sie?«, blaffte mich eine Verkäuferin in weißem Kittel an, als ich mich an der Käsetheke der Lebensmittelkette Kaiser's Tengelmann in unmittelbarer Nähe der Pension in Gedanken verlor. Mehr war nicht nötig. Ich antwortete unzusammenhängend, sah mich unsicher nach Hilfe um. »Sorry, I don't speak German«, log ich in freundlichem, aber eine Spur arrogantem Ton, wobei ich mich unmerklich aufrichtete. Ein wohltuendes Knacken im oberen Teil der Wirbelsäule stimulierte mich, und ich schaute unverwandt in ihre kleinen, ins Graue spielenden Augen, direkt ins Dunkel der Pupillen. Sie blinzelte, sah verlegen zur Seite und war natürlich nicht in der Lage, vernünftig auf Englisch zu antworten. Gelungen. Mein autoritäres Training. Ängstlich, aber, falls nötig, immer zum Angriff bereit – besonders auf Schwächere.

24

In der AAO waren wir Neusiedler. Die Sommer in der flachen, fruchtbaren Agrarlandschaft des Friedrichshofs waren heiß und lang. Das Licht der Sommertage war anders als das nordisch klare, durchdringende. Der helle Sonnenglast umhüllt von feuchter Dämmerung, besonders in den Hitzewellen des Hochsommers. Man meint die Temperatur sehen und das Licht hören zu können. Ein bisschen wie im Film, wenn die heiße Luft traum- oder albtraumartig flimmert. Ich habe ein Schwarzweißfoto vom ersten Haus, das wir zusammen gebaut haben. Es zeigt das Skelett eines dreistöckigen Neubaus. Von der Sommerhitze zeugen auf diesem Bild vor allem die langen Schatten der schräg stehenden Nachmittagssonne. Auf dem Foto wimmelt es von Leben. In allen Etagen sind junge Menschen bei der Arbeit – einige sägen Bretter, andere mischen Zement, ziehen Eimer hoch oder tragen Balken. Alle mit nacktem Oberkörper, Frauen wie Männer. Einige tragen eine Latzhose, andere arbeiten in Shorts oder nur in Unterhose. Und ganz vorne im Bild sitzt eine Frau quer auf einem Brett – Babsi hieß sie, wie ich mich erinnere. Sie scheint mit den nackten Beinen zu baumeln und die Fotografin erst im Moment des Auslösens zu bemerken. Es sieht aus, als werfe sie den Arm aus dem Bild, während sie strahlend zur Fotografin, zur Betrachterin, zu mir herüberlächelt, die ich jetzt, nach 35 Jahren, ihrem Blick begegne, wissend, dass sie nicht mehr am Leben ist.

Das Gerüst nannten wir Neubau, und diesen Namen behielt es auch dann noch, als es von all den Häusern, die im Lauf der Jahre in unserem Dörfchen entstanden waren, das älteste war. Entscheidend war, dass wir Häuser bauten, um mehr Platz zu bekommen und den Urzustand der Schlafsäle hinter uns zu lassen. Wir bauten für ein Leben in Gemeinschaft.

In meiner ersten Zeit am Friedrichshof besaßen alle Dauerbewohner, ich später auch, einen schmalen Metallschrank, den wir aus Militärbeständen übernommen hatten. Es war die Zeit vor dem Wohlstand der 1980er Jahre mit neu gebauten Wohnungen, Häusern und Gemeinschaftsbereichen. Die

Metallschränke standen in Reihen dort, wo bei dieser beengten Wohnsituation Platz war. In meinem Schrank bewahrte ich Kleidung auf, die ich brauchte, wenn ich zum Zahnarzt musste oder andere Termine hatte, bei denen ein präsentables Aussehen erforderlich war, dazu Pass, Zahnbürste, einige wenige Bücher und Papiere. Alles andere gehörte uns allen. Die AAO hatte den Privatbesitz abgeschafft. Alles floss in einen gemeinsamen Topf: Studienkredite, Ersparnisse, eventuelle Erbschaften. Das private Eigentumsrecht wurde als Wurzel der kapitalistischen, spießigen Kleinfamiliengesellschaft angesehen. Im sogenannten *Kommunemanifest* von 1973 hieß es: »privateigentum und privater besitz von geld sind mit den sozialen und lebensbejahenden prinzipien der kommune unvereinbar. alle materiellen bedürfnisse der gruppenmitglieder werden von einer gemeinsamen kasse bestritten. die kommune lehnt handels- und profitdenken ab. das eigentum- und besitzdenken der kleinfamiliengesellschaft kann nicht ohne gewalt durchgesetzt werden, weil es der natur des menschen widerspricht.«

Die Gewissheit, dass es meinen Schrank gab, war dennoch beruhigend.

Abschaffung des Privatbesitzes bedeutete auch Abschaffung des Eigentumsrechts an anderen Menschen: Zweisamkeit galt daher als Schlange im Paradies der AAO-Kommune, stattdessen praktizierte man *Freie Sexualität,* ja, sexuellen Sozialismus. Im erwähnten Kommunemanifest wird dies so erklärt: »es gibt in der kommune keinen besitz an personen und keine sexuellen verpflichtungen. in einer gut funktionierenden kommune gibt es keine eifersucht, da alle die möglichkeit zur sexuellen befriedigung haben.«

Die Mitglieder der Kommune verabredeten jeden Tag aufs Neue, mit wem sie die nächste Nacht verbringen wollten, oder sie planten Nächte im Voraus. Die populärsten waren manchmal mehrere Nächte hintereinander ausgebucht und führten Listen, um den Überblick über ihre Verabredungen zu behalten.

Ist ja auch nicht verwunderlich, dachte ich so viele Jahre später verständnisvoll, dass es für eine junge, schüchterne Frau mit begrenzter Erfahrung aufwühlend war, sich von einem Tag auf den anderen in einem selbsterklärten Reservat wiederzufinden, in dem die gängigen sexuellen Spielregeln über Bord geworfen worden waren. Allein schon, dass man tatsächlich bestimmen konnte, dass etwas anders gehandhabt werden sollte, machte einen high. Natürlich wurde nicht alles zum Einsturz gebracht, wie sich zeigen sollte, ganz und gar nicht, aber einen entscheidenden Spielstein versuchte man also aus dem Spiel zu nehmen: die auferlegte Zweisamkeit. Das ging am Anfang erstaunlich leicht und schmerzlos, nachdem wir Kursteilnehmer einige Tage der Akklimatisierung und ängstlichen Erwartung hinter uns gebracht hatten. Während des zwölftägigen Kurses waren sexuelle Kontakte auch nur zu den anderen Teilnehmern möglich gewesen. Denn die Dauerbewohner gaben sich nicht mit Gästen ab, weil sie Geschlechtskrankheiten vermeiden wollten. Aber die Kursteilnehmer sollten die Möglichkeit bekommen, die freie Sexualität zu erproben und die Alltagsfreuden der Kommune am eigenen Leib zu erfahren.

In den ersten Kurstagen richtete ich meine Taktik darauf aus, mit einer sympathischen und attraktiven Person, maximal mit zweien – nacheinander, versteht sich –, zusammenzukommen, mit der/denen ich mich brüsten und die als Schild gegen unerwünschte Annäherungen fungieren konnte/n. Aber dann erwischte es mich: eine erstaunliche Wirkung. Die eigentliche akute Phase dauerte nur einige Wochen an. Ein unerwarteter Effekt. Heftig. Sex als Lebensweise. Im Prinzip war ich ständig sexuell erregt. Hemmungslos die Initiative ergreifend. Absolut empfänglich für Annäherungen. Auf Matratzen, auf dem Acker, hinter der provisorischen Küche oder dem alten Wasserturm, in dem kleinen Akaziengehölz, eigentlich überall, zu jeder Zeit und mit – beinahe – jedem.

Tagelang hatte ich ausschließlich Sex im Kopf, zwischen den Selbstdarstellungskursen, der Aktionsanalyse und den Arbeitseinsätzen – wenn ich morgens die Augen aufschlug, bis ich sie abends wieder schloss –, es war fast gleichgültig, mit wem, wenn mich die Person nur erregte, was so gut wie immer der Fall war. Ich pulsierte in der hinreißenden, komplett verrückten Illusion vollkommenen Genusses, ohne Makel oder Mangel. Es war wie nach einem einwöchigen Magen-Darm-Infekt oder einer Fastenwoche, wenn man endlich wieder essen darf. Bloß dass das Fasten das ganze Leben angedauert hatte, ohne dass es mir bewusst gewesen war. Das einfachste Essen schmeckte auf einmal erlesen. Nie zuvor hatte ich eine so radikale Anerkennung, eine so bedingungslose Hingabe erlebt. Glasklare Gedanken vibrierten in meinem Kopf. Jeden Tag strömten Menschen durch mich hindurch. Und ich floss durch sie, sodass wir zwischen deinen und meinen Organen, Kreisläufen, Gedanken, seinen, ihren und meinen Handlungen, deinem und meinem Kind nicht mehr unterscheiden konnten. Wir existierten in den Verbindungen, Übergängen, Schleichwegen und Abkürzungen zwischen uns. Ein paar Wochen lang war ich gefühlsmäßig, körperlich und zerebral schwindelerregend verliebt in eine Vorstellung, eine Idee, ein Prinzip, eine sexuelle Poetik, eine Umwälzung. Die Idee der freien Sexualität war mein Liebesobjekt. In der Sexualität geht es um die Überschreitung gegebener Formen und Grenzen. Oder etwa nicht? Eine erotische und politische Lust auf eine andere Lebensweise.

Es ging vorbei. Natürlich. Wie jedes Verliebtsein. Es ist nicht möglich, lange im imaginär Vollkommenen zu verbleiben. Unterschiede und Mängel müssen sich wieder dazwischenschieben. Ansonsten wird man verrückt. Dann kam der Alltag. Neun Jahre Alltag mit all meinen Männern und Frauen. Und dennoch. Nach dieser fundamentalen Erschütterung streift mich tatsächlich immer noch, wenn ich eine Frau oder einen Mann zum ersten Mal treffe, der Gedanke, wie es wohl wäre, Sex mit der betreffenden Person zu haben.

Das gibt sich dann meist wieder.

25

Berlin. Auf dem Rückweg vom Einkaufen dachte ich an die Geschwisterschar, in der ich aufgewachsen war. Nach drei Töchtern bekam mein Vater seinen Sohn. Das vierte Kind. 14 Jahre nach dem ersten. Mein Vater wollte keine Kinder mehr haben, aber meine Mutter weigerte sich, den ungeplanten Embryo entfernen zu lassen, dabei erhielt sie Unterstützung von einem Schweizer Psychiater. Damals, 1965 in der Schweiz, wo wir zu dieser Zeit lebten, mussten Frauen, die abtreiben wollten – vorausgesetzt, sie hatten die Erlaubnis ihres Ehemanns –, zu einem Gespräch beim Psychiater erscheinen, der die Angelegenheit entschied. Meine Mutter gab nach und beantragte die Genehmigung für eine Abtreibung, die sie nicht wollte. Mein Vater akzeptierte seinerseits das Urteil der Autorität und fand sich mit der Vergrößerung der Versorgerlast ab. Es sollte sich als glückliche Entscheidung erweisen. Der Junge wurde von allen geliebt. Als Jüngster stellte er für die älteren Schwestern keine Konkurrenz dar, er hatte ein heiteres und anpassungsfähiges Naturell und wurde zum Liebling der ganzen Familie. Eine deutliche Verbindung zwischen meinem zwölf Jahre jüngeren Bruder und mir waren die roten Haare, mit denen ich in der Familie bisher allein gestanden hatte. Seine kupferroten Locken bildeten einen hübschen Kontrast zu den grünen Augen, die eine Spur verwundert, an der Schwelle zu verschreckt die Welt um sich musterten. Er wurde der Augenstern meines Vaters, die Freude seines Alters.

In der langen, geraden Rådhusgata in Mosjøen, wohin wir in meiner Jugend, nach zwei Jahren in der Schweiz, gezogen waren, wohnten wir in einem Haus mit grünen Eternitplatten an den Außenwänden. Nicht weit davon, auf der rechten Seite, befand sich die Grundschule, ein gelber Betonbau mit dem unverkennbaren Mief aus Einsamkeit, Zwang, Unlust und Verzweiflung, der den Mauern der meisten Schulgebäude entströmt. Auf der linken Seite lag einer der wenigen niedrigeren Wohnblocks der Gegend, in dem ich samstags in den nach Kohl, Zwiebeln und gebratenem Hackfleisch stinkenden Treppenhäusern an den Türklingeln schellte, um die linke Wochenzeitung *Klassekampen* zu verkaufen.

Jeden Samstag konnte ich von meinem Zimmerfenster aus zwei Gestalten die leere Straße entlanggehen sehen, die sich bis zum Horizont zu erstrecken schien: einen Mann mit Hut und grauem Mantel, der einen vier, fünf Jahre alten

Jungen in blauem Anorak und mit roter Mütze an der Hand hielt. Die beiden. Mein Vater und mein Bruder. Die Rådhusgata entlanglaufend. Ich konnte ihnen mit Blicken folgen, bis sie vor dem Himmel, der mit dem grauen Fjord verschmolz, ganz klein geworden waren und schließlich nach links abbogen, um einen Abstecher zu *Haugans Hotell* zu machen. Dort im Café kaufte mein Vater an der Theke eine Tasse Kaffee für sich, eine Limonade für den Jungen und ein Stück Kuchen für jeden. Sie setzten sich immer an denselben Tisch an den großen Fenstern zur Straße, um sich Passanten und Autos anzuschauen.

Wenn sie ausgetrunken und aufgegessen hatten, gingen sie in den Eingangsbereich, wo ein Spielautomat vom Roten Kreuz stand. Dort blieben sie eine Weile in stummer Konzentration stehen, und jeder versuchte sein Glück an der Maschine. Danach spazierten sie den gleichen Weg zurück nach Hause. Jeden Samstag. Zur gleichen Zeit.

Die kupferroten Korkenzieherlocken meines Bruders verschwanden. Als ich eines Nachmittags von der Schule nach Hause kam, saß er ganz oben auf der steilen, schmalen Treppe zur ersten Etage, wo ich mein Zimmer hatte. Auf beiden Seiten der Treppe waren Wände, sodass sie wie ein dunkler Schacht wirkte, und auf den Stufen lag Teppichboden mit bunten Streifen in asymmetrischen Linien. Das runde Kindergesicht meines Bruders leuchtete mir bleich entgegen, mein Magen krampfte sich zusammen. Irgendetwas war geschehen. Ich begriff nicht sofort, was, aber dann fiel mir auf, dass seine Seidenlocken weg waren. Er saß ganz still da und sah mich direkt an. Die etwas feuchten Lippen leuchteten unnatürlich rot in dem weißen, runden Gesicht, dem jetzt jegliche Einrahmung fehlte. Mein Vater hatte ihn zum Friseur mitgenommen, ohne es jemandem zu sagen, und ihm eine kurze Nazifrisur schneiden lassen.

Und so ging es weiter. Mein Bruder verbrachte viele Stunden im Zimmer meines Vaters. Papa hatte Plastiksoldaten in Uniformen aus dem Zweiten Weltkrieg gekauft, den Uniformen der Deutschen und der Alliierten. Auf dem niedrigen Tisch zwischen sich bewegten sie die Truppen und diskutierten die Strategie. Das hat mir mein Bruder erzählt, und seltsamerweise kann ich mich nicht daran erinnern, die beiden über den Tisch mit dem Kriegsspielzeug gebeugt gesehen zu haben. Aber damals ging ich in Mosjøen aufs Gymnasium und war dabei, mich abzunabeln, erfüllt von der begierigen und bangen Gewissheit, dass ich mich so schnell wie möglich von der Familienmaschinerie losreißen musste, die offensichtlich ebenso wenig einen Knopf zum Aus- wie einen zum Einschalten hatte.

An einem Herbstnachmittag im Jahr 1988 kam mein Bruder mit dem Zug aus Stavanger, wo er seinen aufgeschobenen Wehrdienst ableistete, am Bahnhof von Kristiansand an. Dort lebten unsere Eltern seit 1973, und mein Vater war zum Bahnhof gefahren, um ihn abzuholen. Mein Bruder stieg aus dem Zug und ging dem Mann mit Hut und grauem Anorak entgegen, der still, abseits von den anderen Wartenden, dastand. Als sich mein Bruder näherte, sah er zum ersten und letzten Mal in seinem Leben, wie Papa weinte. Diskret entfernte er die Tränen mit einem Taschentuch, das Mama immer für ihn stärkte und das er stets in der Tasche hatte. Und in diesem Moment wurde meinem Bruder klar, dass Papa weinte, weil er seinen Sohn zum ersten Mal in Uniform sah.

So diskret, wie er die Tränen getrocknet hatte, so sorgfältig räumte Papa vor seinem Tod auf und beseitigte fast alle Spuren. Aber es gab einen Gegenstand, dessen Entsorgung er nicht übers Herz brachte. Eine Browning 1922 mit Adler über dem Hakenkreuz, zwischen 1942 und 1945 im von den Deutschen besetzten Belgien produziert. Diese Pistole schenkte er seinem Sohn. Das alles erzählte mir mein Bruder an einem Samstagvormittag am Frühstückstisch, während windgepeitschter Regen rhythmisch gegen große Fensterscheiben klatschte. An so einem Morgen, an dem Eier, Speck und frisch gebrühter Kaffee wunderbar schmecken. Mein Bruder holte die Pistole. Sie war klein, kompakt und handlich. Kühl und schwer lag sie in der Hand.

26

Tatsächlich stimmt es nicht ganz, dass Vater nie über den Krieg gesprochen hat. Gegen Ende seines Lebens erzählte er Anekdoten in Form von Überlebensgeschichten. Sie waren wie Szenen eines Kriegsfilms über einen mythischen und nicht näher bestimmten Krieg, obwohl er über den Zweiten Weltkrieg sprach. Die extreme Kälte. Die Kameraden, die sich zum Schlafen dicht aneinanderdrängten, die Arme um den vor sich Sitzenden geschlungen, während sie zugleich vom hinter sich Sitzenden umarmt wurden, um sich warm zu halten. Ein schönes Bild. Das pure Leben. Die von den Herzen der anderen ausgehende Glut, die das warme Blut quer durch die aufgereihten Körper pumpte und die dünne Membran zwischen Überleben und Tod intakt hielt. Für eine weitere Nacht. Die durch die Gewalt ausgelöste Abgestumpftheit, aufgebrochen von der leuchtenden Bedeutsamkeit des Überlebens. Die Soldaten mussten ständig auf der Hut vor russischen Heckenschützen sein, die sich nicht vom Schnee abhoben: Weiß gekleidet saßen sie wie Engel eines Albtraums tagelang oben in den Bäumen, bis alle Spuren im Schnee verschwunden waren, zugeweht, zugeschneit. Dann schossen sie.

Gute Ratschläge: Spring in frische Granatlöcher im Boden, denn Granaten schlagen selten zweimal an derselben Stelle ein. Schütz dich vor den Mücken! Sie schlüpfen in der Sumpflandschaft und machen die extreme Sommerhitze noch unerträglicher. Wenn die verräterische Süße der Gleichgültigkeit deinen Geist erfasst, dann halt an der persönlichen Hygiene fest! Es sind die kleinen Dinge, die den Unterschied zwischen dem Tod des einen und dem Überleben des anderen ausmachen. Achte gut auf deine Stiefel! Tausche Zigaretten gegen Schokolade, Alkohol gegen Kleidung. So überlebst du.

Andere Ratschläge fürs Leben habe ich von meinem Vater nicht bekommen, außer: »Was man nicht im Kopf hat, muss man in den Beinen haben.« Na ja, ich bin schon immer gern gelaufen. Aber die Knie machen nicht mehr so gut mit.

Es war an der Zeit, den Kopf zu gebrauchen.

27

Ich schlenderte durch die Straßen in Berlin, hatte seit vier Tagen keine Mails mehr gelesen. Viel alten Tod gab es in dieser Stadt, viele Geschichten. Vor der Deutschen Oper schaute ich hoch zum Denkmal *Der Tod des Demonstranten,* das für den 26-jährigen Studenten Benno Ohnesorg errichtet worden war. Am 2. Juni 1967, angeblich ein milder Frühsommertag, wollten das iranische Staatsoberhaupt und seine Frau am Abend in die Oper. Berlins Prominenz übertraf sich gegenseitig, um den Staatsbesuch zu einem denkwürdigen Ereignis im Leben der beiden Despoten und zu einer lukrativen Episode für die deutsche Wirtschaft werden zu lassen.

Benno Ohnesorg. Ohnesorg war einer von vielen, die gegen den Schah demonstrierten. Er war Pazifist und Mitglied einer evangelischen Kirchengemeinde, war in der Jugendarbeit engagiert. Vor der Deutschen Oper schaute die Polizei zunächst untätig zu, als die vielen Agenten der Geheimpolizei des Schahs, der SAVAK, auf die friedlichen Demonstranten losgingen. Dann wurden plötzlich die Absperrungen geöffnet, und eine große Zahl von Polizisten wurde in die Menschenmenge geschickt. Dort griffen sie die Demonstranten mit Gummiknüppeln an. Auf der Flucht vor den Polizisten verirrte sich Ohnesorg in der Krummen Straße in einen Hinterhof. Der Polizist Karl-Heinz Kurras feuerte aus nächster Nähe einen Schuss auf Ohnesorgs Kopf ab. Als der schwer verletzt am Boden lag, versuchten andere Polizisten, Zeugen und Helfer wegzujagen. Daher verging über eine Stunde, bis Ohnesorg ärztlich versorgt wurde. Er starb noch in derselben Nacht. Vonseiten der Polizei wurde das Ganze als Unfall abgetan.

Ohnesorgs Tod war der Startschuss für die Radikalisierung der linken Bewegung und den Terror der 1970er Jahre. Die RAF, oder Baader-Meinhof-Bande, wurde 1970 von Andreas Baader, Gudrun Ensslin, Horst Mahler, Ulrike Meinhof und anderen gegründet. Sie erklärten sich zu einer antiimperialistischen Stadtguerilla nach südamerikanischem Vorbild. Sie waren für 34 Morde, mehrere Entführungen, zahlreiche Bankraube und Bombenattentate verantwortlich. 9. Mai 1976: Ulrike Meinhof erhängt sich mit einem aus zerrissenen Handtüchern geknoteten Seil an ihrem Zellenfenster. 18. Oktober 1977 – Todesnacht von Stammheim: Andreas Baader und Jan-Carl Raspe erschießen sich mit Waffen, die einer ihrer Anwälte ins Gefängnis geschmuggelt hat. Gudrun Ensslin erhängt sich mit einem Kabel, Irmgard Möller sticht sich mit Gefängnisbesteck viermal in die Herzgegend, verletzt sich aber nicht tödlich.

Es gibt ein Plakat, auf dem Hitler einen Kinderwagen schiebt. Auf dem Kinderwagen steht in roter Schrift »RAF«. Diese Illustration veranschaulicht die Bedeutung, die dem Nationalsozialismus als Hintergrund für die deutsche 68er-Revolte und den linksextremen Terror zukommt. In Deutschland entwickelte sich die 68er-Generation in eine weit gefährlichere Richtung als im restlichen Westen. Die autoritären Kräfte, gegen die die jungen Aktivisten rebellierten, standen aufdringlich nah. Die Eltern oder Großeltern der allermeisten waren Nazis oder aktive Mitläufer der Terrorherrschaft gewesen. Viele der nach dem Krieg bedeutendsten Repräsentanten des deutschen Staates und der Finanzwelt hatten ihre Karriere im nationalsozialistischen Parteiapparat begonnen. Diese personifizierte Kontinuität zwischen dem Nationalsozialismus und der Nachkriegsdemokratie in Westdeutschland war für die Mitglieder der RAF der Beweis für das Nachwirken des Faschismus. »Das ist die Generation von Auschwitz, mit denen kann man nicht argumentieren!«, rief die Pfarrerstochter Gudrun Ensslin am Abend, als Ohnesorg erschossen wurde, vom Rednerpult.

Gewalt könne nur mit Gewalt beantwortet werden, meinten die Radikalsten unter ihnen, und der Zorn war so wahnsinnig vitalisierend, dass er als Motiv für alles und jedes herhalten konnte. Denn so ist es, wenn etwas getan werden muss. Dann muss man die Ärmel hochkrempeln, dann ist Schluss mit der Weltdeuterei. Wie Dag Solstads Romanfigur Arild Asnes über die Maidemonstration sagt: »[...] im roten Nebel verschwinden, im roten wabernden Schwefelnebel, in den giftigen roten Ausdünstungen – verloren, verloren, verloren – in ein unmenschliches Monster verwandelt.« Es gibt nichts dazwischen, die Sprache verweist direkt auf die Welt: »[...] wir sagen, natürlich, die Bullen sind Schweine, wir sagen, der Typ in der Uniform ist ein Schwein, das ist kein Mensch, und so haben wir uns mit ihm auseinanderzusetzen. Das heißt, wir haben nicht mit ihm zu reden, und es ist falsch, überhaupt mit diesen Leuten zu reden, und natürlich kann geschossen werden«, schrieb die Redakteurin, Journalistin und Terroristin Ulrike Meinhof.

Nachdem sich Meinhof erhängt hatte, entnahm man ihr das Gehirn. Man wollte untersuchen, welche Bestandteile ihres Gehirns dafür verantwortlich waren, dass sie zur Terroristin wurde. Sie wurde ohne Gehirn beerdigt. Als ihre Zwillingstöchter erwachsen waren, zogen sie vor Gericht, um das Gehirn ihrer Mutter bestatten zu dürfen. Nach vielen Jahren wurde ihnen das zugestanden.

In Gedanken versunken hatte ich mich von der Deutschen Oper entfernt und stand plötzlich vor dem Gebäude Niederkirchnerstraße 8 neben dem Martin-Gropius-Bau. Von 1933 bis 1945 bildete es den Kern des nationalsozialistischen Terrors: die Gestapo-Zentrale, die SS, Hitlers persönliche Leibgarde und das Reichssicherheitshauptamt befanden sich alle hier. Ich beschloss, mir im Dokumentationszentrum die Ausstellung *Topographie des Terrors* anzusehen, die die Verbrechen der Nationalsozialisten in Deutschland dokumentiert, aber als ich gerade fragen wollte, ob es Eintritt kostet, passierte etwas mit mir. Die Gewissheit, dass ich wieder Fotos und Filme sehen würde, die das Begriffsvermögen des Körpers, der Gefühle und des Verstandes überstiegen, bremste meine Schritte. Mir wurde plötzlich schwindelig, ich hörte nicht, was der Mann am Empfang sagte, obwohl ich deutlich sah, dass er die Lippen bewegte. Als ich blinzelte, wirkte er wie doppelbelichtet. Meine Zunge wie ein schlaffer Lappen, ich brachte kein Wort heraus. Gleichzeitig wurde der Körper taub und schwer, sodass ich es nur mit Mühe wieder nach draußen schaffte. Ich sank auf den Asphalt, den Rücken an der Hauswand, wie die Junkies am Osloer Hauptbahnhof. Meine Haare fühlten sich an wie eine kalte Haube um das hämmernde Gehirn. Kühler Frühlingsregen strömte herab, als wolle die Tinte des Himmels sich über die Stadt verteilen. Schließlich gelang es mir, ein Taxi anzuhalten. Der türkische Fahrer wollte mich zuerst nicht mitnehmen, weil er mich für betrunken hielt. Ich flehte ihn an, mir zu helfen, was er schließlich tat.

Nachdem eine Paracetamol die Kopfschmerzen gelindert hatte, dachte ich in meinem Pensionszimmer unter der Bettdecke weiter über das Deutsche nach. Obwohl sich das AAO-Experiment in der Expansionsphase Mitte der 1970er Jahre in vielen europäischen Großstädten ausbreitete, waren die meisten Mitglieder Deutsche und Österreicher. Möglicherweise hatten wir mit unserem deutschen oder österreichischen Hintergrund besonders gute Gründe, uns antiautoritären Bewegungen anzuschließen. Patriarchalische Familienverhältnisse trugen wahrscheinlich das ihre dazu bei, dass Sexualität und Geschlechterbeziehungen zu einem wichtigen Punkt auf der Tagesordnung der 68er wurden. Die AAO-Kommune war nur eines von mehreren Angeboten an die Konsequenten, Willigen und Freiwilligen, wie es die Marxistisch-Leninistische Partei zur selben Zeit in Norwegen war.

Erweckungsbewegungen gab es in der ganzen westlichen Welt.

28

Seit meinem Zusammenbruch in der *Topographie des Terrors* waren einige Tage vergangen, und ich fühlte mich besser. Die Kopfschmerzen waren weg, ebenso der Schwindel. Ich hatte zwischen Lesen im Pensionszimmer und Spaziergängen durch die Straßen Berlins abgewechselt. Nun las ich ein Buch, das ich in einem Onlineantiquariat gefunden hatte. Es beschäftigte sich mit der Wehrmachtsdivision, in der mein Vater gewesen war. Ich hatte mir vorgenommen, das Pensionszimmer nicht eher zu verlassen – außer um mir meine Rationen Currywurst in der Greifswalder Straße zu holen –, bis ich dieses Buch durchgearbeitet hätte. Auf Seite 64 sprang mich ein Foto von drei Soldaten auf einem Panzerwagen an – mein Herz raste –, der in der Mitte war Papa! Er nahm etwas entgegen, das wie Munition aussah, der Soldat links neben ihm schaute ihn dabei an. Papa sah gut aus, mit der etwas schief sitzenden Uniformmütze, schlank, durchtrainiert. Ich wies mich selbst zurecht. Das hier war kein Familienalbum. Es war ein abscheuliches Nostalgiebuch für ehemalige Soldaten der 7. Gebirgs-Division voll von Details zu Ausrüstung, Verpflegung, Frontkino, Weihnachtsfeiern, Briefen nach Hause, Schilderungen vom Kampf gegen die Kräfte der Natur und einer Chronologie der Kriegshandlungen sowie einer Auflistung der Tipps aus dem Winterkrieg, die die Finnen weitergegeben hatten. Bestens geeignet, um es in Bierstuben und in den vielen Veteranenvereinen vorzulesen. Über das Ausrauben und Niederbrennen von Dörfern, über Vergewaltigungen, Morde an Zivilisten, Unterstützung bei Pogromen und das Abschlachten russischer Kriegsgefangener stand nichts im Buch – abgesehen von einer Andeutung auf Seite 43, auf der es hieß, beim Russlandfeldzug hätten auch »ideologisch-weltanschauliche Gründe« eine Rolle gespielt wie »die Vernichtung des ›jüdisch-bolschewistischen Todfeindes‹«.

Ich starrte weiter auf das Foto. Aus der *Enzyklopädie des Nationalsozialismus* und anderen Büchern hatte ich mir Wissen angeeignet, um den von der Schule vor so vielen Jahren versäumten Geschichtsunterricht nachzuholen. Wiederholte laut, wie im Gebet: Generalplan Ost, Expansion nach Osten, an der mein Vater beteiligt war – ein für den Krieg gegen die Sowjetunion entworfener gigantischer Vernichtungsplan zur ethnischen Säuberung. Ziel der Nazis war die Kolonisierung großer Landgebiete im Osten. Die slawischen »Untermenschen« sollten besiegt und durch deutsche »Wehrbauern« ersetzt werden, militarisierte Bauern an der Frontlinie, die die deutsche Zivilisation beschützen sollten. Die Bevölkerung in den westlichen Teilen der Sowjetunion wollte man um dreißig Millionen reduzieren, und zwar durch Aushungern, Massakrieren und Vertreibung der Einwohner nach Osten, nach Sibirien. Die jüdische Bevölkerung sollte ausgelöscht werden. Der Plan sah vor, Millionen von »Germanen« aus Deutschland, den Niederlanden und Skandinavien dort »Lebensraum« zur Verfügung zu stellen. Sie sollten in diese Gebiete ziehen und die Macht übernehmen. Teile der einheimischen Bevölkerung sollten bleiben dürfen und für das »arische Herrenvolk« die Felder bestellen. Der Osten war ein riesiges Gebiet. Ein ganzes Reich. Getreide und Mineralienvorkommen, unwegsame Straßen, Millionen von gutmütigen Menschen, auch wenn slawische »Untermenschen« und Juden entfernt werden mussten. Keine Ordnung. Der Schriftsteller W. G. Sebald schreibt über den »Lebensraum« im Osten und die Träume der deutschen »Volksgenossen«, »im August 1942, als die Spitzen der sechsten Armee die Wolga erreicht hatten«, hätten viele davon geträumt, sich »nach dem Krieg in den Kirschgärten am stillen Don auf einem Landgut« niederzulassen.

Wovon träumte mein Vater? Das kann ich nicht wissen. In den Archiven, die ich durchforstet habe, stand nichts über Träume.

Das Wissen der Wehrmachtssoldaten über die Judenvernichtungen gründete sich auf eigene Anschauung, Informationen von anderen und Gerüchte. Das Projekt der Judenvernichtung lag im Verantwortungsbereich der SS und war im Prinzip nicht Aufgabe der Wehrmachtssoldaten, aber sie kamen trotzdem mit den entsprechenden Aktionen in Kontakt, entweder, weil sie der Bürokratie assistieren mussten, oder aus eigener freier Entscheidung. Außerdem wusste die Bevölkerung davon. In der Nähe der Städte, in denen Juden hingerichtet wurden, entstand trotz gegenteiliger Befehle Hinrichtungstourismus; nach Gewaltpornografie hungernde Menschen strömten zu den Hinrichtungsstätten, um zuzusehen und Bilder zu machen.

Viele hatten nichts gegen die Massenhinrichtungen als solche einzuwenden, sondern gegen die Art ihrer Vollstreckung. Sie waren unzufrieden mit der schlechten Durchführung. Daher gab es Überlegungen, wie sie sich zweckmäßiger organisieren ließen, man tauschte Erfahrungen aus und entwickelte ein System industrieller Massenvernichtung. Himmler und andere mit ihm betonten wiederholt, die Vernichtung von Menschen sei eine unangenehme Aufgabe, die der eigenen »Menschlichkeit« widerstrebe, aber sie waren der Meinung, gerade durch diese Selbstüberwindung und Aufopferung ließe sich der Mord mit einer übergeordneten Moral verknüpfen.

29

1976 war der Vietnamkrieg erst seit einem Jahr vorbei. Dieser Krieg, der zur Radikalisierung so vieler Linksorientierter beigetragen hatte – uns in der AAO-Kommune eingeschlossen. Am Neujahrstag 1977 stand ich in der Schlange bei der Essensausgabe der Gemeinschaftsküche im Schulhaus und wartete darauf, dass ich an die Reihe käme. Wegen des Zustroms an Neuankömmlingen und Kursgästen war es dort viel zu eng geworden. Den Nachmittag hatte ich in dem einige Kilometer vom Friedrichshof entfernten Neusiedl am See verbracht, wo die Kommune eine Druckerei betrieb, vor allem für die in unregelmäßigen Abständen erscheinende Zeitschrift *AA-Nachrichten*. Die Druckerei bestand aus einem großen Raum mit einer Druckerpresse und Regalen voller Plakate, Zeitschriften, Bücher. Mir gefiel die Stimmung bei den konzentrierten Kommunarden, die damit beschäftigt waren, Texte zu sammeln, eine neue Ausgabe der Zeitschrift zusammenzustellen und zu redigieren. Außerdem war der Kaffee, der in der Druckerei gekocht wurde, viel besser als der, den man uns am Friedrichshof zu den Mahlzeiten servierte.

Ich hatte die Aufgabe bekommen, jeweils zwanzig Plakate zusammenzurollen. Sie zeigten ein großes Schwarzweißbild des Selbstdarstellungsstars Clara mit nacktem Oberkörper, den Kopf ekstatisch nach hinten gebogen, sodass ihr sehniger Hals und ihre Kehle gut zu sehen waren, auf ihren klaren Gesichtszügen spielte ein selbstbewusstes, schelmisches Lächeln. Auf dem Plakat stand: »Das AAO-Modell: Vortrag und Selbstdarstellungsworkshop«. Es war Platz gelassen worden, um Stadt, Zeit und Veranstaltungsort handschriftlich hinzuzufügen. Die Kommune bereitete eine mehrwöchige Vortrags- und Workshopreise durch Deutschland vor, die sechs oder sieben Kommunemitglieder in einem alten VW-Bus bestreiten sollten. Die Vorträge fanden hauptsächlich an Universitäten statt. Daniel, einer der ständigen Bewohner, lachte, als ich ihn fragte, ob er bei der Tour dabei sein würde. Er stand mit einer Tasse Kaffee in der einen Hand und einer selbstgedrehten Zigarette in der anderen an dem Arbeitstisch, an dem ich Plakate aufrollte. Er hatte mein Alter, war vielleicht etwas jünger, groß, dünn und schlaksig, in Latzhose. Er beugte sich zu mir herunter, wobei ich einen vertrauten Geruch von Kaffee, Tabak und Seife wahrnahm, und sagte lachend, er sei noch nicht lange genug dabei, um mit so einer Aufgabe betraut zu werden. Außerdem sei er zu schüchtern, auch kein besonders guter Selbstdarsteller, aber er habe Gerüchte gehört, wonach ich Talent hätte, warum ich also nicht Nägel mit Köpfen machte, das provisorische Wohnexperiment verließe und zu den Dauerbewohnern zöge? Dann könnte ich vielleicht an einer zukünftigen Tour teilnehmen?

»Haha. Nein. Ich will nach Paris, New York. Das hier ist bloß mein erster Stopp«, antwortete ich und stellte fest, dass ich es gut gefunden hätte, wenn Daniel am Arbeitstisch, dicht neben mir, stehen geblieben wäre.

In der überfüllten Küche war die Essensschlange endlich vorgerückt, sodass ich an der Reihe war, etwas von dem undefinierbaren Gemüseeintopf und dem braunen Reis auf den Teller zu bekommen. Mit dem dampfenden Teller in der Hand lehnte ich mich gegen das kühle, alte Mauerwerk, hinter den beschlagenen Scheiben glitt der Wintertag in Dämmerung hinüber, nasses Licht schmiegte sich an die Felder. Mein Blick streifte über Gruppen von Menschen, die aßen, redeten, lachten, gestikulierten, schwiegen oder in sich selbst versanken. Mir wurde klar, dass ich die Reise nach Paris verschieben und auf jeden Fall einige Monate in der Kommune bleiben würde. Vielleicht ein ganzes Jahr. Der Eintopf war gut. Das lag bestimmt am Spinat. Ja, und am Paprika. Es gibt nichts Besseres als Paprika, der lange in Knoblauch gekocht wurde.

Alles beginnt im Körper. Alles endet dort. Ich erspähte Daniels Profil in einer Gruppe von Dauerbewohnern. Sie standen einander zugewandt. Hörten einander zu.

30

Im Frühling 1977 war ich das erste Mal bei einer sogenannten Materialaktion dabei. Ich gehörte jetzt zu den ständigen Bewohnern und hatte die Absicht, einige Zeit zu bleiben. Die Aktion war eine Art Reminiszenz, eine pädagogisch aufbereitete Variante der Aktionen, die die Wiener Aktionisten in den 1960er Jahren entwickelt hatten, bei denen Menschen als essenzielles Material der Kunst figurierten. In der AAO-Kommune nun im Konzept *Kunst als Leben* weitergeführt. Wir waren eine Gruppe von ungefähr zehn Leuten, nackt in einem beheizten Raum, dessen Boden und Wände mit Plastikfolie bedeckt waren. An den Wänden standen Eimer mit verschiedenen Materialien wie Erde, Gras, Farbe, Lehm und Federn. Von der Frau, die die Aktion leitete, hatten wir die Anweisung bekommen, uns auf den Boden zu legen.

»Schließt die Augen«, sagte sie. »Einatmen. Ausatmen. Das ist alles. Denkt daran. Lasst den Luftstrom mit seinem rhythmischen Austausch von Sauerstoff und Kohlendioxid zwischen euch und der Welt wogen. Den Gasaustausch zwischen dem Blut und der Atmosphäre. Die Atmung aller Zellen, die Lust der Oxidation in diesem feuchten Raum.«

Lief da warmes Öl über meinen Rücken, über das Knie, den Hals, den Fuß und die Brust, über den Arm, den Venusberg, über das Kreuzbein, den Ellbogen und das Schulterblatt? War das mein Körper, der über, unter, zwischen die Körper der anderen glitt? Die Augen geschlossen, die Münder geöffnet, die Hände wie Augen. Die Aktionsleiterin sagte etwas von Säugetieren, sie fragte, ob wir sehen könnten, wie unsere Körperteile glänzten, wie sie sich als Membran der Zellen, als Gewebe des Organismus zusammenfügten.

Sie hatte eine Kassette mit Saxofon- und Klavierimprovisationen eingelegt. Danach wechselte sie zu einem verspielten Jazzstück. Sie warf Blumen, Federn, Gras und Erde auf uns. Wir spielten mit diesen Materialien, als säßen wir in einem Sandkasten. Nach einer Weile – ich hatte keine Ahnung, wie lange es gedauert hatte – gab sie uns Eimer mit Farben, denen ein cremiger, feinkörniger Stoff beigemischt war. Einige schmierten die Farben auf ihren eigenen Körper, manche bemalten die Körper der anderen. Es herrschte eine konzentrierte, aber zugleich heitere Stimmung. Ich schaute zufrieden auf meine Beine. Hatte mir grüne Kniestrümpfe auf die Unterschenkel und rote Schuhe auf die Füße gemalt und war dabei, den Rest des Körpers mit einem blauen Kleid zu versehen. Die Frau neben mir lachte glucksend, nachdem sie Haarsträhnen in gelber Farbe gedreht und zu Hörnern geformt hatte. Ein Stück entfernt lag ein Mann in Embryohaltung, mit Gras und Erde bedeckt, und weinte.

Die Musik war zu rhythmischem Trommeln geworden.

Zwei von uns saßen aufrecht und umarmten einander. Einige lagen auf dem Boden, andere saßen, standen oder berührten einander und bewegten sich zur Musik. Andere wiederum untersuchten die Materialien, ruhten, kicherten, weinten und atmeten. Viel Zeit schien vergangen zu sein, schließlich sanken wir zu einem tropischen Haufen aus Körpern und Substanzen zusammen, alle Farben waren zu einer undefinierbaren, graubraunen Masse geworden, vermischt mit Erde, Blumen und Öl. In diesem lichten Menschendunkel wurde einer zu allen, wurden alle zu einem, wie ein Kriegsschauplatz, wie der Garten Eden.

31

Als neues Mitglied unter zirka 120 Menschen in der AAO-Kommune am Friedrichshof hatte ich meinen Platz in der ersten Zeit in jenem Teil der Kommunehierarchie, der die unterste BAG genannt wurde. BAG stand für Bewusstseinsarbeitsgruppe, und *die unterste BAG* gehörte zur *Zweiten Gruppe,* die in der Organisationsstruktur unter der *Ersten Gruppe* stand. Um für immer mehr Menschen ein System zu finden, begann die AAO um 1974 damit, die Leute in Kleingruppen einzuteilen. Die BAG waren hierarchisch aufgebaut, hatten aber eine dynamische Struktur, die sich durch Wahlen von Woche zu Woche änderte. Direkte Demokratie wurde das genannt. Mit ihren Ablegern war die Kommune so groß geworden, dass die mehr oder weniger flache oder anarchistische Struktur der allerersten Jahre nicht mehr ausreichte und daher Strukturen, Normen und – stets nur vorläufige – Organisationsformen entstanden waren.

Die offizielle Hierarchie der ersten Zeit, oder die *Struktur,* wie sie hieß, war relativ offen. Ziel war es, freimütige, soziale Individuen heranzubilden, die imstande wären, die unterschwelligen Machtverhältnisse und Rivalitäten zwischen den Kommunarden sichtbar zu machen, zur Diskussion zu stellen und sie Evaluierung und Kritik zugänglich zu machen. Dahinter stand die Idee, Konflikte ans Licht zu bringen, um die verborgenen Machtkämpfe, Intrigen, Herrschaftstechniken und die festgefahrenen Strukturen zu vermeiden, deren Opfer wir unserer Meinung nach alle geworden waren. Es war der Wunsch der Gemeinschaft, soziale, emotionale und praktische Probleme in kleinen Gruppen zu bearbeiten und zu lösen. Niemand zweifelte daran, dass Muehl bereits die angestrebte hohe Bewusstseinsebene erreicht hatte und deshalb natürlicherweise der Leiter der ersten Gruppe, der 1. BAG, war.

In der ersten Zeit waren die Fähigkeit zur Verantwortungsübernahme, soziale und pädagogische Eigenschaften sowie künstlerisches Ausdrucksvermögen die Kriterien für den Platz jedes Einzelnen in der Hierarchie. Eins der Argumente für diese Art von direkter Demokratie war, dass in der Kommune niemals jemand zu einem Niemand reduziert werden dürfe. Selbst der Letzte war jemand, alle genossen Aufmerksamkeit, und diese richtete sich auf das Verhalten, den Fortschritt in der Kommunikation, in der Selbstdarstellung, bei künstlerischen Aktivitäten und bei der Arbeit. Alle beobachteten alle, jeder Einzelne nahm teil an den Beobachtungen aller, da diese anschließend der Gemeinschaft mitgeteilt wurden. Selbst Kritik am Einzelnen galt als eine Form von Wertschätzung, die die Bedeutung des Betroffenen erhöhte. Niemand sollte sich als verlassenes und einsames kleines Element fühlen müssen, das in einer anonymen sozialen Maschine weder Lob noch Tadel erhielt. Denn nichts ist schlimmer als Gleichgültigkeit, die als Toleranz verkleidet ist und unter dem Deckmantel der souveränen Autonomie des Individuums auftritt.

Hieß es.

Zu Anfang des Frühjahrs 1977 nahm ich erstmals an einer Sitzung mit Diskussion und Abstimmung zur Einstufung in der Rangordnung teil. Sie betraf die kleine BAG von ungefähr 15 Personen, in der ich meinen Platz hatte. Ihr gehörten zum größten Teil Neumitglieder wie ich an, aber auch der ein oder andere, der schon eine Weile dabei war und sich aus verschiedenen Gründen weit unten, wie es hieß, befand. Es war früher Abend, wir wollten die Abstimmung hinter uns bringen, weil wir alle vorhatten, uns im Lauf des Abends den Selbstdarstellungen anzuschließen. Wir saßen im Kreis in einem der kleinen Räume mit Betonwänden in der zweiten Etage des Schüttkastens. Draußen ein heller Frühlingsabend. Alle waren gespannt, weil Herbert angeboten hatte, die Sitzung zu leiten, da die meisten von uns keine Erfahrung damit hatten. Von einem ganzen Tag Arbeit im Gemüsegarten, der für die Pflanzsaison vorbereitet werden musste, waren meine Arme steif.

Herbert begann mit der Frage, ob wir damit einverstanden seien, dass Andrea, wie sie hieß, auf dem ersten Platz bleibe. Stille. Wir schauten uns unsicher an. Mir erschien die Frage abwegig und künstlich, ich hatte mir bisher keine Gedanken über Andreas Führungseigenschaften gemacht, wenn ich mich mit ihr unterhalten oder ein Bier mit ihr getrunken hatte, hatte überhaupt nicht daran gedacht, dass sie die Erste in der BAG war. Ich fing an zu kichern, weil ich mir vorstellte, was passiert wäre, wenn uns im Thesbi-Theater jemand diese Frage gestellt hätte. Herbert zeigte auf mich und fragte, ob ich etwas zu sagen habe. Das hatte ich ja nicht, also stammelte ich unbeholfen, dass ich Andrea mochte und sie meinetwegen gern auf dem ersten Platz bleiben könne. Ich zuckte zusammen, als die Erfahreneren in Gelächter ausbrachen. Sofort bat Herbert eine der Lautesten, die Kristine hieß, dem Rest mitzuteilen, was so lustig sei. Sie lachte immer noch herzlich, als sie erklärte, was für ein typisches unbewusstes Verhalten ich an den Tag gelegt hätte. Anstatt ohne Umschweife meine Meinung zu sagen, hätte ich Andrea geschmeichelt und sei um den heißen Brei herumgestrichen. Wie solle Andrea da wissen, was sie verbessern könne, woran sie zu arbeiten habe? Ich verspürte eine gewisse Irritation über diese pädagogisch korrekte Besserwisserin, zugleich empfand ich es als Herabsetzung, vor allen zurechtgewiesen zu werden. Herbert, mit dem ich immer noch hin und wieder Aktionsanalysen hatte und der mir gegenüber in dieser ersten Zeit eine Art Mentorenrolle übernommen hatte, zwinkerte mir zu und fragte Kristine, ob sie jemanden für besser geeignet halte als Andrea. Kristine sprang auf, als habe sie auf ein Signal gewartet, wandte sich Andrea zu und fing an, sie mit heftigen Worten zu kritisieren. Ob wir wirklich nicht gemerkt hätten, dass Andrea sich vor der Führungsaufgabe drücke? Sie reagiere einfach nicht, wenn sie eigentlich reagieren müsse – beispielsweise, wenn ich abends nach den Selbstdarstellungen munter über irrelevante Themen schwatze, die mit meinem früheren Leben in der Kleinfamiliengesellschaft zu tun hatten, ja, zum Beispiel mit meiner damaligen Theatertätigkeit regelrecht angebe, anstatt wichtige Themen zu diskutieren, die in den Selbstdarstellungen angeschnitten worden waren? Sprachlos starrte ich Kristine an, hatte nicht gerade sie mehrmals vertrauliche Gespräche darüber angefangen, was wir gemacht hatten, bevor wir zur AAO gestoßen waren? Mir kam der Gedanke, das könne eine Falle gewesen sein, was ich als Anfall von Paranoia sofort wieder von mir schob. Tatsächlich behauptete Kristine, sie selbst sei viel besser geeignet als Andrea, und wir alle würden von ihrer Offenheit profitieren.

Herbert wandte sich an Andrea, um zu hören, was sie zu sagen hatte. Sie sah trotzig aus, stand auf und machte ihrem Ärger Luft. Sie sagte, sie habe einfach keine Lust, Kristines zwanghaften Verhaltensregeln zu entsprechen, Kristine erinnere sie sehr an eine griesgrämige Kindergartentante. Alle lachten. Seltsamerweise schien Kristine nach Andreas Ausbruch nicht sauer zu sein, und mir dämmerte, dass dieses Plätzezuweisen vielleicht auch als eine Art Gesellschaftsspiel zu betrachten war, eine Übung darin, sich zu äußern, erlernte Verhaltensweisen und Hemmungen im sozialen Spiel abzuschütteln, Eindrücke in Sprache zu kleiden und sich zu trauen, die Gedanken, die wir ja nun einmal übereinander hatten, in den Raum zu werfen. Als wir schließlich abstimmten, landete ich auf dem vorletzten Platz. Andreas Laune hatte sich verbessert, und sie hatte ihre Position mit mehreren Redebeiträgen so gut verteidigt, dass sie auf dem ersten Platz blieb, während Kristine ganze drei Plätze nach oben gerückt war. Ich konnte mit dem vorletzten Platz gut leben. Da hatte ich die Freiheit, mich zu blamieren, und ersparte mir den Stress, die ganze Zeit mein Verhalten zu reflektieren, um so etwas wie ein Vorbild zu sein. Ich schaute in Kristines äußerst zufriedenes Gesicht. Hm, dachte ich, aber dich hätte ich gern auf die Plätze verwiesen – am liebsten mehrere unter mir. Ich freute mich beinahe auf die nächste Abstimmung.

Schon bald ließ sich folgende Beobachtung machen: Je höher die Leute in der Rangordnung standen, desto mehr soziale Anerkennung, größere Macht und mehr Privilegien bekamen sie. Der beabsichtigte dynamische Fluss in der Hierarchie wurde im Lauf der Jahre langsamer und träger. Aber er erstarrte nie so sehr, dass nicht doch das Unmögliche geschehen konnte. Und damit hielt er fortwährend alle im Zaum: Man konnte zu Erleuchtung, Verantwortung, Entfaltung und Macht aufsteigen, und man konnte zurücksinken zu den niedriger Klassifizierten, hinunter in den *Sumpf*. Alle Kommunemitglieder erlebten mehrere Hin- und Rückreisen in der Struktur. So schrieb Muehl 1977 dann auch ein autobiografisches Buch mit dem Titel *Weg aus dem Sumpf*.

Im Frühjahr 1977 hatte ich noch keine Ahnung, dass ich in nicht allzu ferner Zeit auf wundersame Weise in die Reihen der *Ersten Gruppe* aufgenommen werden würde. Und wer sagt Nein zu einer Beförderung in die Avantgarde? Ich jedenfalls nicht. Die Avantgarde hat ja schon immer große, utopische Visionen gehabt. Und die größte von allen war das Niederreißen der Barriere zwischen Kunst und Leben.

32

In meiner zweiten Woche in Berlin stieß ich in einem Antiquariat in Kreuzberg auf ein Buch über den deutschen Experimental- und Dokumentarfilmregisseur Walter Ruttmann. Er war vom Avantgardismus in der bildenden Kunst inspiriert und experimentierte in den 1920er Jahren mit der Verbindung von Form, Bewegung und Klang. Ruttmanns Hauptwerk, *Berlin – Die Sinfonie der Großstadt* von 1927, ist eine Schilderung Berlins, in der er die Zuschauer durch rhythmische Montagen den Puls der Großstadt vom frühen Morgen bis spät in die Nacht erleben lässt. Später wirkte Ruttmann an der Propagandamaschine der Nazis mit und war für Teile von Leni Riefenstahls *Triumph des Willens* von 1935 verantwortlich. Riefenstahl war ebenfalls eine kühne Erneuerin der Filmkunst. Lässt man den Inhalt ihrer Propagandafilme für die Nazis außer Acht, setzte ihre Ästhetik neue Maßstäbe. Sie selbst erklärte, sie habe bloß Filme machen wollen und hätte dasselbe für ein maoistisches Regime getan.

Genau, dachte ich beim Verlassen des Antiquariats.

War in dem an mich gerichteten Brief meines Vaters von 1984 nicht auch ein gewisser avantgardistischer Funke zu erkennen, überlegte ich, als ich über die Oberbaumbrücke Richtung Berlin-Mitte schlenderte. Mein Vater verwies auf einen schonungslos notwendigen Himmel über seinen Taten. Sinnhaftigkeit, Gemeinschaft, Glaube an die Zukunft.

Dann kam die Niederlage.

Einmal – ich muss etwa acht gewesen sein – hat Papa eine Zeichnung für mich gemacht, mit Kugelschreiber auf einem abgerissenen Stück Papier. Er, der so gut wie nie etwas Persönliches erzählte, zeichnete einen Zug, der in voller Fahrt vorwärtsraste. Der Zug ähnelte den Dampfloks in Western. Darunter malte Papa einen zweiten, der in die entgegengesetzte Richtung fuhr. Die Richtung war mit Pfeilen angegeben. Über den Pfeil des zurückfahrenden Zugs schrieb er »Zehn Jahre«. Ich sah ihn erstaunt an. »Verloren«, fügte er hinzu. Was hatte Papa verloren? Ja. Die Zeit selbst. Unverständlich für eine Achtjährige, aber er versuchte, es mir zu erklären. Er hatte eine Erfindung gemacht! Eine fantastische Textildruckmaschine, die in der Lage war, mehrfarbige Motive und Muster mit einer vollkommen neuen Methode zu drucken. Er hatte viele Jahre gebraucht, um sich diese Maschine auszudenken. Und dann? Dann ließ er sie patentieren. Es war schwer zu verstehen, was das bedeutete. Aber der Kern der Geschichte war: Irgendwie wurde er um das Patent betrogen. Ich fand die Papiere nach seinem Tod. Dass sie seine Aufräumaktion überlebt hatten, zeigt, wie viel Bedeutung sie für ihn hatten. Das Patent war in Frankreich angemeldet worden. »Brevet d'invention«, stand da. Vom »Ministère de l'industrie et du commerce«. Datiert auf 1959. Und da stand er wieder allein auf dem Bahnsteig, während die Maschine, seine fantastische Erfindung, ihr eigenes Leben mit einer Zukunft in Textilfabriken überall in Europa lebte. Die Zeit und die verlorene Maschine.

Ich wünschte, ich hätte die Zeichnung über die verlorene Zeit noch.

Nach der zweiten großen Niederlage war es für Papa wohl vorbei mit der avantgardistischen vorwärtsstrebenden Energie. Also irgendwann zwischen 1960 und seinem Todesjahr 1996. Womit beschäftigte er sich in diesen Jahren? Wie vertrieb er sich die Zeit?

Eine Menge Zeit verbrachte er natürlich bei der Arbeit, in verschiedenen Jobs, in denen er sich gewöhnlich langweilte – die Verantwortung, die Routine, die Konflikte und die Chefs. Nach einer Weile flüchtete er sich immer in einen neuen Job. Aber er versorgte die Familie. Mutter leistete auch einen Beitrag, aber er war der Hauptversorger. Ich begriff, dass das Versorgen eine Art von Fürsorge war oder zumindest ein Ausdruck von Pflicht- oder Verantwortungsgefühl. Das hatte ich früher nicht anerkannt. Aber jetzt hatte ich selbst erfahren, was es bedeutet, Versorgerverantwortung zu tragen. Resigniert und verärgert fand er sich in die Rolle des Familienvaters. Nach den vorwärtsstürmenden Gewaltexzessen, dem Ausnahmezustand und der existenziellen, intimen Männergemeinschaft des Krieges musste er zurück ins zivile Leben und Allianzen mit der weiblichen Lebenswelt eingehen. Vater sein. An seinem Platz. Zu Hause sein. Auch wenn sich mein Vater nie mit alltäglichen Haushaltstätigkeiten oder familiärer Betreuungsarbeit abgab, so steckte er doch fest und legte jeden Morgen das Butterbrotpäckchen in die Aktentasche, setzte sich ins Auto und fuhr zur Textilfabrik, zu den nicht wenigen Fabriken, in denen er im Laufe seines Lebens gearbeitet hat. Ein Funktionär.

Wenn die hemmende und zähmende Enge der Häuslichkeit unerträglich wurde, nahm er seinen Hut, setzte sich ins Auto und fuhr los. Allein im Auto, auf der Straße, unterwegs, konnte er im Prinzip fahren, wohin er wollte. Machen, was er wollte. Ein wenig wie ich in Berlin. Wahrscheinlich waren diese Rastlosigkeit, diese Freiheitssehnsucht und dieser Fluchtwunsch dafür verantwortlich, dass wir in meiner

Kindheit so oft umzogen. Er kam immer mit seinen Chefs in Konflikt. Sich einzuordnen war nicht die Stärke meines Vaters; hatte ihn die Wehrmacht vielleicht doch von deutscher Disziplin kuriert? Er, der wusste, was Freiheit war, wollte nie dort sein, wo er sich gerade befand. Sein plötzlicher Zorn füllte die Räume aller Wohnungen, die wir bewohnten.

Und sonst, wenn er nicht arbeitete? Er las Zeitungen sowie Krimis und schaute Nachrichten. Jeden Tag. Für kurze Zeit, als wir in Mosjøen wohnten, ging er mit Kollegen von der Vefsn-Textilfabrik auf Angel- und Sauftouren. Ja, ebenfalls in Mosjøen knüpfte er nach einem Bild von Mondrian einen großen Wandteppich aus Wolle. Das muss ihn unglaublich viel Zeit gekostet haben. Aber die Winterabende dort oben waren schließlich lang und dunkel. Als Rentner begann er zur Überraschung aller, Bilder aus zerbrochenen, farbigen Fliesen zu fertigen. Unter anderem Motive von Picasso. Die zerbrochenen Fliesen hatte er bei einer geschlossenen Fabrik gefunden. Die Bilder sind schön, ich habe eines zu Hause, von einer Ente.

In seinen letzten Lebensjahren in Kristiansand ging er jeden Tag in die Bibliothek. Las Zeitungen und legte sich früh schlafen. Zu dieser Zeit hatte er keinen einzigen Freund. Er hatte nie an Eltern- oder Nachbarschaftstreffen teilgenommen, war nie in einem Verein gewesen oder hatte einen Kurs besucht. Sich auch nicht politisch engagiert, außer dass er die Fortschrittspartei wählte, als diese auf den Plan trat. Davor die Konservativen. Immer so weit rechts wie möglich.

Es hatte den Anschein, als habe er aufgehört, auf etwas anderes zu hoffen. Die Last der angehäuften Enttäuschungen, die schleichende Gleichgültigkeit des Geschehens, der langsame Verlust des Begehrens. All die Zeit, die ich ihn kannte, schwieg er über die wesentlichen Ereignisse in seinem Leben. Mit Ausnahme der Zeichnung über die verlorene Zeit und des Briefs an mich von 1984.

Eine Zeichnung und ein Brief.

33

Nach vier Monaten am Friedrichshof wurde mir ein Job in einem der Army-Stores der Kommune in Wien anvertraut. Der einzige Wermutstropfen: Ich musste in Wien wohnen. Zum Glück durfte ich die Wochenenden am Friedrichshof verbringen, wenn ich eine Mitfahrgelegenheit fand. Die Wiener Kommune bestand aus zirka dreißig Menschen, die in der Wohnung in der Praterstraße lebten, in der ich an jenem regnerischen Oktobertag im vorigen Jahr angekommen war. Jeden Morgen musste ich, noch müde von langen Selbstdarstellungsabenden, früh aufstehen und über meine schlafenden Mitbewohner klettern, um rechtzeitig wegzukommen und den Laden zur festgesetzten Zeit zu öffnen.

Auf dem Weg zwischen der Praterstraße und dem Laden in der Favoritenstraße genoss ich so etwas wie eine Pause von den wachsamen Blicken der anderen und der eigenen anstrengenden Dauerbeobachtung meiner Mitbewohner. Im Grunde war ich auch im Laden außer Sichtweite, aber dort gingen die Kunden ein und aus, und außerdem wusste ich nie, wann Ute, die für die zwei Wiener Läden der Kommune verantwortlich war, neue Waren vorbeibrachte oder vorbeikam, um die Buchführung zu überprüfen, neue Bestellungen aufzunehmen und sich anzuschauen, wie ich mit dem Job zurechtkam.

An den Fensterscheiben der Tram lief der Aprilregen herunter, die Straßenbahn rumpelte durch dieselben Straßen wie an den Tagen zuvor. Obwohl ich seit fast zwei Monaten in Wien arbeitete, hätte meine Arbeitsstelle überall sein können. Abgesehen von der Tramfahrt zwischen den zwei Adressen hatte ich von der Stadt noch so gut wie nichts gesehen. Mich plagte leichtes Heimweh. Typische Fluchtfantasien, dachte ich. Wenn ich abends nach Hause kam, wollte ich am liebsten sofort ins Bett, anstatt an einer langen Selbstdarstellungssitzung teilzunehmen. Die Abende in der kleinen Stadtkommune hatten nicht die gleiche Faszination, und ich war es leid, zu sehen und zu hören, wie sich dieselben Menschen über ihre Qualen und Erkenntnisse ausließen.

Als ich ausstieg, legte sich der leichte Regen wie ein feuchtes Netz über mein Gesicht. Ich überquerte eine Kreuzung links vom Laden und betrat das Café Lieblich, an dessen im Schaufenster ausgestellten österreichischen Kuchenspezialitäten ich zwei Monate lang standhaft vorbeigeeilt war. Ich setzte mich weit nach hinten in das gemütliche Lokal, das nach noch warmen Backwaren und frisch gebrühtem Kaffee roch, und bestellte, ohne den Anorak auszuziehen, einen warmen Apfelstrudel mit Schlagobers und einen großen Milchkaffee. Heißhungrig schlang ich den Apfelstrudel hinunter, während die Tränen ungehindert über mein schon vom Regen feuchtes Gesicht liefen. Ich bezahlte mit dem Tramgeld, das ich zur Verfügung hatte, eilte hinaus in den Regen, über die Straße, hinein in den Army-Store. Latzhosen, Jeans, Hemden, T-Shirts und *AA-Nachrichten.* Auf der Theke lagen Informationen zum nächsten Vortrag über die AAO-Kommune an der Wiener Universität.

Ich stand hinter der Theke. An meinem Platz. Wartete auf das Klingeln der Türglocke, das den ersten Kunden des Tages ankündigte. Auf der anderen Straßenseite eilten Studenten durch den Regen zur ersten Vorlesung an der Technischen Universität gleich um die Ecke. Ich hätte Studentin in Oslo sein können. Ich hätte in New York sein können. Stattdessen arbeitete ich als Verkäuferin ohne Lohn für ein Kommunenexperiment.

34

Am folgenden Freitag durfte ich in einem der Autos zum Friedrichshof mitfahren, ich konnte das Wochenende also dort verbringen. Am Friedrichshof spielte schließlich die Musik. Die Selbstdarstellungsabende waren das reinste Fest mit Starauftritten der erfahrensten Kommunarden sowie rührenden Premieren neuer Kursteilnehmer. Politik und Kunst wurden heftig diskutiert. Zukunftspläne wurden geschmiedet. Ich wollte dort sein, wo die Pläne geschmiedet wurden. Teil davon sein.

Ich spürte die Körperwärme der anderen im Selbstdarstellungskreis. An diesem Freitagabend waren besonders viele da. Fast dreißig neue Gäste, ein ganzes Kollektiv aus Genf, das sich mit der AAO vertraut machen wollte. Alles, was Muehl am Flügel sagte, wurde ins Französische übersetzt. Mit ihren langen Haaren, den Hippieklamotten, den Kajalstrichen der jungen Frauen und den Holzperlenketten und indischen Hemden der Männer hob sich die Gruppe deutlich ab. Maria im leicht zerschlissenen blauen Cordhemd, die sich in etwa zur selben Zeit wie ich der Kommune angeschlossen hatte, lehnte an mir, ihr Atem ging gleichmäßig, sie roch nach Zimt und leicht nach Zwiebeln. Zurzeit arbeitete sie in der Küche. Ich war müde nach einer Woche mit langen Tagen im Laden, hätte am liebsten den Kopf auf ihre Schulter gelegt, den Zimtduft eingeatmet, die Augen geschlossen, die Stimmen, die Trommeln, die Sprachvermischung ausgeblendet und mich in den Schlaf wiegen lassen.

Muehl fuchtelte mit den Armen, gestikulierte mit seinen großen Händen. Er war damals 52. Das Trommeln, das Muehls Geklimper auf dem Flügel begleitete, hämmerte sich in meine Gehörgänge. Automatisch beklatschte ich jeden Auftritt. Eine junge Frau mit langen hennagefärbten Haaren stand in der Mitte, sprach Französisch, ihre Worte wurden ins Deutsche übersetzt. Es kam mir vor, als hätte mein Gehirn den Rückwärtsgang eingelegt. Ich verstand kein Französisch und auch kein Deutsch mehr, ich bekam in Wien zu wenig Schlaf. Die französischsprechende Besucherin hatte aufgehört zu reden und stand einfach nur reglos da, bleich, das Gesicht verschlossen. Es fühlte sich an, als hätte ich ein Loch im Bauch. Ich wollte weg, schlafen, aber ich konnte nicht vor aller Augen einfach aufstehen und gehen. Mein Mund war trocken, und ich sah, wie sich die Frau hinsetzte, der Applaus war verhalten.

Als hätte mich jemand von hinten geschubst, fiel ich in den offenen Ring. Vor meinen Augen flimmerte es, die Trommeln hielten inne. Stille. Ich hatte keine Ahnung, was ich sagen sollte. Dann sprudelte es aus mir heraus. Ich erzählte von der Eintönigkeit im Laden, den Tramfahrten, dem heimlichen Cafébesuch, dem Heimweh, den wenig ergiebigen Ritualen in der Praterstraße, dem Mangel an Herausforderungen und Sinnhaftigkeit. Ich stünde kurz vorm

Zusammenbruch, erzählte ich. Vermisste schmerzlich das Theater. Meine Freunde. Meinen Freund.

Dann passierte etwas. Es war lustig. Ich parodierte einen meiner Auftritte am Thesbi-Theater. Ich parodierte Schwester Lucretia in Jens Bjørneboes Stück *Amputation*, das wir im letzten Jahr aufgeführt hatten. Gelächter, Zurufe aus dem Publikum. Daraufhin schlüpfte ich in die anderen Rollen des Stücks, ich brauchte mich bloß hineinfallen zu lassen, ich hatte einen Rhythmus gefunden. Mit einem Mal war ich mitten in einer Demonstration der Marxistisch-Leninistischen Partei in Mosjøen, die vor Jahren stattgefunden hatte, und imitierte die 1.-Mai-Rede des Vorsitzenden an das Volk: »Indem sie wie Mao und Ho Chi Minh den Weg des bewaffneten Befreiungskampfs beschreiten, können alle unterdrückten Völker sich noch von der größten Übermacht befreien. Das ist sogar im Zeitalter der Wasserstoffbombe möglich. Die Sozialdemokratie gibt dem Volk Steine statt Brot. Das korrupte sozialdemokratische Norwegen repräsentiert ein geistiges Elend, eine seelische Armut, und dann helfen oberflächliche, Nabelschau betreibende, kleinbürgerliche Proteste von Hippies und Feministinnen wenig, die sich heiser schreien in ihrem Kampf für sexuelle Befreiung und die die kleinste Kampfzelle der Arbeiterklasse zerstören wollen: die Familie. Nein! Die kämpfenden Frauen der Arbeiterklasse lassen sich nicht verführen, sie stehen fest und unbeirrt an der Seite ihrer Männer!«

Die anderen lachten und jubelten. Mir war heiß, der Schweiß lief nur so an mir herunter. Mit Trickstimme sang ich die Internationale, doch dann konnte ich nicht mehr, nahm den Applaus entgegen und ließ mich wieder auf meinen Platz plumpsen. Zurück zu Maria, zu den anderen Kommunekörpern. Mein Puls pochte bis an die Haut. Die Adern waren weit geöffnet, die Augen geschlossen. In dieser Nacht würde ich gut schlafen.

Es war still geworden. Muehl stand am Flügel. Auch die Trommeln waren verstummt. Er begann zu reden. Was sagte er? Er fragte, ob ich in die Erste Gruppe aufgenommen werden wolle, da, wo sich die Kommunarden der ersten Stunde tummelten. Clara, Herbert, all die anderen ... Alle Anwesenden starrten mich an. Ich murmelte: »Ja, gern.« War ich stolz? Vielleicht. Ein diffuser Druck im Bauch, der in den kommenden Jahren zunehmen würde, machte sich zum ersten Mal bemerkbar. »Ein Selbstdarstellungstalent«, grinste Muehl, seine Fuchsaugen zwei dünne Striche. »Muehl & Mühleisen«.

35

Mein unerwarteter Aufstieg in die Erste Gruppe erfolgte im Frühsommer 1977, mitten in der euphorischsten und expansivsten Phase der AAO-Kommune. Die Kommune war innerhalb kürzester Zeit auf rund vierhundert Mitglieder angewachsen, die sich auf verschiedene Stadtkommunen in Europa verteilten. Die ersten Kurse in Aktionsanalyse, Selbstdarstellung und Kommuneleben wurden bereits seit 1974 angeboten. Anfangs kamen die Kursteilnehmer hauptsächlich aus Österreich, Deutschland und Frankreich. Frühere Kursteilnehmer gründeten oft eigene Kollektive, sogenannte *Stadtgruppen*, die ersten in Berlin und Genf, mit der Zeit entstanden aber auch in Wien, Zürich, Kiel, Hamburg, Hannover, Dortmund, Essen, Köln, Frankfurt, Nürnberg, Bremen, Regensburg, Heidelberg, Krefeld, München, Amsterdam, Nijmegen, Paris, Tour, Toulouse, Lyon, London, Bradford, Kopenhagen, Stockholm und Oslo Kollektive, die die Lebensweise der AAO praktizierten. Die europäische Expansion war in vollem Gange. Innerhalb weniger Jahre hatte die AAO-Kommune in den Siebzigern eine Schule für die Kommunekinder sowie die *AA-Nachrichten* ins Leben gerufen. Es war die Rede davon, die Kommuneprinzipien der AAO in der ganzen Welt bekannt zu machen und die World Commune Organization (WCO) zu gründen.

Wer in eine AAO-Kommune zog und eine Probezeit absolviert hatte, schnitt sich die Haare ab und übergab seinen Besitz der Gemeinschaftskasse: AAOs Internationales Gemeinschaftseigentum. Sie war alles andere als üppig, da die meisten Neukommunarden noch jung waren, Studenten oder Menschen, die gerade ins Berufsleben gestartet waren. In den Stadtkommunen hielten manche an ihrer Arbeitsstelle fest, zugleich wurden im Bereich Transport, Renovierung, Autoreparatur, Schreinerarbeiten und dergleichen kleinere Betriebe gegründet. Der Friedrichshof war das gemeinsame Kurs- und Bewusstseinszentrum aller Kommunen, wohin die Mitglieder regelmäßig zu Kurzbesuchen oder für einen Urlaub kamen, wie es hieß, auch wenn die meisten in ihren Besuchen eher eine Auffrischung oder eine Schulung in Selbstdarstellungstechniken, Ideologieentwicklung und Zukunftsvisionen sahen: eine Art »Wieder-auf-Linie-bringen«.

Wer etwas Neues hervorbringen will, muss sich zunächst von der Welt abgrenzen. Ein Modell erschaffen, in dem man Dinge auf eine Weise ordnen kann, die man so noch nie gesehen hat. Es ging darum, existierende Gesetze aufzuheben, um andere einzusetzen, die zur eigentlichen menschlichen Natur besser passten. Die Kommunarden hätten mit Blick auf die Zukunft allen Grund zum Optimismus, bekam man da zu hören.

Wir glaubten, allein die Erziehung und die Normen der Gesellschaft stünden der freien und natürlichen Entfaltung des Menschen und seiner Lust im Wege. Noch ahnten wir nicht, dass Liebe und Hass – die Sehnsucht nach Verschmelzung und Trennung – solche edlen Gedanken beschmutzen und verkomplizieren.

36

In jeder Kommune wurde freie Sexualität praktiziert. Mit der Zeit wurde ein ausgeklügeltes Quarantäne- und Hygienesystem etabliert, das den Kommunen je nach Einstufung und Einteilung gruppenübergreifende Sexualkontakte ermöglichte. Das System war von Kommunarden mit einer Arzt- oder Krankenpflegeausbildung erarbeitet worden. Der jeweilige Verantwortliche der Kommune hieß *Gesundheitsorganisator*. Alle, die in eine AAO-Kommune zogen, durchliefen eine mehrwöchige Quarantänephase und wurden erst nach der Entnahme von Proben in die gemeinsame Sexualität integriert. Sexuelle Kontakte außerhalb der Kommune waren nicht erlaubt.

»Bist du heute frei?«, fragte ich Daniel an einem Samstagabend im Frühsommer 1977, an dem ich es zum Friedrichshof geschafft hatte. Er fasste mich am Arm, zog mich zu sich heran und flüsterte mir mit heißem Atem ins Ohr: »Das wär ich gern! Wie sieht es denn morgen aus?« Sein Mund an meinem Ohr ließ mich jeden Atemzug spüren, gleichmäßig, ruhig und wunderbar erwartungsvoll. In meinem Mund gab es kein Nein, und ich war überglücklich, mich auf eine Verabredung mit Daniel freuen zu können, für den ich viel empfand. Aber ich hatte niemanden für die Nacht, hatte die strategischen Kniffe für nächtliche Verabredungen noch nicht gelernt, war nicht gut im Planen. Nach einem debattenreichen Abend mit Reden, Manifestentwürfen und der Planung diverser Aktionen, der zu einer Konfrontation zwischen der kürzlich initiierten *Frauenforderung* (FF) und der *Männerminderwertigkeit* (MM) geführt hatte, herrschte Aufbruchsstimmung.

Die FF war vor wenigen Monaten von Tessa, die bei den Frauen der Ersten Gruppe zur obersten Liga gehörte, spontan ins Leben gerufen worden. Sie hatte es gründlich satt, dass, obwohl Frauen in ihren Augen bei grundlegenden Dingen wie Kommunikation und nicht zuletzt bei therapeutischen oder künstlerischen Erfindungen den meisten Männern zweifellos überlegen waren, nicht wenige Männer chauvinistische Tendenzen zeigten. Die Gruppierung MM wurde als eine Art ironische Antwort darauf mit einem Kern an Selbsterkenntnis gegründet. Die Männergruppe hatte ein paar kabarettreife Selbstdarstellungen aufgeführt, in denen die traditionelle Männerrolle auseinandergenommen wurde. Zudem hatte Aike, einer der Intellektuellen des Friedrichshofs, der einen Doktortitel in Jura und Wirtschaft hatte, in den letzten Wochen eine Reihe Vorträge über die historischen und wirtschaftlichen Wurzeln des Patriarchats gehalten. Ich war begeistert, dass mein seit meiner Jugend in Mosjøen bestehendes feministisches Engagement in der Kommune Anklang fand. Außerdem war ich wie die meisten Kommunarden etwas beschwipst, da uns ein Winzer aus der Umgebung, den Muehl von früher kannte, viele Flaschen Weißwein hatte zukommen lassen, die während des abendlichen Happenings herumgereicht wurden.

Ich begegnete Franks Blick, der nach der MM-Inszenierung an diesem Abend mit einer Gruppe von Männern zusammenstand und heftig diskutierte. Seine sehnsüchtigen Blicke waren mir schon früher aufgefallen, aber er war nicht mein Typ, ich sprang nicht auf ihn an, obwohl er ziemlich sympathisch wirkte. Andererseits war es vielleicht hochmütig, so abweisend zu sein. Ich zeigte diskret mit dem Finger auf meine Brust, dann auf ihn, er nickte mit einem leicht schüchternen Lächeln. Okay. Die heutige Nacht war gebongt.

So kam es, dass ich mit jemandem im Bett landete, an dem ich bisher sexuell überhaupt nicht interessiert gewesen war. Der Sex folgte eher einem sozialen Verteilerprinzip. Zu meiner großen Verwunderung wurde es eine tolle Nacht. Frank überraschte mich total, und danach zählte ich ihn zu meinen Auserwählten. Außerdem wurde er zu einem engen Freund, dem ich vertrauen und mich anvertrauen konnte. Ich hatte etwas Grundlegendes gelernt: Begegnungen mit anderen Menschen werden oft von Vorurteilen und bornierten Vorstellungen begleitet. Mit anderen Worten: Es gibt weit mehr potenzielle Liebhaber, Partner, Freunde und sympathische Menschen, als man gemeinhin denkt – man muss ihnen nur eine Chance geben! Ich denke, diese Offenheit in menschlichen Beziehungen lässt sich auf fast alle anderen Lebensbereiche übertragen. Vermutlich geht es nicht um sexuelle Befreiung, sondern um eine freiere Denkweise.

37

In Berlin las ich in der *Zeit* von traumatisierten Soldaten, die im Afghanistankrieg gewesen waren. War mein Vater nach den vier Jahren in der Wehrmacht ebenfalls traumatisiert? Manche der beschriebenen Symptome trafen auf ihn zu: Schweigsamkeit, Reizbarkeit, plötzliche Aggression.

Dem Briefwechsel zwischen meinem Vater und seiner Schwester entnahm ich, dass sie weiterhin über den Krieg und die sie verbindende Ideologie sprachen, wenn auch in einem heiteren, leicht zynischen Ton. Aber was wäre, wenn dieser distanzierte Stil nur ein Symptom, ein Zeichen für die Verdrängung und Sprachlosigkeit der traumatischen Erfahrung war? Mein Vater hatte überlebt, konnte die Nähe des Todes, die gleichgültige Willkür des Lebens aber nicht abschütteln. War es so? Konnte er einfach nicht in einer Sprache, wie Standardmodelle für moralische und mentale Gesundheit sie fordern, über das Vorgefallene reden? Ist die ethische Forderung nach dem Erkennen eigener Motive – die Transparenz des Selbst – in Wahrheit eine grandiose Überschätzung der Möglichkeiten des Ichs? Ist es eine Form von Größenwahn, an die menschliche Fähigkeit zu glauben, sich selbst voll und ganz zu durchschauen und anderen gegenüber Rechenschaft abzulegen? Vielleicht hielt das Trauma meinen Vater an jenem Knoten fest, an dem er die Kontrolle über sein Schicksal und die Sinnhaftigkeit verlor. Er konnte niemals trauern, weder über die Niederlage noch über seine eigenen Taten. Gefühle, Schmerz oder Trauer, waren ein Ausdruck von Schwäche. Mein Vater nahm nicht einmal am Begräbnis seiner Mutter teil.

Es fiel mir jedoch schwer zu glauben, Papa habe wirklich gelitten. Ich fand sein Verhalten eher zynisch oder vermeintlich rational. Er starrte geradewegs in die leere Zukunft. Eine Verdrängungsmaschine mit gesundem Lebenswillen. Manche geben ihre Verletzungen zu. Andere versuchen, sie herunterzuspielen. Manche helfen anderen Verletzten. Andere bieten all ihre Kraft auf, um nicht noch einmal verletzt zu werden. Indem sie ganz still sind. Vor denen müssen wir uns in Acht nehmen.

Nach dem Krieg lagen sie in ihren jeweiligen Betten wach, die Täter und die Opfer. Sowie jene, die zu beiden Gruppen gehörten. Nach der engen Kameradschaft in den Kriegsjahren waren die Soldaten nun in psychologischer Hinsicht allein. Ich hatte einen Artikel über das Schweigen, den Irrsinn und die komplette Erschöpfung der Soldaten gelesen. Das Quellenmaterial bestand aus mehreren hundert psychiatrischen Berichten über ehemalige deutsche Soldaten aus den Jahren zwischen 1945 und 1960. Ziemlich viele glaubten weiterhin an den Nationalsozialismus. Die meisten waren außerstande, die Verbrechen des Regimes und was diese Verbrechen über sie damals und heute aussagten, an sich heranzulassen. Waren sie Menschen? In der Regel waren die früheren Soldaten, wenn sie im neuen Alltag nicht funktionierten, von verzweifelten Familienangehörigen zum Arzt geschickt worden. Als Symptome wurden unter anderem Vereinsamung, Apathie, Ängste, wiederholte Albträume, Verfolgungswahn, aggressives Verhalten und Selbstmordfantasien genannt. Die wenigsten, auch unter Psychiatern, sahen in diesen Symptomen eine Folge des Krieges. Die Ärzte gingen davon aus, diese Zustände seien vorübergehender Natur. Wenn keine körperlichen Verletzungen vorlagen, galt die »Flucht in die Krankheit« als mangelnde Moral oder Anzeichen von Faulheit. Es galt die allgemein verbreitete Auffassung: Der Krieg geht zu Ende, die Menschen erholen sich. Außerdem ging es darum, die Anträge auf Kriegsrenten zu begrenzen, Schmarotzer und Drückeberger auszubremsen. Damals wie heute. In der Öffentlichkeit war die Vorstellung weit verbreitet, Selbstheilung und Selbstrespekt ließen sich durch harte Arbeit erreichen: *Arbeit macht frei.* Ein Satz aus dem Mund meines Vaters, der meine Geschwister und mich die ganze Kindheit über begleitet hat, war: *Reiß dich zusammen!* Mehr war nicht nötig.

Nach dem Zweiten Weltkrieg kam langsam der Traumabegriff auf. Umfassende Studien gab es erst in Verbindung mit den amerikanischen Kriegsveteranen nach dem Vietnamkrieg in den 1970er Jahren. Anti-Vietnamkriegs-Aktivisten arbeiteten mit psychisch schwer angeschlagenen Kriegsveteranen zusammen und führten den Begriff *Post-Vietnam Syndrome* ein. Der Begriff Posttraumatische Belastungsstörung (PTBS) wurde als Diagnose erst 1980 registriert.

Die Kriegsdeutschen hatten nicht nur Demütigungen und Kränkungen erfahren, sie waren auch eine kranke Generation, die ihr Trauma im lärmenden Wiederaufbau verdrängt hatte. Das Vorgefallene wurde in Stereotype gebannt: Hitler, der Verbrecher. Die Sprache wurde nicht nur von den Tätern öffentlich missbraucht, sondern auch von denen, die sich sagten: *Wir sind noch einmal davongekommen.*

Sie schlüpften in die Opferrolle.

Unabhängig davon, ob der einzelne zurückgekehrte Soldat traumatisiert war oder nicht, berührte die Schuldfrage nach dem Krieg alle Deutschen. Was sollten die Deutschen machen? Was sollten die Alliierten mit den Deutschen machen? Mit solchen Fragen beschäftigte ich mich in Berlin. Sollten die Deutschen ihr Gesicht wahren und Kritik, Schuld und Scham so gut es ging vermeiden, oder sollten sie Stellung beziehen, gestehen und sühnen – mitsamt der Läuterung, die ein solches Aufsichnehmen der Verantwortung mit sich bringen könnte? Nicht nur Politiker, Historiker und Intellektuelle in der öffentlichen Debatte – dort war trotz allem kontinuierlich debattiert worden –, sondern jeder einzelne Deutsche, der in den Jahren 1933 bis 1945 erwachsen gewesen war, musste sich diesen Fragen stellen.

Am 25. Oktober 1945 veröffentlichte Sigrid Undset in der Schweizer *Neuen Zeitung* einen Brief. Sie war äußerst skeptisch hinsichtlich der Möglichkeit eines inneren Sinneswandels der Deutschen. Auch Heinrich Blücher, der Mann der Philosophin Hannah Arendt, war diesbezüglich nicht sehr optimistisch. In einem Brief an Arendt schrieb er, es sei ihm scheißegal, ob die Deutschen in der Hölle schmorten oder nicht, wenn sie nur bereit wären, etwas zu tun, um den wirklich Degradierten die Tränen zu trocknen. Er war der Ansicht, die endlose Diskussion über die Schuldfrage in Deutschland verstärke nur die Nabelschau der besiegten Deutschen.

Während ich in Berlin über Fragen wie Trauma, Schuld, Scham und Sühne nachdachte, kitzelte mein Vater ständig an meiner Schädelwand wie ein Käfer, der in einer Blechbüchse gefangen war. Vor meiner Abreise hatte ich in dem kleinen Bündel Briefe, die er mir geschickt hatte, eine Karte gefunden. Sie ist nicht datiert, aber kann nicht lange vor seinem Tod geschrieben worden sein: »Liebe Wencke! Ich sende Dir meine herzlichsten Glückwünsche zu Deinem Geburtstag am 19. Oktober! In meinen Gedanken bist Du wie das Bärchen auf diesem Foto« (Foto eines Teddybären mit rosa Stirnband und Rock, der zu einem Tanzschritt ansetzt): »lebhaft, ausgelassen, flink und munter. Ich hoffe, Du machst so weiter, und ich wünsche Dir alles Gute für die Zukunft. Dein Papa Ernst«

Lebhaft, ausgelassen, flink und munter kannst du selber sein. Du kleines Mistviech. Wenn ich dich antippe, hörst du nicht auf zu treten.

38

Ich lag auf der braunen Plüschdecke in meiner Berliner Pension und starrte an die fleckige Decke, als stünde dort etwas über mich und meine Unzulänglichkeiten geschrieben. Als ich die AAO-Kommune 1985 verließ, glaubte ich, mich endgültig von jeglichem Systemzwang verabschiedet zu haben. Aber jetzt war ich mir dessen keineswegs mehr sicher. War es nicht so, dass ich nach wie vor nicht zwischen dem Bedürfnis des Systems und meinen Bedürfnissen, den Gedanken des Systems und meinen Gedanken zu unterscheiden vermochte? War ich krank, unbestreitbar auf dem Weg nach unten, oder krankte das System?

1987, zwei Jahre nach meiner AAO-Erfahrung, schrieb ich mich als – nicht junge, aber frische – Studentin an der Universität Oslo ein. Damals dachte ich, ich sei an einem guten Ort gelandet. Bei Forschung, Lehre und Vermittlung könne nicht so viel schiefgehen, auch wenn man natürlich unterschiedlicher Meinung sein kann – und muss –, wie gute, wertvolle kritische und bahnbrechende Forschung auszusehen hat; Uneinigkeit ist schließlich eine Triebkraft. Doch nach mehreren Jahren an der Universität, mittlerweile als wissenschaftliche Mitarbeiterin, bewegte ich mich auch dort in der Hierarchie nach oben, und mir dämmerte, dass ich erneut Teil eines umfassenden Systems geworden war, eines Modells, eines Engagements. Dieses Mal jedoch eines staatlichen Systems, keiner sektiererischen Avantgarde wie zuletzt.

Im Gegensatz zum AAO-System waren Universitätssysteme ja professionelle Institutionen im Zusammenspiel mit staatlichen und kommerziellen Leitlinien und Bedürfnissen samt nationalen und internationalen Harmonisierungen und Richtlinien. Kosteneffizienz war das übergeordnete Prinzip, zusammen mit Führung durch Zielvereinbarungen – was immer das sein mag – und unternehmerischer Kompetenz, wie es in den Strategieplänen hieß. Das sollte im Idealfall zu sogenannter Teilhabe in postbürokratischen Organisationen führen, für die die Universitäten ein Beispiel waren. Die Arbeitgeber führten dank der Verwaltungslogik laufend Kontrollen hinsichtlich der Erfüllung der Mitteleinwerbung durch, die man von den Wissenschaftlern forderte. Von Menschen wie mir. Das hieß im Klartext, man musste möglichst extern finanzierte Forschungsprojekte auf die Beine stellen, bevorzugt EU-Gelder politisch gesteuerter Forschungsprogramme einwerben. Die Institutsleitung folgte dem Dekan, der Dekan folgte dem Rektor, der Rektor dem Ministerium, das Ministerium den Entscheidungen des Bologna-Prozesses. Die Studierenden waren unsere Kunden, die Forschung sollte möglichst in großen unternehmensähnlichen Gruppen erfolgen, und der Verkauf der Forschungsergebnisse wurde in Gründerkursen der Universität gefördert. Fach- und Lehrveranstaltungsbeschreibungen sahen aus wie Verkaufstexte. Universitäten gaben Millionen Kronen für Werbung aus. Die akademischen Wissensunternehmen waren eine globale und kommerzielle Wachstumsindustrie. Es gab in der akademischen Welt nicht viel zu lachen.

Ich erhob mich von der Plüschdecke und sagte streng: »Es gibt keine Systemfreiheit. Nimm dich zusammen, Wencke.«

Mein Freund F. bekam sechshundert Kronen täglich für seine Arbeit in einem Lager. Ich könnte meine Tätigkeit als Pflegekraft wiederaufnehmen, die ich als junge Frau verrichtet habe. Diese Arbeit war sinnvoll. Ich hätte Zeit für ein Hobby. Auch das Krankenhaus war Teil eines Systems, allerdings weit unten in der Hierarchie angesiedelt, und vielleicht aufgrund geringerer Profitmöglichkeiten ein besserer Ort? Oder ich könnte mich dafür entscheiden, ein Ausgabeposten zu werden.

Ich muss einen Zusammenhang herstellen zwischen der existenziellen Buchhaltung und dem, was ich an liquiden Mitteln einnehme, folgerte ich, als ich aufstand, um nach draußen zu gehen und den Kopf ein wenig zu lüften.

In Berlin gönnte ich mir eine Systempause. Hatte nicht weit von meiner Pension einen Park entdeckt, den Volkspark Friedrichshain, dessen frischgrüne Frühlingspracht eine anrührende Kulisse für meine Überlegungen bot. Auf dem Weg zu einer der beiden Erhebungen in dem ansonsten völlig flachen Park, dem großen Bunkerberg, erklomm ich einen spiralförmig gepflasterten Weg. Die beiden Erhebungen bestanden aus Bunkerresten aus dem Zweiten Weltkrieg sowie aus mehreren Millionen Kubikmetern an Trümmern der von den Alliierten zerbombten Stadt. Oben auf dem Trümmerberg hatte ich einen tollen Blick in alle Richtungen. Während ich die Frühlingsluft einsog, dachte ich, dass sowohl soziale Experimente als auch Kunst und Forschung wie Freiheitshalluzinationen wirken können. Wenn die Grenzen zwischen innen und außen, zwischen Mensch und System verschwinden, ist die totale Korruption Fakt. Die Denkweise der Macht ist Teil des freiheitssuchenden Menschen. Ich hatte vermutlich schon immer die sanfte Verzauberung sowie die zarten Freiheitsversprechungen des Zwangs geliebt. Wieder und wieder.

Doch die Voraussetzung für Freiheit war, wie ich mit der Zeit einsehen musste, in Ruhe gelassen zu werden. Manchmal war es richtig, etwas hinter sich zu lassen. Das Büro, das eigene Zimmer, die Wohnung, das Haus, Dinge, Menschen und Systeme.

Woanders hinzugehen.

39

Im Lauf des Frühsommers 1977 zehrte das öde graue Army-Store-Dasein in Wien an mir. Meine Arbeitsaufgaben hatten sich nicht geändert, obwohl ich in die *Erste Gruppe* aufgestiegen war. Die Wochenenden am Friedrichshof waren eine heißersehnte Abwechslung. Tagsüber saß ich in den Räumlichkeiten des AA-Verlags und übersetzte die *AA-Nachrich-*

ten für eine geplante Skandinavientour mit Vorträgen und Workshops. Die Tour war ein Baustein in den Ambitionen der AAO, die Kommune-Ideen zu propagieren. Ich liebte diese Samstage und Sonntage in dem gut geheizten Raum, wo ich mich über die Texte beugte, während Daniel an einem Arbeitstisch ganz in der Nähe saß. Es war seine Aufgabe, die Reise für die vier Personen zu organisieren, die für die Verbreitung der AAO-Botschaft im Norden sorgen sollten. Eines Sonntags saß er frustriert über seinen Listen und seufzte, dass aus der verdammten Tour nichts werden würde, er habe nicht genug Kontakte. Ich sah von meiner Arbeit auf und sagte, ich hätte schon Theatertourneen organisiert und könnte ihm bei der Planung helfen. Ich suchte mir eine Vertretung für den Store in Wien, und nach dreiwöchiger intensiver Zusammenarbeit mit Daniel stand die Organisation für die Tour.

Ursprünglich sollte Clara mit, aber sie war schwanger geworden und wollte daher zu Hause bleiben. Nach einem Spaziergang wurde am Friedrichshof darüber diskutiert, wer Clara ersetzen sollte, und Muehls Blick fiel auf mich. Er zeigte auf mich und sagte, er habe von meiner organisatorischen Rettungsaktion für die Tour gehört, und daher sei es nur recht und billig, wenn ich auch dabei sein dürfe. Ich sah ihn erschrocken an. Wie sollte ich nach so kurzer Zeit bei der AAO die Kommune nach außen vertreten? Doch Muehls Entscheidung war gefallen.

Vier von uns sollten zusammen auf Skandinavientour gehen. Schlomo war einer der Ersten, der 1970 in die neugegründete Wiener Kommune eingezogen war, er war früher schon auf Tour gewesen, daher wusste er, worauf er sich einließ. Außerdem holten wir auf dem Weg nach Norden

Michael von der AAO-Kommune in Hamburg ab. Er war bekannt für sein Klavierspiel. Lou, die ursprünglich aus Stockholm stammte, kam ebenfalls mit. Sie hatte viele Kontakte in Schweden.

Folglich saß ich im Spätsommer 1977 in einem VW-Bus auf dem Weg nach Dänemark, Schweden und Norwegen. Es war fast ein Jahr her, seit ich Norwegen verlassen hatte, es fühlte sich wie eine Ewigkeit an, mein Leben zu Hause kam mir ganz weit weg vor. Wir passierten die Grenze zwischen Deutschland und Dänemark. Das Dröhnen des Motors, Lous eifrige Erzählungen von allem, was sie über Stockholm wusste, und die flache Spätsommerlandschaft, durch die wir fuhren, wiegten mich trotz meiner Aufgeregtheit in den Schlaf. Der Schlaf führte mich zurück in meine Kindheit, zu den unzähligen Autofahrten zwischen Deutschland und Norwegen.

Irgendwann in den 1950er Jahren trommelte der Regen direkt über meinen Augen auf die Heckscheibe des VW-Käfer. Es kam mir vor, als wäre ich unter Wasser. Ich lag in dem offenen Kofferraum direkt hinter dem Rücksitz, in eine graue Wolldecke eingewickelt, die Oma Gudrun gestrickt hatte. Der Motor dröhnte in meinem Kopf, und die Stimmen von Mama, Papa und meiner großen Schwester vermischten sich heimelig mit dem Motorgeräusch. Ein liebliches Wiegenlied. Seit meinem zweiten Lebensjahr fuhren wir jeden Sommer von Österreich, Deutschland oder der Schweiz aus nach Norwegen. Über die Autobahn. Zur Fähre in Hirtshals. Nach Kristiansand. Nach Orre in Jæren. Wenn wir von der Autobahn abfuhren, um zu tanken, zur Toilette zu gehen, uns die Füße zu vertreten oder zu essen, atmete ich Benzingeruch ein, der mir in die Nase stieg, mich mit einem wohligen Gefühl und einer diffusen Sehnsucht, ja einer Art Verlangen erfüllte. Papa war wie immer entweder das Raubtier, vor dem wir uns in Acht nahmen, oder seltener eine Quelle für Spiel und Lust. Wer einmal Lust erlebt hat, hofft, sie wiederzufinden. So umkreisten wir das Männchen. In den fünfziger Jahren. Auf der Autobahn. Wir fuhren über das nationale Straßennetz, die *Reichsautobahn*, die der Ingenieur und SA-Mann Fritz Todt entwickelt hatte. Man lasse ja nicht einfach ein hervorragendes Straßennetz verfallen, nur weil das System, das für den Bau verantwortlich war, Millionen Menschen auf dem Gewissen hat, für die es keinen Platz auf seinen Straßen hatte, las ich in einem Buch von Gunstein Bakke. Damit hat er recht. Darum fuhren auch wir in all den Sommern der fünfziger und sechziger Jahre auf dieser Autobahn, in einem VW, der ursprünglich KdF-Wagen hieß, Kraft durch Freude. 300 000 Volksgenossen hatten sich bis November 1940 Sparkarten für den Kdf-Wagen besorgt, und viele fuhren auf Kraft-durch-Freude-Reisen ins Ausland, zuvor ein Privileg, das den Bessergestellten vorbehalten war. Es regnete durchaus nicht immer.

Die Skandinavientour war durchweg ein Erfolg. Vorträge, Workshops, Zeitungs- und Radiointerviews verbreiteten die Nachricht von den kurzgeschorenen Latzhosenträgern mit dem Rezept für ein anderes Leben. In den Sehnsüchten der damaligen Zeit fiel die Botschaft offensichtlich auf fruchtbaren Boden. Ich hatte meinen ersten Grundkurs im autoritären Charisma der ideologischen Verführung erhalten. Als wir an einem Oktoberabend 1977 nach zweimonatiger Tour mit unserem VW-Bus am Friedrichshof eintrafen, wurden wir richtig gefeiert. Müde von einem langen Reisetag, gingen wir geradewegs zur Selbstdarstellung, die im Schüttkasten stattfand. Schlomo, Lou, Michael und ich wurden in den Ring gerufen, wo wir eine Kurzfassung mit den Höhepunkten der Tour gaben. Groß war das Gelächter, als ich von dem radikalen Professor in Lund erzählte, der aufgrund der erfolgreichen Veranstaltung, die er organisiert hatte, davon ausging, dass er geradewegs in die freie Sexualität miteinbezogen würde – er hatte ein Auge auf Lou geworfen. Schlomo ahmte die Mitglieder einer landwirtschaftlichen Kommune auf Jütland nach, bei der wir übernachtet hatten und die der Ansicht war, soziale Spannungen und Konflikte seien auf falsche Ernährung zurückzuführen. Applaus.

Wir waren in der kühlen Abendluft auf dem Weg zum Schulhaus. Schlomo und ich kamen in den Genuss einer Einladung zu Muehl und der 1. BAG, in den kleinen Raum für die Auserwählten, der auch Muehls Schlafzimmer war.

Ich war hundemüde. Der Generator brummte gleichmäßig hinter der Wand, die Unterhaltung war angeregt, und jemand schenkte mir ein Glas Weißwein ein. Muehl war bester Laune und redete über den Zusammenhang zwischen Kunst und Leben, zwischen der Gestaltung des individuellen und des Kommunelebens, zwischen dem Alltäglichen und dem Souveränen. Er verglich die Kommune mit einem gelungenen Gemälde von Cézanne, in dem sich die Farben zu einem berauschenden Ganzen fügten, ohne dass ein einziges Element aus dem überlegenen Rhythmus des Ganzen herausfiel.

Wir waren uns nie sicher, ob er es ernst meinte oder scherzte, das konnte von einem Moment zum anderen umschlagen. Ich betrachtete die anderen. Einige beteiligten sich eifrig an dem Gespräch, andere hingen an Muehls Mund.

Der Wein benebelte meinen müden Kopf. Ich musste mir noch sauberes Bettzeug für meine Matratze in der Ecke des Hochbetts organisieren. »Na, Wencke, wollen wir endlich miteinander schlafen?«, hörte ich Muehl plötzlich fragen, dabei sah er mich mit einem strahlenden Lächeln an. »Hä!« Die rothaarige Greta, die neben mir auf der Bank saß, lachte kurz und hysterisch, Schlomo warf mir einen vielsagenden Blick zu, und Clara auf Muehls rechter Seite starrte mich kühl an.

Es musste ja irgendwann kommen, aber ausgerechnet heute Abend? Es gab keine festgelegte Reihenfolge, wer die Nacht mit Muehl verbringen durfte. Es war keine Frage von Recht oder Pflicht. Trotzdem war es eine Selbstverständlichkeit, dass die Frauen der Ersten Gruppe, insbesondere wenn sie dem engsten Kreis angehörten, hin und wieder in den Genuss dieses »Privilegs« kamen. Die Frauen konkurrierten um die Nächte mit ihm. Das sorgte für Status. Und die seltene Gelegenheit für ungestörten Kontakt. Für mich, die ich noch neu in der Ersten Gruppe war, war es daher Ausdruck einer besonderen Ehrerweisung und eine anerkennende Geste für den Erfolg, den wir mit unserer Skandinavientour erzielt hatten. Ich hätte mir nur gewünscht, in etwas besserer Verfassung zu sein oder dass der Auftakt etwas spontaner erfolgt wäre und auf mehr Gegenseitigkeit beruht hätte. Das Angebot in aller Öffentlichkeit auszuschlagen, und sei es noch so höflich, wäre als Beleidigung aufgefasst worden oder schlimmer noch – als Provokation.

Ich schickte ein halbherziges Lächeln in die Runde und nickte. Mit Watte in den Ohren. Greta knuffte mich verschwörerisch in die Seite, als wollte sie mir zur Initiationsnacht gratulieren. Ich konnte es mir gerade noch verkneifen, sie im Gegenzug von der Bank zu stoßen. Schnell schluckte ich den restlichen Wein hinunter.

Alles Warten hat einmal ein Ende. Früher oder später trifft das Erwartete ein. So auch diese Nacht. Wir hatten geduscht und Zähne geputzt. Er, der 52-jährige Aktionskünstler, Leiter der AAO-Kommune in ihrer aufstrebendsten Phase, ich, die 23 Jahre junge Frau, die seit mehr als einem Jahr am Hauptsitz der AAO-Kommune in Österreich lebte, lernte und praktizierte und die versuchte, ihr überliefertes Ich zu überwinden, um in dem noch Fremden eine neue Freiheit zu finden. Das jedenfalls hoffte ich.

Darum legte ich mich nackt neben ihn, und er breitete die Decke über uns beide, weil es durch das eine Fenster zog. In mir geriet alles durcheinander. Mein Geist, meine Hände mitsamt Fingernerven, alles, was dazugehört, um die blinde Choreografie der ersten Begegnung mit einem anderen Körper anzugehen.

Ich begann zu schwitzen. Zunächst im Kreuz, dann am ganzen Körper. Muehl riet mir, kalt zu duschen. Das tat ich. Ich stand da und ließ das Wasser, das allerdings warm war, über Kopf, Gesicht und Körper laufen, und ich weinte über diese Niederlage. Dann fasste ich einen Beschluss. Ich drehte den Duschhahn zu, trocknete mich gut ab und legte mich zum zweiten Mal an diesem Abend neben Muehl. Er breitete noch einmal die Decke über uns beide. Während ich mit der Hand über die weiche Haut auf seiner Brust fuhr, dachte ich: Hier könnte auch ein anderer liegen. Mein Auserwählter. Es sollte sich zeigen, dass das eine verhältnismäßig gute Strategie war. Doch unsere Beziehung sollte auf längere Sicht katastrophale Folgen haben. Zuerst für mich. Dann für ihn.

Ich hatte den Volkspark Friedrichshain verlassen und war zum Görlitzer Park in Kreuzberg gegangen, einem früheren Bahnhof. Dort saß ich auf einem der Steinblöcke in der Frühlingssonne und aß einen saftigen Vöner, die vegetarische Variante des Döners. Die Wände rund um Teile des Parks waren mit mehreren Schichten Graffiti bedeckt. Überall waren Menschen. Kinder rannten kreuz und quer durcheinander, und von irgendwoher kam laute Popmusik. Ich saß in der Nähe eines Parkeingangs. Männer mit dunkler Hautfarbe und hohen bunten Wollmützen standen in Grüppchen herum. Ein Ort für Dealer.

Die rassistische Einstellung meines Vaters richtete sich hauptsächlich gegen Menschen mit dunkler Hautfarbe. Eine Zeitlang hatte auch ich eine heillose körperliche Abneigung gegen schwarze Männer. Sie begann im Sommer 1971, als ich 17 war. Ich war todunglücklich, litt an Liebeskummer und konnte nichts dagegen tun. Ein Jahr zuvor hatte ich meine Eltern und den Direktor des Gymnasiums in Mosjøen überredet, mir zwischen dem zwölften und dreizehnten Schuljahr ein Jahr freizugeben. Es hatte sich absolut lebensnotwendig angefühlt. Und nun hatte ich mich in einen Lehrer an der schwedischen Volkshochschule Biskops Arnö verliebt.

Er war verheiratet und Vater zweier Kinder, roch nach getrockneter Vanille, hatte warme Hände, spielte Trompete, schrieb Gedichte, lehrte Haikus und tanzte mit uns im Keller des Schulgebäudes Volkstänze aus fernen Ländern. Spätabends lag ich in seinem schmalen Bett im Sockelgeschoss des Lehrerhauses, inmitten von Büchern, die sich auf dem Boden türmten, während ein letzter Hauch des winterlichen

Lichts durch die Fenster sickerte und sich wie Milch über uns legte. Morgens, wenn alle Schüler noch in ihren Internatszimmern schliefen, klingelte der Wecker. Ich schlich mich durch den nassen Schnee in mein Zimmer, um den anderen vor dem Frühstück im Speisesaal an meiner eigenen Tür zu begegnen.

Ich war untröstlich, als die Trennung Fakt war, als sich Liebeskummer als unerträglicher Zustand festgesetzt hatte. Die Trauer, die Scham, die das Liebesverhältnis und die Lust mit sich gebracht hatten, das Erschreckende daran, dass ich einen Augenblick lang geglaubt hatte, alles, was mir fehle und versagt sei, liege in Reichweite.

Wollte nichts mehr essen. War so allein. Vielleicht hätte ich die unerträgliche Sehnsucht verhindern können, wenn ich Liebesgeschichten oder Arztromane gelesen hätte. Aber ich war nicht gewappnet, meine Liebe war zu real. Ich wollte mich nur noch in den Schlaf flüchten. Um aufzuwachen und geheilt zu werden, fuhr ich allein mit Interrail nach Paris. Ich musste hinaus in die Welt und mir beweisen, dass ich es unter anderen Menschen aushielt.

Gare du Nord, Paris – und dann diese Sprache! Obwohl ich seit einem Jahr Französisch in der Schule hatte, war die Sprache für mich undurchdringlich. Mein Englisch wurde barsch abgewiesen, wie freundlich ich auch fragte. Ich wollte zum Louvre und auch ins Quartier Latin. Von diesen Orten in Paris hatte ich schon mal gehört. Dass ich mir eine Karte oder einen Reiseführer besorgen könnte, kam mir nicht in den Sinn. Schritt für Schritt näherte ich mich dem Louvre, indem ich Passanten nach dem Weg fragte. Ich musterte die Leute auf der Suche nach Studenten mit potenziellen Englischkenntnissen. Mein Blick streifte ein junges, dunkelhäutiges, offenes Gesicht. Der Mann trug eine graue Hose, ein weißes Hemd hing locker darüber, und noch bevor ich etwas sagen konnte, sprach er mich auf Französisch an. Ich antwortete mit meiner englischen Frage nach dem Louvre, und er wechselte sofort die Sprache. Fragte, ob ich auf dem Weg zum Louvre einen Kaffee mit ihm trinken wolle. So lief ich inmitten all dieser französischsprechenden Menschen neben ihm her und war erleichtert. Bis wir plötzlich vor einem Eingang standen, der auf keinen Fall zu einem französischen Café gehören konnte. Er öffnete die Tür zu einem feuchten Treppenaufgang, der schwach von einer Neonlampe erleuchtet wurde. Zögerte ich? Warum machte ich nicht kehrt? Das hätte ich tun können. Wenn ich nicht so höflich gewesen wäre, dazu erzogen, eigene Bedürfnisse hintanzustellen, hätte ich kehrtmachen und die wenigen Treppenstufen hinunterrennen können, die Tür öffnen zu den Menschen, dem Licht und der Stadt, und ich hätte andere Leute nach dem Weg zum Louvre fragen können.

1971 schaffte ich es nicht dorthin.

Er führte mich in seine Studentenbude. Sperrte er die Tür ab? Er strahlte mich mit offenen, wohlwollenden Augen an, der große junge afrikanische Student, und erklärte mir den kolonialistischen Hintergrund für das Fehlen afrikanischer Kunst im Louvre und dass ich das als weiße Europäerin wissen sollte. Ich nickte. Flüsterte: »Kaffee?« Er legte eine Schallplatte auf. Stellte sich direkt vor mich und fragte, ob wir tanzen wollten. Ich sagte entschieden Nein. Harte Hände packten meine Schultern und drückten meinen Körper an seinen. Er betanzte mich. Ich war stark, aber er war stärker. Warf mich auf das Bett und umschloss mit beiden Händen meinen Hals. Mein Brustkorb hob sich, ohne dass ich Luft bekam.

Als ich bemerkte, dass er mich gerade erwürgte, wurde ich auf einen Schlag ruhig. Kaum hörbar presste ich immer wieder denselben englischen Satz heraus: »You may fuck me if you let me go.« Als wäre es der Refrain eines Popsongs. Langsam lockerte sich sein Griff.

Der Rest verlief okay. Er stand zum Angriff bereit. Er war kaum eine Zehntelsekunde in mir drin. Weinte er? Das wollte ich nicht sehen. Ich schleppte mich ins Badezimmer. Im Spiegel sah ich am Hals große rote Flecken. Mit der Zeit wurden daraus hässliche blaulila Schwellungen, als hätte ich einen Gürtel um den Hals, ein Schmuckstück der Schande. Ich zog mich eilig an.

Er lag immer noch auf dem Bett, jetzt auf dem Rücken, die Hände hinter dem Kopf, und fragte, ob er mir den Weg zum Louvre zeigen solle. Das sei nicht mehr nötig, antwortete ich und verließ seine Bude, ging die Treppe hinunter und öffnete die Tür hinaus zu den Menschen, dem Licht und der Stadt. Aber ich fragte niemanden nach dem Weg zum Louvre, nachdem jetzt alle, ob französisch- oder englischsprachig, sehen konnten, wie offen und beeinflussbar ich war. Erst 1984 sollte ich den Weg zum Louvre finden, bei meinem zweiten katastrophalen Besuch in dieser Stadt.

Höflich und entgegenkommend, so bin ich immer gewesen. Ruft jemand an, gehe ich ans Telefon, auch wenn ich keine Zeit oder keine Lust habe, auch wenn ich beschäftigt bin. Ich bin empathisch, penetrierbar und rücksichtsvoll. Trotzdem überlebe ich, wenn jemand zu fest zudrückt. Wenn jemand meinen Hals umklammert. Ich kam mit der Nabelschnur um den Hals auf die Welt, halb erstickt. Kein schöner Anblick, sagte mein Vater. Aber ich muss zugeben, dass ich nicht gern Rollkragenpullover trage.

41

Zwischen 1976 und 1979 erlebte ich in der AAO eine Art Pionierzeit. Wir waren arm und idealistisch, beschränkten uns aber nicht darauf, den betrüblichen Zustand der Welt zu kritisieren, was wir der linken Bewegung vorwarfen. Wir entwickelten eine alternative Praxis des Zusammenlebens mit dem eigenen Leben als Einsatz. Das Leben in der Kommune war mein Alltag.

Doch nach dieser ersten optimistischen Zeit schien die Begeisterung ein wenig zu erlahmen. Gleichzeitig stieg ich in der internen Hierarchie auf. Bis 1982 war ich in der 2. BAG. Der Vorteil dieser verhältnismäßig hohen Hierarchieebene war offensichtlich. Ich bekam mehr Handlungsspielraum für eigene Initiativen. Ich gewöhnte mich daran zu leiten, zu delegieren, zu denen zu gehören, die Befehle erteilten, und ich nahm Befehle von denen entgegen, die über mir standen. Ich gehörte zur Macht. Zwar rang ich mit meinen antiautoritären Impulsen und meiner erworbenen Vorliebe für flache Strukturen, aber ich begehrte nicht offen auf. Ich kann mich jedoch daran erinnern, dass ich in dieser Zeit viel Verachtung verspürte.

Als hätte ich einen neuen Blick bekommen, präzise und gefährlich, einen Blick, der Voraussetzung für meine Machtausübung war. Es war der Blick für die Schwäche der anderen. Ich glaube, bevor der Blick gefährlich wurde, war es eher der Blick eines Beobachters. Das Kind, das alle um sich herum mustert. Wie damals in meiner Kindheit, als wir von einem Ort zum anderen zogen. Neue Orte, neue Schulklassen. Ich musste ständig auf der Hut sein, da ich die Fremde war, die Einlass suchte. Ich musste mich anstrengen, um die Codes zu verstehen, die sprachlichen Nuancen, die Spielchen. Es war vor allem wichtig zu begreifen, zu wem aufgeschaut wurde, wer geliebt wurde – oder auch gefürchtet –, und wer dazu verdammt war, am Rand zu stehen, entweder geduldet oder ausgeschlossen. Durch die Machtspiele in der Kommune wurde mein passiver Überlebensblick zu einem aktiven und gefährlichen Blick. Gefährlich für andere. Ich war in der Lage, die Schwäche anderer mit Worten zu benennen, das, wovon sie fürchteten, andere könnten es bemerken. Aber Körper und Gesicht verraten uns immer, und gerade das, was wir am meisten verstecken wollen, tritt deutlich zutage für den, der das Sehen gelernt hat. Der ausweichende Blick, die unterdrückte Aggression in der zurückgehaltenen Atmung, die Feigheit in den vorgezogenen Schultern, die Angst im steifen Rücken, die Arroganz in der kategorischen Sprechweise. All das konnte ich im Hierarchiespiel in Worte verwandeln und in die Kollektivideologie übersetzen, von der ich ein Teil geworden war. Doch derselbe beobachtende Blick versetzte mich auch in die Lage, die guten Eigenschaften der anderen herauszustellen, was nicht unwichtig war, um Anerkennung zu erlangen und sich an der Machtausübung zu beteiligen.

Die Verachtung, die ich für die Schwäche der anderen empfand, war jedoch am schlimmsten. Ich war mit der ekelerregenden Gewissheit konfrontiert, dass ich oft das an anderen verachtete, was ich an mir nur allzu gut kannte. Wie beispielsweise die fürchterliche Angst vor den Mächtigen, die widerwärtige Unterwerfung und heuchlerische Schmeichelei gegenüber denselben Personen. Wir waren gefährdet und abhängig. Waren mal einschleimend, mal unterwürfig, mal autoritär, es war nahezu unerträglich.

Im Nachhinein habe ich mich oft gefragt, ob es in moralischer Hinsicht schlimmer ist, bei etwas Zweifelhaftem mitzumachen, dem gegenüber man skeptisch eingestellt ist, oder an das man voll und ganz glaubt. Eine Antwort darauf habe ich nie gefunden. Vielleicht ist das symptomatisch: Ich, die ich an nichts je voll und ganz glauben konnte, habe bei vielem mitgemacht.

Von der ersten Minute der AAO-Kommune an wurde das Erforschen und Hinterfragen eigener Gefühle, Motive und Verhaltensweisen als selbstverständlich erwartet. Wir waren davon überzeugt, in unserer Kindheit und Jugend seien Gefühle von falschen Werten und irregeleiteten emotionalen Neigungen vergiftet worden, was zu unselbständigem und ungesundem Verhalten geführt habe. So gesehen war es immer naheliegend, Widerstand und Kritik auf die eigene Biografie, die eigene Jugend und unsere frühkindlichen Beziehungen zurückzuführen. In den Selbstdarstellungen konnten wir unseren Emotionen und Gedanken auf kreative Weise freien Lauf lassen, außerhalb dieses geschützten Raums standen wir der Machtausübung hilflos gegenüber. Es war ein Leichtes, uns zu benutzen, so wie es für jeden von uns ein Leichtes war, andere zu benutzen.

Im Prinzip hatte kein Kommunemitglied einen sicheren Platz inne, mit Ausnahme natürlich von Muehl. Alle konnten in der Hierarchie von ganz oben bis ganz unten abstürzen oder auf wundersame Weise in der Rangordnung aufsteigen. Ständig fielen Leute in Ungnade, und neue Stars – oder Lieblinge – tauchten auf. Das anfängliche Ideal einer dynamischen Struktur wurde aufgrund der wachsenden Zahl der Mitglieder allmählich durch eine relativ festgefügte Elite ersetzt.

Diese Entwicklung spiegelte sich in allen Satellitenkommunen wider, die der AAO angehörten. Nach drei Touren in Skandinavien wurde mir die Verantwortung für die sogenannte Supervision der skandinavischen Kommunen übertragen, die sich in Kopenhagen, Stockholm und Oslo gebildet hatten. Zudem trug ich die Verantwortung für die Kommunen in Amsterdam und London, wohin ich auch schon gereist war. Ich war zur sogenannten Gruppenleiterin aufgestiegen und wurde regelmäßig zu den Satellitenkommunen geschickt, um sie zu führen. Das umfasste die Leitung organisatorischer und ökonomischer Belange, der nach außen gerichteten kulturellen Aktivitäten, des internen Soziallebens und der Disziplin der Gruppen. Auf die mir eigene naive Art hoffte ich lange, die Kommunen verfügten über eine Art Autonomie. Außerdem hatte ja noch nichts seine Form gefunden, ganz im Gegenteil, alles war konstant im Werden. Wir befanden uns stets in einem provisorischen Zustand, auf dem Weg zu etwas anderem, etwas Besserem, etwas Größerem.

Nachdem es immer mehr Stadtkommunen gab, für die ich verantwortlich war, schickte ich andere Gruppenleiter dorthin, die mir berichteten. Ich selbst sorgte dafür, in jeder Kommune regelmäßig ein paar Wochen zu verbringen. In den letzten Jahren war ich ständig in Skandinavien und den Niederlanden unterwegs gewesen, oder ich war mit eigenen Performance-Auftritten auf Tour. Im Gegensatz zu den meisten anderen hatte ich daher jede Menge Kontakt zur Außenwelt. Das war ein Privileg, das ich sehr genoss – und über das ich nicht viele Worte verlor. Selbst als sich die AAO nach 1983 aufgrund wiederholter kritischer Aufmerksamkeit immer mehr abschottete, setzte ich meine Performance-Touren fort.

Die vielen Reisen hatten zur Folge, dass ich nur etwa ein Drittel des Jahres am Friedrichshof verbrachte. Diese Entwicklung war kein Zufall. Es war eine Befreiung, dem Stress und der Konkurrenz zu entgehen, die in Muehls Gegenwart stets herrschten. Instinktiv entschied ich mich für die gegenteilige Strategie meiner Konkurrenten. Sie wollten möglichst viel Zeit am Friedrichshof verbringen und empfanden die Gruppenleiterphasen als Verbannung in die Provinz, wenn auch als notwendigen Einsatz für die Gemeinschaft. Schließlich wurden Muehls wechselnde Ideen am Friedrichshof ausgebrütet, mit unvorhersehbaren Konsequenzen, und nur in seiner Nähe wurden einem prestigeträchtige Aufgaben übertragen, konnte man in der Hierarchie aufsteigen.

Am Friedrichshof bestand meine Hauptbeschäftigung darin, Kurse zu organisieren und weiterzuentwickeln und zugleich als Kursleiterin zu arbeiten. Außerdem hatte ich Daniel. Er war zu meinem festen Freund geworden, sofern man so etwas überhaupt laut sagen konnte. Denn das Ziel der Kommune bestand natürlich in der Entwicklung eines Sozialmodells, das die Begrenzungen der Zweisamkeit hinter sich ließ. Paradoxerweise gab es Regeln, die die Sexualität und Liebe in unserem experimentellen Labor begrenzten. Muehls sexuelle Vision schreckte auch vor der gleichgeschlechtlichen Sexualität zurück. In der AAO genau wie anderswo waren

Minderheitenrechte der Willkür ausgesetzt. Gerade weil die Sexualität überhöht wurde und weil sie in der Kommune scheinbar in idealer Weise wiederauferstanden war, war sie besonders starker kollektiver Kontrolle ausgesetzt. Aber die Lust strebt nun mal nach Grenzen, Unterschieden und Verboten – dort will sie hin. Das geschah auch in der AAO. Daniel und ich wussten, dass wir auf unsere Beziehung achtgeben und zugleich offen füreinander sein mussten. Das hieß nicht, dass wir nicht auch noch andere Lieblinge hatten. In der Kommune in Oslo rechnete ich Stein zu meinen besonderen Lieblingen. Am Friedrichshof beteiligten Daniel und ich uns an den üblichen sexuellen Machtspielen in der Kommune und kamen unseren sexuellen Pflichten in der Gruppenehe nach – so wie Ehepartner es gern machen, um den häuslichen Frieden zu wahren.

Zugleich hatten wir reichlich Gelegenheit, unsere Paarbeziehung zu entwickeln, da ich Daniel häufig auf meine Reisen mitnahm. Witzig ist, dass unsere Liebesbeziehung ein offenes Geheimnis war. Sie hätte mich in den Abgrund stürzen können. Dass es nicht dazu kam, könnte bedeuten, dass alle in diesem Hofstaat Leichen im Keller hatten. Allerdings wunderte es mich, dass meine Konkurrentinnen so lange stillhielten. Ein Grund könnte sein, dass Daniel bei den Frauen der oberen Schicht ziemlich beliebt war, weshalb sie ein Interesse daran hatten, dass er nicht aufgrund eines großen »Skandals« deklassiert und in die Provinz verbannt wurde. Folglich hielten sie eine schützende Hand über ihn und – zu ihrem Leidwesen – als Nebeneffekt auch über mich.

Im Buch *Das AA-Modell* heißt es: »in einer gut funktionierenden kommune gibt es keine eifersucht, da alle die möglichkeit zur sexuellen befriedigung haben.« Stimmt diese Behauptung? Natürlich nicht. Möglicherweise war die Eifersucht aber weniger einsam als sonst. Im Grunde war sie zwischen Daniel und mir gerecht verteilt. Wir konnten uns gegenseitig trösten. Zwei arme Verliebte. Außerdem mieden wir die hässlichste Schlagseite der Eifersucht: dass einer recht hat und der andere irrt. Wer recht hat, lernt überhaupt nichts. Es geht darum, zu irren.

42

Nach mehreren erfolglosen Anfragen an slowenische und österreichische Archive hatte ich mich vor der Berlinreise an das deutsche Bundesarchiv gewandt. Ich wollte der zermürbenden Spirale des Schweigens ein Ende setzen. Noch immer verfügte ich über wenig konkrete Fakten, ich wusste nur, wo die Division meines Vaters im Krieg gekämpft hatte. Nachdem ich mehrere Formulare ausgefüllt und eine Gebühr entrichtet hatte, hörte ich nichts mehr von dem Archiv. Dann fiel mir ein, dass möglicherweise doch eine Antwort gekommen sein könnte, daher brach ich mit meiner neuen Gewohnheit, meine Mails nicht mehr abzurufen. In einem Internetcafé in Berlin-Mitte konnte ich lesen: »Lothar Mühleisen, geboren am 5.4.1916 in Marburg, war ausweislich der Akten der UN-Kommission für Kriegsverbrechen von 1941 an einer Deportationskommission zur Verschleppung slowenischer Einwohner beteiligt.« Eine eingescannte Fassung des Originaldokuments, datiert auf den 20. Juli 1947, war beigefügt: »United Nation War Crimes Commission. Jugoslavian charges against German (Austrian) War Criminals.«

Unter dem Namen meines Vaters stand: »Lothar Mühleisen became a member of the Deportation Commission in 1941, and took part in the deportation of 217 Slovenes from the region of Kranj to Serbia, and in the confiscation of their property, worth 13 million dinars.«

1941. Deportationskommission. Das muss gewesen sein, bevor er sich im Dezember freiwillig zur Wehrmacht gemeldet hat. Als ich das Café verließ, sah ich, wie sich mein Gesicht in einem Schaufenster spiegelte. Zusammengekniffene Lippen. Vorgebeugter Kopf. Diese Information hat mich erschüttert. Die Deutschen konnten die Deportationen nicht allein durchführen, sie brauchten Helfer an Ort und Stelle. Jemand musste ihnen zeigen, wer die Oppositionellen waren, wo die Juden wohnten und wo sich die »rassisch Minderwertigen« aufhielten, damit man sie deportieren oder ermorden und ihren Besitz beschlagnahmen konnte. Und wer sonst konnte dieser Jemand sein als Angehörige der früheren deutsch-österreichischen Minderheit, insbesondere die Mitglieder des *Schwäbisch-Deutschen Kulturbundes,* den mein Großvater bis 1936 geleitet hatte und der jetzt mit den Nationalsozialisten kooperierte? Und einer von ihnen war also mein Vater. Mit den Gegebenheiten am Ort vertraut, 25 Jahre alt. Ein erwachsener Mann. Ausgebildeter Textilingenieur. Sein Zeugnis von 1941 war mit einem Hakenkreuz verziert. Es befand sich in der braunen Mappe mit den von ihm hinterlassenen Papieren.

Der Tod greift immer mehr um sich.

Ich musste mehr erfahren und suchte mir ein größeres Internetcafé in der Nähe. In dem vorherigen hatten die Kunden mit eigenen Laptops gesessen und beim Checken ihrer Mails Cortado getrunken. In dem länglichen Raum hier hielten sich ausschließlich ausländische Männer auf, sie saßen vor schäbigen Bildschirmen und dreckigen Tastaturen und kehrten einander den Rücken zu wie in einem voneinander abgewandten Gebet. Es roch nach Salmiak und Eau de Toilette. Auf die staubbedeckte Fensterscheibe zur Straße hin hatte jemand »Kotz« geschrieben. Hinter dem Tresen stand ein Mann in den Dreißigern mit perfekt gestutztem, ankerförmigem Bart und Glanzlack in den Haaren. Er deutete mit dem Kinn auf ein freies Gerät.

Es dauerte mehr als zwei Stunden, bis ich etwas Interessantes fand. *Forum der Wehrmacht* hieß die Seite. Schielte der grauhaarige Mann in Anzugjacke neben mir auf meinen Bildschirm? Das hier war möglicherweise nicht der richtige Ort für eine weiße mittelalte Frau, um sich über die nationalsozialistischen Kampfeinheiten zu informieren. Irgendwo hatte ich gelesen, fünfzehn bis zwanzig Prozent der Einwohner Berlins hätten eine antisemitische Einstellung.

Den oberen Teil des Bildschirms nahm der deutsche Wehrmachtsadler ein, den ich schnell wegscrollte. War das ein Internetforum für Neonazis? Nein, als Betreiber der Homepage wurde das *Lexikon der Wehrmacht* genannt. Es wirkte ziemlich vertrauenswürdig. Die Website hatte Untergruppen wie *Waffen und Waffensysteme, Einheiten, Die Geschichte der Wehrmacht* und so weiter. Ich klickte mich zur Gruppe *Einheiten* durch und fragte, ob jemand im Forum Informationen über die 7. Gebirgsjäger-Division habe, in der mein Vater gedient hatte. Dazu schrieb ich, dass ich mich vor allem dafür interessierte, inwieweit die Division an Kriegsverbrechen beteiligt gewesen sei. Dann schickte ich den Kommentar ab. Es war ein echter Blindschuss. Ich bezahlte und ging hinaus in den feuchtwarmen Frühlingsabend.

Am nächsten Tag betrat ich mit dem Laptop unter dem Arm ein Café in der Kollwitzstraße im Prenzlauer Berg. Dort herrschte ein erkennbarer weißer Mittelschichtsfrieden mit Biosandwiches, Salaten, Kuchen, Zeitungen und einem schwarzen Brett, an dem von Babymassagekursen über politische Unterschriftenkampagnen bis zu Hausaufgabenhilfe alles angeboten wurde. Nachmittags um diese Uhrzeit saßen überwiegend Frauen mit kleinen Kindern da, nur vereinzelt hing jemand über seinem Laptop. Es war beruhigend, unter seinesgleichen zu sein.

Hatte mir jemand aus dem Forum geantwortet? Ich nahm einen Kaffee mit zum Tisch in der Ecke und rührte ungeduldig in der Tasse, während ich darauf wartete, dass der Internetzugang hergestellt wurde. Ein gewisser »Udo« hatte mir geschrieben. »Hallo Lagertha« (mein Name im Forum), »ich habe das Buch von Schuler, ›Mit dem Bergschuh in Russland und Finnland‹ hier vorliegen – in und um Kiew kämpfte die Division September 41, das war drei Monate vor dem Beitritt deines Vaters. Wenn er im Dezember zum Gebirgsjäger Reg. 218 kam, war er vielleicht direkt beim ersten Transport nach Finnland mit dabei, direkt im Januar 42.

Ansonsten ging es dann Mitte 42 für alle Angehörigen nach Finnland.

Nur die III/218. Reg. kämpfte in Nordrussland, dann wäre ein mögliches Kriegsverbrechen das Stehlen von Lebensmitteln in der Winterzeit, wegen Versorgungsproblemen und Selbstverpflegung aus dem Lande.«

Hörte ich da einen ironischen Ton heraus? Ich rief das *Lexikon der Wehrmacht* auf und schaute mir den Weg der 7. Gebirgs-Division während des Krieges an, dort stand dasselbe: Nach Januar 1942 verschiedene Orte in Finnland, dann Nordnorwegen. Dieselbe Information, die ich ursprünglich von der deutschen Dienststelle WASt erhalten hatte. Ich fühlte mich wie ein Amateur in meiner unbeholfenen Suche nach Informationen und Quellen. Müdigkeit machte sich in meinem Kopf breit, am liebsten hätte ich einfach aufgegeben, mir fehlte die nötige Ausdauer und Kompetenz. Dann las ich weiter: »Warum forschst du so hartnäckig in der Vergangenheit, jetzt mit zweitem Thread? Es gab Hunderttausende einfache Soldaten, die niemals einen einzigen Schuss abgegeben haben. Geschätzte 200 Divisionen an der Ostfront gab es, die deines Vaters war an keinem der großen Verbrechensorte, weder von der Lage noch vom Zeitraum her.«

Auf »die unschuldigen Soldaten« schien sich dieser »Udo« zu beziehen. Der Mythos der anständigen, tapferen Wehrmachtssoldaten, die nur ihre Pflicht taten und Befehle ausführten. Auch wenn man möglicherweise davon ausgehen konnte, dass viele Soldaten nicht direkt an Morden an der Zivilbevölkerung, an Frauen und Kindern, beteiligt gewesen waren, wurden sie zweifellos mit den Opfern der Zivilbevölkerung konfrontiert, den Hungernden, den Heimatlosen, den Vertriebenen, den Erfrorenen, den Ermordeten.

Ich antwortete sofort: »Der Grund meiner ›Hartnäckigkeit‹ ist das hartnäckige Schweigen meines Vaters und sein Festhalten an einem rassistischen Weltbild.«

Denk klar, Wencke, ermahnte ich mich selbst. Was hatte in der ersten Information, die ich von der WASt erhalten hatte, über die Beteiligung meines Vaters in der 7. Gebirgs-Division gestanden? »Da die Ostsee mit Eis bedeckt ist, wird die Division von Januar bis Sommer 1942 vor Leningrad (St. Petersburg) eingesetzt.« Leningrad? Fieberhaft suchte ich im Netz:

Die Belagerung Leningrads dauerte von 1941 bis 1944. Es war das größte Einzelkriegsverbrechen: »Gezieltes Aushungern der Bevölkerung. 1,1 Millionen Zivilpersonen verhungerten oder kamen auf anderem Wege während der Belagerung ums Leben.« Mein Vater sei nicht dort gewesen, wo die großen Kriegsverbrechen stattgefunden hatten, schrieb »Udo«, aber er war an der Belagerung Leningrads beteiligt.

In dieser Nacht schlief ich wieder schlecht. Ich wachte allein auf. Einsam. Musste aufstehen. Spürte, wie die Grenze der Sprache wie Sand zwischen den Zähnen knirschte. Der morgendliche Lärm der vielbefahrenen Greifswalder Straße sickerte zu mir durch. Ich hatte von meinem Vater geträumt. Wir befanden uns in einer schmutzigen, wenn auch relativ neuen Wohnung. Die weiße Wand über dem Ausgussbecken war schon voller Flecken. Wir können sie übermalen, dachte ich. Drehte mich um und sah Papa mit einer Decke auf dem Schoß in einem Schaukelstuhl sitzen, der heute in unserem Sommerhaus in Jæren an einem der Fenster zum Meer steht. Ich beugte mich zu ihm hinunter, nahm seine Hände und zog ihn hoch. Krümel und allerhand Schmutz, der sich auf seinem Schoß angesammelt hatte, fielen zu Boden – als hätte er schon lange da gesessen. Als er stand, begegneten sich unsere Blicke. Seiner war voller Angst. Verschmolz mit meinem ganzen Wesen. Es waren seine schwermütigen Teenageraugen, die ich auf Fotografien gesehen hatte. »Nicht so schnell«, sagte er. »Ich will ja aufstehen, aber nicht so schnell«, fügte er mit flehender Greisenstimme hinzu.
Bin ich nicht vorsichtig genug, dachte ich in meinem Pensionszimmer. Den restlichen Tag schwamm sein Blick in mir wie Farbe in Wasser. Ich war traurig und voller Liebe. Ich buhlte um ihn wie ein geprügelter alter Hund. Zugleich warf

ich ihm vor, dass er Menschen in Todesangst versetzt hatte. Warum sollte ich es ihm auch nicht vorwerfen? Er hatte an Hitler geglaubt. Er hatte sich gewünscht, dass Hitler den Krieg gewinnt, oder? Er hatte die Verbrechen gesehen. War ein Denunziant gewesen. Er hatte eine Leutnantsuniform getragen und eine Waffe benutzt. Er hatte den Tod gebracht. Und es war seine freiwillige Entscheidung gewesen.

43

Die AAO war mit ihren utopischen Visionen keineswegs allein. Ende der 1960er und zu Beginn der 1970er Jahre entstanden in Europa und den USA viele Wohn- und Lebensgemeinschaften. Manche waren politisch, andere eher spirituell oder religiös ausgerichtet, wieder andere hatten klare künstlerische Visionen. Insbesondere in Deutschland, vor allem in Westberlin, wimmelte es in dieser Zeit von Studenten, Schriftstellern, Künstlern, Gegenkulturen und politischen Aktivisten, die von anderen Lebensweisen träumten.

Die AAO gehört zu den europäischen Kommunen der siebziger Jahre, die sich am längsten gehalten haben. Die meisten Kommunen wurden nach kurzer Zeit wieder aufgelöst. Chaos, widerstreitende Interessen und Machtkämpfe setzten dem Enthusiasmus ein Ende. Die wenigen, die überlebten, hielten ein paar Jahre lang durch und hatten in der Regel sogenannte starke, charismatische Anführer. Wie revolutionär, gesellschaftskritisch oder alternativ die Mitglieder anfangs auch gewesen sein mögen, mit der Zeit ordneten sie sich diesen Persönlichkeiten unter. Es ist nicht so leicht, die Gesellschaft neu zu erfinden. Die angelernte Unterwerfung ist tief in unseren Zellen verankert, besonders gut gefällt sie sich im Begehren – diesem gierigen Biest.

Freie Sexualität war für die Medien natürlich ein gefundenes Fressen. Schon 1977 erschien der erste kritische Artikel über die AAO. Die Aufmerksamkeit, die die AAO in radikalen und alternativen Milieus sowie in den Medien, insbesondere in Deutschland, erhalten hatte, führte zu kritischen Blicken auf ihre Aktivitäten, zuvorderst von feministischer und marxistischer Seite, anschließend vom Establishment. Es kursierten Gerüchte über hierarchische Machtverhältnisse und sexuelle Übergriffe. *Der Spiegel* veröffentlichte einen Artikel, in dem die AAO als gefährliche Organisation beschrieben wurde, weit entfernt von einem unschuldigen Öko-Dorf. Die Kommune wurde als zentral organisiertes Unternehmen beschrieben mit eigenen Finanzen, eigenen Gesetzen und einer eigens entwickelten Form von Psychoterror. »Eine irrationale, intellekt- und zivilisationsfeindliche Horde«, hieß es, »geködert mit Free-Sex, gebändigt durch ein dubioses Psycho-Laxativ, abhängig von ›einem der großen Psychopathen‹.« Zur gleichen Zeit schrieb *Die Zeit*: »Wer sich aber auf all dieses erst einmal einläßt – die Sprachregelung, die Isolation von der Außenwelt und die Abhängigkeit von der AA-eigenen Ökonomie (privater Besitz muß übereignet werden) –, für den wird es schwer, sich wieder loszulösen.«

Die meisten von uns lasen die Artikel bei ihrer Veröffentlichung nicht. Wir lasen damals keine Zeitungen und sahen auch nicht fern. Aber wir hörten davon. Die Kritik an Muehls Macht fegten wir mit Argumenten für die direkte Demokratie beiseite, die wir in unseren Abstimmungen zu realisieren glaubten, wohl wissend, dass viele andere Kommunen aufgrund ungelöster Machtkämpfe rasch wieder aufgelöst wurden. Der Beweis für unsere Überlegenheit war schließlich die Tatsache, dass die Interessierten nur so herbeiströmten. Was wir als reine Hetze vonseiten der Medien empfanden, hatte unsere Aufmerksamkeit nicht verdient. Es war eine vorhersagbare, boshafte Fehleinschätzung, ein zu erwartender Angriff von einer konventionellen, kommerziellen und sensationshungrigen Klatschpresse.

Dennoch führten diese Schlagzeilen in den Folgejahren zu weniger Offenheit und einer Art Camouflage-Strategie. Wachsamkeit und Misstrauen gegenüber der Außenwelt gehörten nun zum AAO-Alltag. Weitere Elemente in diesem Teilrückzug waren die Einstellung der *AA-Nachrichten* und die Schließung des Verlags Ende 1978, auch die AA-Army-Stores wurden aufgegeben. Doch trotz der negativen Berichterstattung stieg das Interesse an der AAO massiv an. Noch 1982 schickte der norwegische Radiosender NRK zwei Journalisten zum Friedrichshof, und ich war ihr Guide. Sie berichteten weitaus wohlwollender: »Die Freiheit am Friedrichshof hat nicht zu Rücksichtslosigkeit und Machtgier geführt. Es kommt nicht oft vor, dass man Umgangsformen erlebt, die in einem solchen Maße von Fürsorge und Interesse am anderen geprägt sind.«

Doch noch bevor sich die Kritik gelegt hatte, warteten neue Probleme auf uns. Zu Beginn der Achtziger hatte die AAO zirka siebenhundert Mitglieder. Etwa 250 wohnten mehr oder weniger ständig am Friedrichshof, der Rest in den Stadtkommunen. Das Ideal des gemeinschaftlichen Eigentums kollidierte mit der harten Realität, die Einnahmen der vielen kleinen Geschäftsaktivitäten deckten nicht die Ausgaben. Das magere Vermögen der jungen Mitglieder ging allmählich zur Neige, und der Friedrichshof – das Zentrum – war trotz beliebter Kurse ein Fass ohne Boden. Um an das Verantwortungsgefühl und den Einsatz des Einzelnen zu appellieren, wurde 1979 in allen Stadtkommunen eine Form von betriebswirtschaftlicher Selbstverwaltung eingeführt. Die Leute gingen wieder normalen Jobs nach, manche nahmen ein Studium auf. Es wurden Berichte hinsichtlich der Wirtschaftlichkeit bestehender Betriebe verfasst, und alle Mitglieder beteiligten sich an den Ausgaben der Kommune. Den Stadtkommunen kam somit eine größere Verantwortung für ihre Entwicklung zu. Außerdem bezahlten alle einen festen Mitgliedsbeitrag, aus dem unter anderem das gemeinsame Zentrum am Friedrichshof finanziert wurde. Bendik aus Norddeutschland organisierte diese Umstrukturierung. Er war ein großgewachsener blonder Mann, der die Selbstdarstellungsabende möglichst mied. Er hatte mehr Sinn für die Macht des Geldes als für Kunst.

Im Jahr zuvor war der Friedrichshof in die *Genossenschaft Friedrichshof* umgewandelt worden – eine nichtkommerzielle Organisationsform, in der alle Bewohner als Mitglieder registriert waren. Die Einnahmenüberschüsse der Kommunen wurden auf die Genossenschaft Friedrichshof übertragen. Diese Organisationsform gewährte in Österreich Zugang zu staatlichen Fördermitteln und Krediten, darunter zu einem Zuschuss des damaligen sozialdemokratischen Bundeskanzlers Bruno Kreisky und des Landeshauptmanns, die entscheidend für den Ausbau des Friedrichshofs als Kommunendorf waren. Während der nächsten Jahre wurde eine dreitausend Quadratmeter große Wohnsiedlung mit Großküche, Kurs- und Versammlungsräumen, Sportstätten, Pferdestall sowie einem künstlichen See gebaut. Zusätzlich wurden Obstbäume und Büsche gepflanzt, und das ganze Gelände verwandelte sich schrittweise in ein fruchtbares Biotop in der windzerzausten Landschaft.

Der Übergang von Schlafsälen zu modernen Wohneinheiten verlief nicht uneingeschränkt positiv. Wie viel auch gebaut wurde, es reichte nie – und außerdem wurden die bestehenden Unterschiede zwischen den Menschen verstärkt: Wer sollte in den Genuss und die Vorteile eines eigenen Zimmers kommen? Wer musste sein Zimmer teilen? Die Vorteilsverteilung, vielmehr die Übervorteilung, verstärkte die bestehende Hierarchie, da diejenigen, die oben standen, zuerst eigene Zimmer bekamen. Obwohl ich angesichts dieser Schieflage Unbehagen verspürte, verzichtete ich nicht auf den mir gewährten Luxus. Dazu war das Bedürfnis, die Tür hinter sich zumachen zu können, mittlerweile zu stark geworden.

Die Kommunarden, die in den 1970ern wie eine Kombination aus Hippies und Skinheads ausgesehen hatten, waren zu Beginn der achtziger Jahre von Normalbürgern nicht mehr zu unterscheiden, weder in puncto Frisur noch in puncto Kleidungsstil. Die vormals rasierten Schädel waren von Dauerwellen und anderen individuellen Frisuren ersetzt worden, die selbst produzierte Klavier- und Schlagzeugmusik wurde von Retroschlagern und vom Jazz der 1940er abgelöst, die Latzhosen und Secondhand-Militärstiefel wichen modischen Klamotten, und die freien Selbstdarstellungen mutierten zu Experimenten mit Hypnose und Trance. Muehl, der die Leute früher dazu ermuntert hatte, sich in die heilende Katharsis der Irrationalität zu begeben, verwandelte sich in den großen Zen-, Trance-, Tanz- und Rollenspielmeister, und die meisten Kommunarden wurden auf Material für seine Kreativität reduziert. Muehls schrittweise Verwandlung zum Meister oder Guru veränderte auch das Verhalten der Kommunarden. Wir alle wurden eine Spur untertäniger, glatter, formeller. Das anarchistische Rebellenmodell hatte sich in einen höchst disziplinierten Orden verwandelt.

Zusätzlich zur juristischen und betriebswirtschaftlichen Umstrukturierung und zu den öffentlichen Zuschüssen zeigte sich, dass einige Kommunarden Talent für eine Art von Geschäftsentwicklung hatten, die unsere finanzielle Krise ein für alle Mal lösen konnte. Aus dem vielleicht wichtigsten Gut der Kommune ließ sich Kapital schlagen: Unsere Stärke war die Kommunikation. Daher wurden manche zu äußerst erfolgreichen Verkäufern.

44

Ich war oft in der Amsterdamer Kommune. Ich liebte die Morgenstimmung, wenn ich in die Keizersgracht in der Altstadt einbog, in der sich die Kommune befand, und auf die breiten Kanäle, die Hausboote und die schmalen, hohen Häuser blickte. Die dortigen Kommunarden strahlten Leichtigkeit aus, sie strotzten vor guten Ideen und setzten sie auch rasch in die Tat um. Zum Beispiel fuhren sie, als sie ein Kulturcafé eröffnen wollten, eine ganze Nacht lang durch die Straßen, sammelten Stühle, Tische, Geschirr und andere Sachen ein, die die Amsterdamer einfach vor die Tür stellten, wenn sie sie loswerden wollten. Schwuppdiwupp war das Café mit einer charmanten Inventarmischung eingerichtet.

Zu meinen ödesten Aufgaben gehörte die Schulung einiger Bewohner im Telefonverkauf von Aktien. Zum Glück kannten sich einige besser aus als ich, trotzdem musste ich den Prozess unterstützen, der rasant Fahrt aufzunehmen schien. Manche verdienten mit nur wenigen Telefonaten irrsinnige Summen.

Irgendwann in den 1980er Jahren wurde die AAO kapitalistisch. Margaret Thatcher und Ronald Reagan setzten in dieser Zeit ihre neoliberalen Maßnahmen um, und so gesehen war die AAO vom Zeitgeist geprägt: Marktlogik, Deregulierung, Effektivierung, Zentralisierung. Um das Jahr 1982 herum fand jemand in den deutschen Kommunen heraus, dass man mit dem Verkauf von Versicherungen, Finanzpaketen und sogenannten Steuersparmodellen viel Geld verdienen konnte. Die Einnahmen aus diesen Verkäufen wurden zum Teil am Finanzamt vorbeigeschleust und landeten beispielsweise auf Konten der Luxemburger Bank Sogenal.

Dank der Arbeit in externen Firmen wurden manche mit der Zeit zu sehr guten Verkäufern, sie bildeten andere Kommunarden aus, die in vergleichbaren Unternehmen unterkamen, Know-how wurde gesammelt, das Geld strömte nur so herein, und eigene Unternehmen wurden gegründet. Eine neue Zeit brach an. Es zeigte sich, dass es vielen, die seit Jahren in der AAO-Kommune lebten, nicht schwerfiel, die Barriere zu überwinden, die ein Telefonat mit wildfremden Menschen darstellt, denen man etwas anbietet, mit dem man sich im Grunde nicht besonders gut auskennt, für das man aber eine gute Provision bekommt.

Jahrelanges Selbstdarstellungstraining in Kombination mit fundiertem Wissen um gruppendynamische Prozesse und Machtspiele zahlte sich buchstäblich aus. Eine *positive*

Autorität auszustrahlen, wie es im Kommunejargon hieß, und diese mit guten Improvisationsfähigkeiten zu kombinieren war eine Schlüsselkompetenz im Verkauf.

Nun könnte man denken, sich in einen Anzug oder ein Kostüm zu werfen und in Geschäftsfelder vorzudringen, von deren Existenz die meisten von uns bisher nichts geahnt hatten, falle Menschen, die mit linker Kapitalismuskritik und dem Traum von Wohngemeinschaften und gemeinsamem Besitz aufgewachsen waren, äußerst schwer. Aber es ist eine Sache, ob man Geld für sein privates Glück und aus purer Notwendigkeit heraus verdient. Eine völlig andere Sache ist es, Geld für eine Idee oder eine Gemeinschaft zu verdienen, deren visionäres Ziel, ein avantgardistisches Lebensmodell zu finanzieren, das allen und der Zukunft zum Besten gereicht, abgesegnet ist. Das war ein vitalisierendes Motivationselixier. Wie sich herausstellte.

In Amsterdam nahm diese Entwicklung während einer kurzen, aber ungeheuer einträglichen Zeit besondere Formen an. Manche hatten herausgefunden, dass es lichtscheue, aber noch nicht verbotene Gesellschaften gab, die Aktien verkauften. Sie drangen in bestehende unregulierte Unternehmen vor und scheffelten innerhalb von Wochen und Monaten jede Menge Geld. Die Amsterdamer Kommune hatte ihre zeitlich begrenzte Goldgrube bei Mr. Scott aus Kanada gefunden. Was Mr. Scott vermutlich ahnte, aber lieber nicht so genau wissen wollte, war, dass zwei Drittel seiner Belegschaft einer Kommune angehörten. Er hatte einen Glücksgriff getan und in null Komma nichts eine Gruppe höchst motivierter und kompetenter Leute in seinen Dienst genommen, die keine unangenehmen Fragen stellten. Das war keine Selbstverständlichkeit, da die angebotenen Produkte sehr schlechte Presse bekamen: »Holländische Firma verkauft Venture-Capital – Anleger verlieren Millionenbeträge! Scotts Produkte sind reine Phantasie. Sie werden an keiner Börse der Welt gehandelt. Der Firmenchef selbst ist der Marketmaker.«*

Was wirklich zutraf. Mr. Scott rief morgens im Büro an – meistens aus Kanada – und legte den Aktienpreis fest. Wollten viele verkaufen, war der Preis niedrig. Wollten Großinvestoren ganze Aktienpakete loswerden, rannte Bashir aus Indien, der Leiter des Rechnungswesens, aufgeregt durch den Trading Room, wo die Troubleshooter saßen, und brüllte: »You must close the market! Why did you take back all those shares?«

Das Wissen der Verkäufer über den Aktienmarkt war alles andere als beeindruckend. Man brauchte bloß ein Minimum des richtigen Vokabulars einzusetzen, sodass der Kunde den Eindruck hatte, es mit einem erfahrenen Aktienhändler zu tun zu haben: »Wir laden Sie ein, sich an der Gründung eines Unternehmens zu beteiligen, das aus Industrieabfall Rohstoffe gewinnen will – Gold, Silber und andere Edelmetalle – eine Erfolg versprechende Idee in Zeiten des Rohstoffmangels! Natürlich bergen solche Start-ups ein gewisses Risiko, aber wenn ein multinationaler Konzern wie Westinghouse Electric schon Verträge unterzeichnet hat ... Sie könnten mit einem Betrag von zweihundert oder dreihundert Dollar einsteigen. Überlegen Sie nur, wie viele Firmen genau so angefangen haben. Heute sind es milliardenschwere globale Unternehmen ...«

* Zu diesem Kapitel hat Maria Diederichs mit ihrem Buch *Wanderer in zwei Welten* Insiderwissen beigesteuert.

Ein solches Gespräch war das harmlose Vorspiel. Biss der Kunde an, rief ein paar Wochen später ein sogenannter Loader an: »Haben Sie gesehen, was für einen Gewinn Sie eingefahren haben! (Der Aktienpreis war ›gestiegen‹.) Sie sollten noch weiter investieren. Eigentlich können Sie gar nicht anders, als nachzukaufen! Die Aktie wird noch an Wert zulegen! Das ist so sicher wie das Amen im Gebet.«

Hatte der Kunde einmal gekauft, hatte er Vertrauen gefasst – die erste Transaktion war schließlich erfolgreich gewesen, zumindest hatte er ein Dokument für sein Geld erhalten und sicher im Safe verstaut. Investierte der Kunde daraufhin größere Beträge, war der Aktienpreis meistens im Keller. Doch auch das war für einen Profihändler Grund für ein neues Telefonat: »Sie haben bestimmt gemerkt, dass der Preis der Aktie gefallen ist?« Seelenruhig ließ der Loader den anschließenden Gefühlsausbruch über sich ergehen. »Jaaa, ich kann Ihren Ärger verstehen ... aber wissen Sie was? Das ist Ihre Chance! Sie werden die Aktien nie mehr zu so einem günstigen Kurs bekommen. Sagen wir, Sie kaufen jetzt eintausend Stück zum halben Preis. Dann haben Sie insgesamt zweitausend Aktien. Der durchschnittliche Einstandspreis ist somit gesunken. Die Aktie wird wieder steigen, daran besteht kein Zweifel. Wenn man den Leverage-Effekt bedenkt, sind Sie bald wieder auf der Gewinnerseite.«

Erstaunlich viele Kunden ließen sich von diesen dreisten Lügen überzeugen. In der Amsterdamer Kommune befand sich geradezu ein Dreamteam, das in Mr. Scotts Firma Unsummen verdiente; die Mitglieder wurden, wenn sie zum Friedrichshof kamen, wie Helden gefeiert. Selbstverständlich waren sie Gäste in Muehls auserwähltem Kreis und bekamen süßen russischen Sekt von tiefrosa Farbe vorgesetzt, den jemand aus Ostberlin mitgebracht hatte.

45

Meine Zeit in Berlin näherte sich dem Ende. Ich schlenderte über die Karl-Marx-Allee, vorbei an den DDR-Plattenbauten der sechziger Jahre. Passierte ein paar surrealistisch deplatzierte, sowjetinspirierte Prachtbauten, die bekannte Café- und Bäckereiketten beherbergten, und grübelte darüber nach, ob man im Schweigen meines Vaters eine Form von Rücksicht sehen konnte: Wollte er verhindern, dass die Ereignisse der Vergangenheit ihr Netz über die Unwissenden, die Unschuldigen auswarfen? Uns Kinder aus der Last der Vergangenheit entlassen und die schmutzige Verbindung aufbrechen, um uns in etwas anderes und Besseres zu erheben? Was ich nicht weiß, macht mich nicht heiß. Warum sollten Kinder im Schatten der ideologischen Fantasiegebilde, der Schuld, des Verrats und des Fehlverhaltens ihrer Eltern aufwachsen müssen? Ist es nicht fair, ihnen das zu ersparen?

Mir wurde bewusst, dass mich seit meiner Reise nach Österreich und Slowenien ein diffuses Schuldgefühl gegenüber meinen Geschwistern und meiner Familie in Österreich plagte. »Papa hat den Krieg mitgemacht«, damit kann man als Teil der Familiengeschichte einigermaßen unbelastet leben. Die Probleme fangen an, wenn die Dinge konkreter werden. Öffentlich. Wenn es um Treffer im UN-Archiv über Kriegsverbrechen geht. Namen, Zeiten, Orte, Handlungen.

Meine Eltern waren tot, doch meine Geschwister lebten,

und auch die Enkelkinder meiner Eltern. Dennoch nahm ich mir die Freiheit, Fragen zu stellen – als bräuchte ich auf niemanden Rücksicht zu nehmen. Auf niemandes Schamgefühl. Und wer wäre der Überbringer der schlechten Nachrichten?

Das war ich. Warum nahm ich mir das Recht heraus, zu erzählen und zu fantasieren? Würde ich allen wehtun, wenn ich das Bild unseres Vaters und Großvaters zerstörte, den wir bisher nicht wirklich gekannt hatten? Oder konnten wir uns erst dann fragen, ob es uns trotzdem möglich war, ihn zu lieben? Kinder spüren sowieso, wenn etwas nicht stimmt. Sie können es nur nicht in Worte fassen. Das ist das Unheimliche.

Ich war Richtung Zentrum gegangen und zwischen der Behrenstraße und der Hannah-Arendt-Straße herausgekommen, kurz vorm Brandenburger Tor. Ich wusste, dass es sich dort befand, trotzdem war ich bei seinem Anblick überrascht. 2711 Steinblöcke unterschiedlicher Höhe auf einem großen freien Gelände angeordnet zur Erinnerung an sechs Millionen europäischer Juden, die unter dem deutschen Naziregime ermordet worden waren. Errichtet im Jahr 2005. Ich blickte über das Labyrinth aus grauen Blöcken und begriff im selben Moment, wie ich mich beim Versuch, Licht in die Geschichte meines Vaters und meine eigene Geschichte zu bringen, verrannt hatte. Was hätte mein Vater zu diesem gigantischen Mahnmal mitten in Berlin gesagt? Auf der anderen Straßenseite stand das Mahnmal von Ingar Dragset und Michael Elmgreen für die verfolgten Homosexuellen in der Zeit des Nationalsozialismus, in Form eines schiefen Steinblocks. Durch ein Fenster im Stein sah ich einen Film von zwei weißen sich küssenden Frauen beziehungsweise Männern. Dass sie weiß waren, hätte an der Verachtung meines Vaters gegenüber der Homosexualität wohl kaum etwas geändert.

Ich irrte weiter durch die Straßen und war plötzlich am Potsdamer Platz. Dort befanden sich weit mehr Touristen als am Holocaust-Mahnmal. Sie scharten sich um ein Reststück der Berliner Mauer. *Die Wende.* Als »die Mauer fiel«, heißt es, aber die Mauer fiel nicht von selbst, Menschen brachten sie zu Fall. Auf dem Mauerstück stand zu lesen: »An diesem Ort entstand 1989 das erste Loch in der Berliner Mauer.« In der Nacht zum 9. November 1989.

Am Ende hattest du doch gewonnen, Papa, oder? So könnte ich die Ruhe deuten, mit der du vom Wohnzimmersessel aus zusahst, wie die Weltereignisse über den Fernsehbildschirm flimmerten, aufbereitet für den westlichen Blick. Zu guter Letzt erhieltst du die Bestätigung, dass ihr, du und die Deinen, trotz der Niederlage noch gesiegt hattet. Du hast den Fall der Mauer, die Auflösung des Sowjetkommunismus noch miterlebt, und wenn ich dich recht kenne, hast du den Tag mit einem Glas gut gekühlten Rieslings gefeiert. Und du hattest auch allen Grund zum Feiern, wenn selbst Norwegen, diese in deinen Augen eher lächerliche sozialdemokratische Konstruktion, zu allem Überfluss eine demokratische Partei bekommen hat, die sich für deine Themen einsetzt, Ausländerfeindlichkeit und Rechtspopulismus.

Der größte Feind der Nazis war der Kommunismus: die jüdisch-bolschewistische Weltherrschaft, die mit allen Mitteln bekämpft werden musste. Im Kalten Krieg, nach der Niederlage Deutschlands, war der Kommunismus der Hauptfeind des Westens. Für Leute wie meinen Vater bot die sowjetische Expansion in Europa die Chance, die Sowjetunion und den Kommunismus als Feind anzusehen. Das sorgte außerdem für die Überzeugung, der Krieg gegen die Sowjetunion sei im Grunde gerechtfertigt gewesen, ja, er sei notwendig gewesen, wenn auch durch die Verbrechen der SS pervertiert. Es muss bei den Deutschen, so auch bei meinem Vater, das Gefühl der Niederlage abgemildert haben, als sie erlebten, dass Deutschland zu Europas führender Industrienation wurde, und das so kurz nachdem die Zivilbevölkerung bei Kriegsende in Schutt und Asche gebombt worden war.

Heute gibt es nur noch eine globale Ideologie, dachte ich, als ich mit all den anderen Touristen zwischen den Resten der Berliner Mauer herumlief, den Kapitalismus. Doch der wird selten als Ideologie verstanden, eher als Naturgesetz. Die Formulierung *Kräfte des freien Marktes* hört sich an wie der Name einer Befreiungsbewegung.

46

Irgendwann im Herbst 1979 besuchte mich meine Mutter in der Kommune. Ich fand es schön, dass sie sich dafür interessierte, wie es mir ging, aber ich werde nie vergessen, wie peinlich es mir war, als ich bemerkte, dass sie eine Selbstdarstellung mitmachen wollte.

Nachdem sie am ersten Abend bei einigen Selbstdarstellungen zugesehen hatte, stand sie plötzlich auf und trat in die Mitte. Ich konzentrierte mich mit aller Kraft auf den abgewetzten Perserteppich mit seinen schnörkeligen Mustern in verblichenem Gelb auf dem Betonboden vor meinen Füßen. Es war vollkommen still. Nicht mal ein Trommeln war zu hören. Meine Mutter lief mit ihrem grünen Halstuch und in beiger Hose im Ring auf und ab. Muehl klimperte für die erste und letzte Selbstdarstellung meiner Mutter im Hintergrund eine neutrale Melodie. Sie hielt eine kleine Rede, und ich war gezwungen, dazusitzen und zuzuhören, wie sie sich begeistert äußerte über das, was sie gesehen hatte, und anmerkte, wenn mein Vater und sie die Gelegenheit gehabt hätten, hin und wieder auf diese Weise Dampf abzulassen, wäre ihr Zusammenleben um einiges leichter gewesen. Dann wedelte sie kurz mit den Händen, wiegte sich kokett in den Hüften zur Musik, winkte dem Publikum wie ein Mannequin zu und setzte sich wieder an ihren Platz. Enthusiastischer Applaus und Gelächter. Muehl erhob sich von seinem Klavierstuhl und rief in den Applaus hinein: »Jetzt wissen wir, wo Wencke das herhat!«

Es hätte schlimmer kommen können, dachte ich.

Anlässlich von Mamas Besuch wurden wir in die 1. BAG eingeladen. An diesem Abend war die Atmosphäre in Muehls Arbeitszimmer sehr entspannt. Es roch wie üblich nach Ölfarben und Tabak. In einer Ecke standen frisch bemalte Leinwände zum Trocknen sowie Staffeleien, Pinsel in Wasser, Skizzenblöcke und Kunstbücher. Gut gelaunt unterhielt er sich mit meiner Mutter. Er saß mitten an der Längsseite des großen Tischs, eingerahmt von »den obersten Frauen«: Clara, Tessa und Evelin – auch *Die drei Grazien* genannt – auf der einen Seite, und Heike, Madita und Greta auf der anderen. Am Tisch saßen auch die anderen, die zur 1. BAG gehörten oder an diesem Abend eine Audienz gewährt bekamen, wie meine Mutter. Der erste diesjährige Eiswein aus der Umgebung wurde serviert, ein ausgesuchter Dessertwein, der aus Trauben nach dem ersten Frost gemacht wird. Mama drehte sich eine Zigarette. Muehl hatte gerade von den sinnlosen Kunstinstitutionen Österreichs gesprochen, hatte einen kurzen Vortrag über die Situationisten gehalten, bei dem jemand mitschrieb, und skizzierte nun seine Pläne für die unmittelbare Zukunft der AAO.

Begann ich mich in Muehls Nähe heimisch zu fühlen? Der erste Eindruck eines Menschen ist dem Klischee zufolge der richtige. Als ich Muehl an besagtem Herbstabend 1976 zum ersten Mal sah, empfand ich Distanz und Angst. Zum einen war es ausgeschlossen, dass man ihm gegenüber als gleichwertiger Mensch auftrat. Wie sollte ich mich einem Menschen nähern, der immer das erste und letzte Wort haben musste und konsequent Bewunderung und Begeisterung erwartete, ja regelrecht verlangte? Gleichzeitig war es schwer, sich seiner Energie und seiner zeitweise unterhaltsamen, gelegentlich auch Furcht einflößenden Beherrschung des gruppendynamischen Spiels, die er an den Tag legte, zu entziehen. Es schien, als hätte ich mich an ihn gewöhnt. Er kam mir jünger vor. Ich fühlte mich ihm gegenüber nicht mehr gar so unsicher. Und er hatte mir Chancen gegeben, nicht wahr? Für mich war er nicht länger Muehl, sondern Otto.

An diesem Abend empfand ich Zugehörigkeit und vielleicht auch Stolz, meiner Mutter den Avantgardekünstler und sein engstes Umfeld vorzustellen. Dass Mama mit eingeladen war, vermittelte mir in Muehls Atelier ein Gefühl von Familie. Er bezog Mama ein, flirtete ein wenig mit ihr, ja, es sah so aus, als würde er sie für sich einnehmen. Meine Wangen brannten.

Plötzlich hielt Muehl in seinen Ausführungen über die interessante Zukunft der AAO inne und wandte sich an meine Mutter: »Was hältst du von mir, leiste ich gute Arbeit?«

Alle Augen waren auf Mama gerichtet.

»Du kleiner Hitler«, bemerkte sie nüchtern.

Alle sahen Muehl an. Stille.

Dann brach er in schallendes Gelächter aus und warf meiner Mutter von der anderen Tischseite her eine Kusshand zu.

Der Schnee kam in diesem Jahr früh. Mama war 58 Jahre alt. Drei Jahre jünger, als ich es heute bin. Es war mein drittes Jahr am Friedrichshof. Six more years to go.

47

Was für eine Beziehung hatte ich zu Muehl?

War sein Ich so stark oder unser aller Ich so schwach, dass er uns in den Schatten stellte? Brachte er uns von innen her zum Leuchten? Oder hielten wir ihn hoch und ließen ihn strahlen? Waren wir eine Clique politischer Utopisten – therapiebedürftig oder künstlerisch avantgardistisch –, die den Drang verspürte, Grenzen zu überschreiten und von großen Ideologien mitgerissen zu werden? Zweifellos wahr ist zumindest, dass Muehl glänzte und hämmerte. Keiner konnte seine unregulierten Ideen, seine Energie – oder war es Aggression? – übersehen, egal, ob er sich abgestoßen oder angezogen fühlte. Muehl zog die Aufmerksamkeit aller auf sich. Wie dunkle Materie. Auf eine grelle Leinwand.

Ich erinnere mich, wie ich zum allerersten Mal widerstrebend das vollkommen Absurde an Muehls zunehmender

Selbstüberhöhung wahrnahm. Es war ein schöner Nachmittag im Juni, wir machten einen Spaziergang über die Felder rund um den Friedrichshof. Gemeinsam mit Muehl. Ein paar Kommunarden, die in der Großküche, in der Schreinerei, auf dem Grundstück oder im Stall arbeiteten, kamen freudestrahlend angelaufen, um Muehl zu begrüßen und dem Gutsherrn zu berichten, was sie gerade taten, als wären sie Dienstboten oder Leibeigene. Für den Bruchteil einer Sekunde sah ich plötzlich klar und konnte angewidert erkennen, in was sich der leicht übergewichtige Muehl verwandelt hatte: einen Feudalherrn auf seinem Gutshof. Doch ich brauchte bloß ein paarmal zu blinzeln, schon stand ich wieder mit dem charismatischen Künstler zusammen, der von eifrigen Schülern umringt wurde.

Das Gleiche erlebten möglicherweise auch Besucher, ob Prominente, Künstler, Intellektuelle, Kulturschaffende oder Politiker. Vielleicht dachten sie hinterher, was für ein größenwahnsinnger Affe – aber sie sagten es nicht, während sie um ihn herumstanden. Solange sie in seinem Dunstkreis waren, lachten sie angesichts seiner überraschenden Formulierungen, Witze, abwegigen Behauptungen und Interpretationen oder schnappten nach Luft. Sie blieben da, blieben stehen oder sitzen. Alle. Er setzte sich über soziale Codes hinweg, wie Charismatiker, Psychopathen, Künstler oder Komiker es nicht selten tun. Das setzt Furchtlosigkeit, eine gewisse Kälte, eine Art narzisstische Souveränität und einen gefährlichen, ungezähmten inneren Drang voraus.

Muehl sah die Menschen. Darum hielten alle die Luft an. Er hatte einen instinktiven Blick für die Schwächen anderer. Und für ihre Größe. Normalerweise sagt man anderen Menschen nicht ins Gesicht, was man über sie denkt. Doch das tat Muehl. Was oft einen absoluten Überrumpelungseffekt hatte. Mal behauptete er, jemand habe ein charmantes Wesen oder mache sich durch seine Redeweise lächerlich, über jemand anders sagte er vielleicht, er brilliere aufs Albernste mit unverdautem Wissen. Gern fragte er dich, warum du so entsetzlich enttäuscht, so freudestrahlend, erbost, hasserfüllt, lustig, gekränkt oder traurig aussahst. Er konnte direkt auf dich zugehen und das Wesentliche ansprechen. Absolut schreckliche Dinge. Oder das Wunderbare. Das Bedeutungsvolle. Würden sich alle so verhalten wie er, wäre es in sozialer Hinsicht unerträglich.

Seine Freiheit, Grenzenlosigkeit und Rücksichtslosigkeit bestand auch darin, dass er sich selbst nicht ausnahm. Ganz im Gegenteil, er war immer persönlich in dem Sinne, dass er sein eigenes Ich offenbarte, seine guten und schlechten Motive. Ohne zu zögern, konnte er an sich selbst Rufmord begehen, sein eigenes Verhalten, sein Aussehen, seinen Hintergrund ins Lächerliche ziehen. Er stellte seine eigene Bedeutungslosigkeit zur Schau, seine infantilen Bedürfnisse, albernen Begierden und Träume, seine großen Ideen, seine grandiosen Vorstellungen und seine megalomanen Ausblicke. Oder einfach nur Scherze. Kokettiererei. Situationskomik, Schmierentheater, vulgären Populismus, Kalauer auf Kalauer.

Es wirkte so, als gäbe es in dem Moment kein Mittelding zwischen Gemütlichkeit und Blutvergießen. Als ließe sich kein Mittelweg mehr finden zwischen Konformität und Revolution. Teil der Vorhut oder der jubelnden Masse zu sein war das Alleinseligmachende.

Außerhalb der Kunst war das natürlich nur zerstörerisch. Alle wollten von ihm gesehen werden. Aufgewertet. Alle fürchteten seine zerstörerische Kraft. Seine Unberechenbarkeit. Es war nicht einfach, von dem vermeintlich Freien, dem Grenzenlosen nicht fasziniert zu sein. Es schien, als bräuchte er die soziale Anerkennung nicht, nach der wir alle lechzten, oder als bräuchte er sie so über die Maßen, dass er sie erzwang. Dass er es übertrieb und ihn die Übergriffe berauschten. Dass der fehlende Widerstand ihn immer weiter trieb. Konnte er sich alles erlauben, weil er niemanden brauchte? Vielleicht verhielt es sich in Wahrheit genau umgekehrt: dass er mehr als alle anderen die Anerkennung brauchte und gewillt war, alle denkbaren Methoden anzuwenden.

Er hatte eine ungewöhnlich starke Ausstrahlung. Was immer ich über ihn dachte, ich ließ alles fallen, was ich in den Händen hielt, wenn er kam.

48

Der Spätsommer 1981 war heiß und schwül. Trotzdem habe ich ihn als hoffnungsvoll in Erinnerung. Es geschah etwas Neues. »Freiheit ist ein schwieriger Begriff«, meinte Michael, der sich mit einer leeren Kaffeetasse in der Hand auf dem Stuhl nach vorne beugte. Michael gehörte zu den Intellektuellen am Friedrichshof. Er sagte es zu Aike, den wir den Professor nannten und der gerade voller Eifer über Freiheit und Mitbestimmung gesprochen hatte. Aike grinste leicht arrogant. Er war etwas älter als die meisten von uns und in etwa zur selben Zeit in die Kommune gekommen wie ich. Schweißperlen glänzten auf seiner Stirn, obwohl er nur Shorts trug. Es herrschten über dreißig Grad, und der Indian

Summer dieses feuchten September trieb uns alle ins Haus. Die Klappläden vor dem offenen Fenster in Claras Zimmer waren geschlossen, die Sonne sickerte durch die Lamellen. Draußen vermischten sich Kinderstimmen mit einer Erwachsenenstimme. Wir tranken Mineralwasser aus grünen Flaschen. Ich musterte Aikes feuchtes Gesicht von der Seite. Er hatte die Bücher *Die inflationäre Struktur des Kapitalismus* und *Kommune, Frauenrolle und Utopie: Der Friedrichshof* geschrieben. Wie schaffte er es, sich als früherer Marxist und Homosexueller in der Hierarchie und Gemeinschaftssexualität zurechtzufinden? Sein Gesicht hatte auch immer einen leicht gequälten Ausdruck, wenn er sich leicht gebeugt zwischen den Gebäuden des Friedrichshofs bewegte, in ständiger Vorbereitung neuer interner Vorträge über Geschichte, Politik und Philosophie.

Clara saß mit dem Rücken zum Fenster unruhig auf einem Sprossenstuhl. Ihr eleganter muskulöser Körper sah wie immer aus, als wäre sie auf dem Sprung. Ihre Mundwinkel zuckten wiederholt. Anfangs hielt ich es für ein Lächeln, aber es war ein nervöser Tick, der ihr eine freundliche Ausstrahlung verlieh. Frauen wie Männer verfielen ihrer Schönheit und umschwirrten sie wie die Fliegen. Ihre olivenfarbene Haut und ihre hübsch geformte Nase verliehen ihr ein italienisches Aussehen, sie kam jedoch aus der deutschsprachigen Schweiz. Ich sah zu ihr auf, fühlte mich in ihrer Nähe aber etwas eingeschüchtert.

Gitta saß zurückgelehnt auf dem Sofa und sagte nicht viel, sie war eher der besonnene, beobachtende Typ. Ich vertraute ihr zu hundert Prozent. Außer Clara gehörten alle im Raum der 2., 3. oder 4. BAG an. Clara war eine Ausnahme, von den anderen Angehörigen der 1. BAG wollte keiner dieses Zimmer mit uns teilen, aus Angst, die eigene Macht zu verlieren. Darüber mussten wir unbedingt reden: die Machtverteilung und den Mangel an demokratischer Mitbestimmung.

»Okay«, sagte Clara, »unsere Untergrundaktivitäten dauern jetzt schon lange genug. Worauf warten wir noch?«

»Hä!« Michael zuckte zusammen.

»Es sind schon Gerüchte über unsere Treffen im Umlauf«, Clara lächelte nervös, »wir müssen das Risiko auf uns nehmen, unsere Ideen öffentlich zu machen«.

»Unsere Ideen öffentlich machen!«, ich riss die Augen auf und unterdrückte das Ziehen im Bauch. »Hm, das kannst nur du machen«, meinte ich und war selbst überrascht über meinen herausfordernden Blick in ihre Richtung. Michael erhob sich und lief aufgeregt hin und her. Es sah etwas komisch aus, weil seine großen Füße in den Sandalen dabei stark nach außen zeigten. Er fischte eine Zigarette aus der Tasche, zündete sie an und nahm einen tiefen Zug, dann wedelte er mit der anderen Hand und sagte entschieden: »Wir müssen zuerst ein Demokratisierungsnetzwerk bilden mit Leuten aus den Stadtgruppen, denen wir vertrauen können. Es ist noch viel zu früh, unsere Pläne mitzuteilen, wir haben doch erst angefangen zu denken, zu reden, wir müssen uns zuerst organisieren ...«

»Nein«, fiel Clara ihm entschieden ins Wort.

Michael blieb überrascht stehen.

»Unsere einzige Chance, Bewegung in die Sache zu bringen«, fuhr Clara fort, »ist, Muehl mit einzubinden, am besten machen wir das Ganze zu seiner Idee. Alles andere, was direkt von uns kommt oder gar von den Kommunarden in den Stadtkommunen, wird sofort abgebügelt – von meinen, unseren Konkurrenten und von Muehl.«

Gitta sah auf die Uhr. »Abendessen«, verkündete sie und fügte hinzu: »Clara hat recht.«

Unsere inoffizielle Denkfabrik war eines Abends mehr oder weniger zufällig entstanden, als wir fünf – Michael, Aike, Gitta, Clara und ich – in Claras Zimmer saßen und zu benennen versuchten, was unserer Meinung nach schon viel zu lange bei vielen Kommunarden Unzufriedenheit hervorrief. Clara war unsere Frau geworden, sie, die jeden Abend zu Muehls rechter Seite saß. Sie war die Nummer zwei in der Hierarchie, nach Muehl. Clara verfügte damals noch über eine gewisse Selbständigkeit und ein gewisses Talent für Opposition. Außerdem legte Muehl – allerdings nur, wenn es ihm in den Kram passte – Wert auf Leute mit Eigensinn und Mut zum Widerspruch.

Anfang der 1980er Jahre brodelte es heftig im ganzen AAO-Reich. In allen Kommunen, aber auch am Friedrichshof waren Leute besorgt über die Entwicklung. Die kapitalistische Wende hatte zu neuen sozialen Unterschieden in der AAO geführt. Die Finanzleute genossen unwillkürlich einen höheren Status, auch wenn sie wenig Einfluss darauf hatten, wofür das Geld, das sie verdienten, verwendet wurde. Das entschied die Elite am Friedrichshof. Die Hierarchieabstimmungen, die möglicherweise einmal zur Bewusstmachung beigetragen hatten, hatten unmerklich dafür gesorgt, Klassengrenzen zu zementieren. Manche hatten die ewige Psychologisierung und die gegenseitige Verhaltenskritik satt. Zudem stand ich nicht allein mit meiner Skepsis gegenüber der zunehmenden Isolierung der AAO von der übrigen Gesellschaft. Schließlich hatte gerade der Austausch mit den Besuchern, mit Intellektuellen, politisch engagierten Menschen, Kulturschaffenden und Künstlern in der Anfangszeit so belebend gewirkt. Manche grummelten, wir würden mehr einer Sekte ähneln als einer zukunftsorientierten sozialen Alternative. Das Problem war, diese Kritik in Worte zu fassen, ohne sich zu disqualifizieren und andere mit in den Abgrund zu reißen.

Wir hatten uns schon immer geduldig in Trial and Error versucht und hofften daher, wir befänden uns im Augenblick lediglich in einer schwierigen Entwicklungsphase, die von etwas Besserem abgelöst werden würde. Das Problem war, dass es uns allen nicht leichtfiel, Raum zum Reden, Denken und Entwickeln von Kritik zu finden. Die Rangordnung und der Mangel an Rückzugsmöglichkeiten erstickten alle Ansätze zur Opposition. Liebesbeziehungen und exklusive Freundschaften galten als Verhinderer von Offenheit und Gemeinschaft. Ich war zu der Zeit ziemlich verunsichert, weil Gerüchte aufgekommen waren, wonach die skandinavischen Kommunen und auch die Stadtgruppe in Amsterdam von »zu wenig Disziplin und zu geringem Bewusstseinsniveau« geprägt seien, was meinem »liberalen Führungsstil« geschuldet sei.

Meine Position war zunehmend gefährdet.

49

Die Gespräche in Claras Zimmer hatten sich im Herbst 1981 schon ein halbes Jahr lang hingezogen. Kam der Herbst sehr früh? Roch ich den ersten Schnee schon Wochen, bevor er fiel, indem ich ganz still dastand und die Nasenflügel in den Ostwind hielt, der von der ungarischen Grenze herüberwehte? Ich weiß es nicht. Was ich weiß, ist, dass wir weiterhin über den existenziellen Systemdruck diskutierten, in dem jeder Einzelne von uns lebte. Wir sprachen vor allem über das Problem eigenmächtiger wirtschaftlicher Entscheidungen.

In der AAO fungierte Bendik als eine Art selbsternannter Finanzminister. Er war von der ersten Stunde an dabei gewesen und genoss Muehls Vertrauen. In den letzten Jahren hatte er viel Arbeit in die Organisation der zunehmend komplexeren wirtschaftlichen Verhältnisse der Kommune gesteckt, was auch die Kontaktpflege zu lokalen und zentralen österreichischen Behörden umfasste. Mit den neuen Einnahmequellen aus Aktienverkauf und eigenen Firmen war ein großes Netzwerk entstanden, das es zu managen galt, meilenweit entfernt von den einfachen Rechnungsbüchern der ersten Haushaltskassen. Wo das Geld ist, ist auch die Macht. Bendik war keineswegs von der Gemeinschaft in direkter Demokratie zum Verantwortlichen für die ökonomische Situation der Kommunebewegung gewählt worden, er hatte sich seine Position zusammen mit Muehl erschaffen, wodurch er große informelle Macht hatte. Das zu akzeptieren fiel den verschiedenen Kommunen, die den Friedrichshof – ohne jegliches Mitbestimmungsrecht hinsichtlich der Geldverwendung – mitfinanzierten, zunehmend schwer.

Der wundersame Geldfluss aus den Aktienverkäufen in Amsterdam fand übrigens ein jähes Ende. Eines Tages stand die holländische Polizei vor Mr. Scotts Tür. Die Telefonanschlüsse wurden gesperrt. Das war's. Die Amsterdamer Kommune wurde über die Köpfe der Bewohner hinweg »abgewickelt«, und alle Mitglieder wurden auf die noch existierenden deutschen Stadtgruppen verteilt, die rentabel wirtschafteten und Erfolg mit dem Aufbau eigener Firmen hatten. Die Kommunen erlebten einen Schwund an erfolgreichen Verkäufern und Händlern, und so begann ein Verfahren, das zum Zusammenschluss der AAO-Kommunen führte. Es war der Beginn eines Zentralisierungsprozesses, der nach einer Dreijahresperiode damit endete, dass es nur noch wenige große Kommunen gab, deren Firmen gutes Geld verdienten: Zürich, München, Düsseldorf, Hamburg, Berlin, Paris und Wien. Alle anderen Kommunen wurden sukzessive aufgelöst. Marktlogik. Deregulierung. Effektivierung. Bendik war die treibende Kraft hinter dieser Zentralisierung, und viele waren damit nicht einverstanden.

Den ganzen Herbst über saßen wir in Claras Zimmer und sprachen über das Bedürfnis nach einem breiten Forum mit gewählten Repräsentanten aus allen Kommunen, die wichtige gemeinsame Entscheidungen trafen. Clara hatte Muehl tatsächlich von unseren Gesprächen erzählt, und anscheinend empfand er Sympathie für unsere Zusammenkünfte. So gelangten unsere Diskussionen trotz des Widerstands von Claras Konkurrenten in die obersten Kreise der 1. BAG und wurden dort weiter diskutiert. Wir waren begeistert.

Doch dann, kurz vor Weihnachten 1981, knallte es.

Leo aus der Düsseldorfer Kommune stieg eines Abends in den offenen Ring für Selbstdarstellungen in dem imposanten neugebauten Versammlungshaus am Friedrichshof, das vom Aktienverkauf in Amsterdam finanziert worden war. Er war an der Entwicklung des ersten erfolgreichen kommuneinternen Verkaufsunternehmens in Deutschland beteiligt gewesen und war ein freundlicher besonnener Deutscher. Nun trat er in die Mitte der Versammlung und pries die Gerüchte einer neuen Demokratisierung. Eines neuen Frühlings. Das hätte er besser nicht getan. Sein Vorgehen war viel zu direkt und zu wenig strategisch, es war eine – wenn auch indirekte – Kritik an Muehl. An diesem Abend bekamen Clara, Michael, Aike, Gitta und ich den Namen *Die Viererbande* verpasst, obwohl wir zu fünft waren. Muehl inszenierte eine großartige Vorstellung, in der unsere »Konspiration« bloßgestellt wurde. Es kam uns vor, als bebte die Versammlung vor Blutdurst und Furcht. Blicke wurden getauscht. Körper wechselten auf den glatten Sitzflächen der neuen Stühle unmerklich die Position. Würden diese Enthüllungen nur Folgen für uns fünf haben? Oder würden unsere Freunde und Verbündete mit hineingezogen?

Muehl begann strategisch geschickt damit, Claras direkte Konkurrentinnen, Evelin und Tessa, einzubeziehen, die Clara schon seit vielen Jahren um ihr künstlerisches Talent und ihre Beliebtheit beneideten. Sie hatten Angst vor den Konsequenzen der Demokratisierungsgespräche. Sie hatten ihre Macht von Muehl erhalten und kein Interesse an einer Schwächung seiner Position. Aufgeputscht vom Adrenalin ihres Jagdinstinkts stellten sie sich nacheinander vor die Versammlung und berichteten von Details, die sie aufgeschnappt hatten von dem, was plötzlich wie ein Komplott gegen die Gemeinschaft erschien. Vermutlich hofften sie, sich mit ihren Aussagen als Getreue zu inszenieren, zudem unterstrichen sie ihre Loyalität und grundsolide Einstellung, ja ihre Kommuneintegrität.

Wie so oft war es nicht leicht, Spaß von Ernst zu unterscheiden. War es eine burleske Inszenierung voller Ironie und historischer Referenzen, eine Parodie politischer Reden, bei der man auf keinen Fall ins Fettnäpfchen treten und auf einer unmittelbaren Verbindung zwischen Sprache und Wirklichkeit bestehen durfte? Oder war es das Begräbnis der gärenden Demokratiebestrebungen? Keiner aus der frisch gekürten *Viererbande* hatte seine Zweifel, weshalb wir an diesem Abend nicht besonders redegewandt auftraten. Mit Ausnahme von Clara natürlich, die nach den ersten Argumentationsversuchen begriff, dass die Sache gelaufen war. Anstatt uns und unsere Ideen zu verteidigen, stellte sie die Denkfabrik als eine Bande emotional verdorbener linksradikaler Möchtegerne dar, die sie verführt hätten.

Die Party und die Enthüllungen gingen oben bei Muehl, wie es hieß, weiter, wo er zu diesem Anlass genug Leute eingeladen hatte, um für eine weiterhin erregte Stimmung zu sorgen. Joints, die herumgereicht wurden, befeuerten die Kreativität der vielen Zeugen und Ankläger. Erst spät in der Nacht kamen wir von der *Viererbande* ins Bett.

Clara, die viel strategischer dachte als wir anderen, konnte mit Mühe einer Degradierung entgehen. Sie behielt ihre Position als Nummer zwei hinter Muehl, aber sie war angezählt. Danach wich sie nie wieder von der Seite der Macht, was ihr auf lange Sicht nicht gut bekam. Wir anderen wurden abgesetzt, das heißt, wir stürzten von unseren Plätzen in der Hierarchie. Aber das war in Ordnung, wir hatten das schon viele Male erlebt. Dumm war, dass wir gegen Bendiks finanzielle Alleinherrschaft nichts hatten ausrichten können und dass es fast ein Jahr dauern sollte, bis jemand wieder das Wort Demokratisierung in den Mund nahm. Zu dem Zeitpunkt saß ich erneut fest im Sattel in der 2. BAG, wo ich auch gewesen war, als die *Viererbande* aufflog. Doch der Makel ließ sich nie ganz beseitigen.

50

Die selbsternannte Avantgarde der AAO-Kommune erkannte mit der Zeit, wie sehr wir bedauerlicherweise in den alten Strukturen festhingen, von denen uns die Therapie, die Kunst und das soziale Experiment eigentlich befreien sollten. Daher war es wichtig, die Begrenzungen der erwachsenen Mitglieder anzuerkennen und die Hoffnung auf die Menschen der Zukunft zu legen, die neuen Menschen, das heißt die Kommunekinder, die ohne die Beschädigungen der bürgerlichen Kleinfamilie und die korrumpierenden Auswirkungen der kapitalistischen Konsumgesellschaft auf Körper und Geist aufwuchsen.

Ich hatte bisher zu keinem Zeitpunkt erwogen, Mutter zu werden. Seit meiner Jugend hatte ich mich instinktiv in einem Alternativprogramm, einer Gegenkultur bewegt. Ich war vollauf damit beschäftigt gewesen, mich in der Hoffnung auf ein anderes Leben von der Mutter in mir zu lösen. Doch Anfang der 1980er Jahre wurden mehrere Frauen in meinem Umfeld schwanger und bekamen Kinder. Muttersein ist sehr ansteckend, und mit einem Mal erschien es denkbar und zugleich wünschenswert. In einer Kommune Kinder zu bekommen war schließlich etwas völlig anderes als in den engen Grenzen einer Kleinfamilie, in der Frauen auf die Fortpflanzung reduziert wurden. Außerdem ging die Kommune vielen elterlichen Konflikten aus dem Weg, indem sie die Fallen der Zweisamkeit umschiffte. Wilhelm Reich hatte schon in den 1930er Jahren behauptet, die autoritäre Kleinfamilie unterbinde die natürliche Entfaltung des Kindes und lege die Grundlage für eine neurotische Lebensführung. In der AAO wurde der biologischen Elternschaft wenig Bedeutung beigemessen. Die Gemeinschaft war die wahre Elternschaft, was zählte, waren die sozialen Bindungen. Dachten wir. Die leiblichen Väter der am Friedrichshof geborenen Kinder waren nicht bekannt, es ließen sich höchstens Vermutungen anstellen.

Plötzliche Übelkeit. Erbrechen bei Kaffeegeruch. Panik beim Gedanken an die Verantwortung, die Gefahren, die Abhängigkeit. Mit der skandalösen Auflösung der *Viererbande* hatte ich einen Schuss vor den Bug bekommen und konnte mich niemandem anvertrauen. Selbst Daniel, der immer noch mein Freund war, versuchte ich, mit meiner Paranoia zu verschonen, den ewigen Klagen und der wiederholten Kritik, für die es keine Belege gab. Ich schwieg zu allem, was wichtig war. Wie die Deutschen nach dem Krieg. Die Feigheit war zur Gewohnheit geworden.

Nachdem sie erlebt hatten, wie es Systemkritikern ergehen konnte, waren die Leute vorsichtig, wem sie was anvertrauten. Die erfrischende Offenheit und direkte Kommunikation der ersten Jahre wich einer Unkultur der Furcht. Es konnte in der Folge sehr belastend sein, anvertraute Dinge für sich zu behalten. Man konnte sich verraten oder in eine schwierige Situation geraten, in der man versucht war, sein Wissen einzusetzen, um sich einen Vorteil zu verschaffen. An jenem Ort, der sich seiner einzigartigen Gemeinschaft rühmte, begann ich mich einsam und verlassen zu fühlen. Die Kritik münzte ich um in Selbstvorwürfe, die in einer rührenden Mischung aus Vertraulichkeiten und dem Versuch einer ideologischen »Einordnung« im Tagebuch zum Ausdruck kamen.

Doch dann wurde ich von der Realität eingeholt. Ich war schwanger. Im Juli. 1982.

Kurz nachdem ich schwanger geworden war, geschah ein fast vergleichbares Wunder. Wir konnten es kaum glauben: Es kam zur ersten demokratischen Wahl in der AAO. Zu einem neuen Frühling. Wie Clara vorhergesagt hatte, musste eine Demokratisierungsinitiative, wenn sie Erfolg haben wollte, von ganz oben kommen, damit Muehl sich einbilden konnte, er habe die Idee gehabt. Muehl begann allmählich, paranoide Züge zu entwickeln, auch wenn wir es nicht so nannten. Das Wachstum, der Geldfluss, alles war sehr kompliziert geworden und begann ihm, dem Aktionskünstler mittleren Alters, der am liebsten einen kleinen Kreis von Bewunderern um sich scharte, einen Joint und ein Glas Wein teilte, über Kunst redete und neue geniale Ideen ausbrütete, zu entgleiten.

Seine neueste Idee bestand darin, geheime Wahlen für eine demokratisch gewählte Leitungsebene mit Vertretern aller Kommunen abzuhalten. Er scherzte damit, dass er ja möglicherweise abgesetzt würde und welche Erleichterung es für ihn wäre, endlich all seine Zeit der Kunst widmen zu können! Auch deutete er an, es sei unsere Aufgabe, ihn und seine Autorität zu überwinden, und nicht seine Aufgabe, die Macht abzugeben.

In der ersten Wahlrunde ging es um die Rangordnung am Friedrichshof. Zur gleichen Zeit sollten in allen Kommunen vergleichbare Geheimwahlen durchgeführt werden. Die gewählten Repräsentanten sollten dann einmal jährlich zur *Generalversammlung* am Friedrichshof zusammenkommen, wo finanzielle und andere wichtige gemeinsame Entscheidungen getroffen würden.

Im Sommer 1982 folgten ein paar begeisterte und anstrengende Wochen mit Wahlkampf. Das Ganze verlief ziemlich unorganisiert. Beim gemeinsamen Abendessen am Friedrichshof wurden flammende Wahlkampfreden geschwungen, alle konkurrierten mit allen. Wir duellierten uns, indem wir die eigenen Vorzüge hervorhoben und die fehlende Eignung anderer anprangerten. Aggressive Konfrontationen, humorvolle Reden, kämpferische Appelle, absurde Vorschläge und sehr selten auch gute Analysen und Kritik lösten einander ab. Muehl fungierte dabei als eine Art Zeremonienmeister und versuchte, aus allem möglichst viel Unterhaltung und künstlerische Gestaltung herauszuholen. Lediglich Clara forderte offen seine Position heraus, was für die meisten vor allem Unterhaltungswert hatte.

Einen Monat später und eine Woche nach der Wahl mit hundert Prozent Wahlbeteiligung in allen Kommunen saß ich in Muehls sogenanntem kleinen Atelier in der 1. BAG. Ich mochte den Geruch der Ölfarben, der in diesem Raum, in dem er malte, las und schrieb, stets in der Luft hing. Vom kleinen Atelier führte eine Tür zum großen Atelier. Dort standen ein Flügel sowie ein großer Tisch mit vielen Stühlen. Hier kam die Erste Gruppe nach der abendlichen Selbstdarstellung zusammen. Auch Sitzungen und offizielle Besuche fanden hier statt. Von dort ging eine Tür zu Muehls Schlafzimmer ab, dem Zimmer im innersten Zentrum der Macht mit einem großen Bett, einem Tisch, ein paar Stühlen und einem Bad. Dies war der Ort für die allerletzte soziale Runde des Tages. Nicht einmal Angehörigen der 1. BAG war der Zugang garantiert.

An diesem Abend, kurz nach der ersten und auch letzten geheimen Wahl in der AAO, saß ich also im kleinen Atelier. Es war der sechste Abend, an dem ich zu Muehls rechter

Seite saß. Ich war von der 2. BAG in die 1. BAG gewählt worden, gleich hinter Muehl, noch vor Clara. Ich war die Nummer zwei.

In dieser Spätsommernacht standen alle Fenster mit Fliegengittern offen, sodass das Zirpen der Grillen zu hören war wie damals im Bett meiner Großmutter in Grundlsee, wo ich zusammen mit meiner Schwester lag.

Statt der geplanten Versammlung mit den gewählten Repräsentanten aller Kommunen hatte Muehl eigenmächtig den *Rat der Zwölf* ernannt. Alle zwölf kamen aus den ersten Reihen des Friedrichshofs, und ich war eine von ihnen.

Das war nichts anderes als ein Putsch. Nicht ein einziger Repräsentant der Stadtgruppen, die das Leben der Elite finanzierten, war dabei. Das nannte Muehl direkte Demokratie. Er hatte sich damit abgefunden, dass Leute in der Hierarchie nach oben oder unten gewählt werden konnten, aber dort hörte die Selbstbestimmung für ihn auf. Und wir läuteten nicht die Stunde der Rebellion ein, wir warfen den paranoiden, selbstherrlichen alten Künstler nicht hinaus, Jahre der Anpassung, des Zweifels und der ständigen Selbstreflexion hatten uns schwach, unsicher und durchschaubar gemacht. Wir waren verdummt.

Mir gegenüber, auf der anderen Seite von Muehls großem Arbeitstisch, saß Bendik, der selbsternannte alleinherrschende Finanzminister des Friedrichshofs. Er hatte seinen informellen Posten behalten. Nervös wischte er sich die Schweißperlen von der Stirn und steckte das Taschentuch etwas unbeholfen zurück in die Hose. Ein Taschentuch? Ja, ein blaues Stofftaschentuch. Ich hatte am Friedrichshof noch nie jemanden mit einem Stofftaschentuch gesehen. Mama hat Papas Taschentücher immer gebügelt. Sie dufteten angenehm nach frisch gebügeltem Baumwollstoff, der nach der Berührung mit dem Bügeleisen noch heiß war. Papas Taschentücher lagen in einem kleinen Stapel im Schrank, der nach einer Mischung aus Waschpulver und Mottenkugeln roch. Seine Taschentücher waren groß, mindestens doppelt so groß wie unsere. Mamas Taschentücher waren dünner und feiner. Die meisten hatte sie selbst genäht, aus Stoffen, die Vater von der Fabrik mit nach Hause gebracht hatte. Konnte mir nicht einfach jemand jetzt ein frisch gebügeltes, noch lauwarmes Taschentuch aufs Gesicht legen, dachte ich.

Am ersten Abend nach Vorlage des Wahlergebnisses machte Muehl eine große Nummer daraus, dass Clara ihren angestammten Platz an mich, die vom Volk Gewählte, abtreten musste, um es ihr leichter zu machen. Ich kam mir vor, als wäre ich aus Luft. Es fühlte sich an wie ein peinliches Missverständnis. Keiner aus der 1. BAG sprach mich direkt an, und meine Redegewandtheit aus dem Wahlkampf war dahin. Muehl hielt Monologe über die Schwächen der Volksherrschaft in der Geschichte. Er sprach voller Bewunderung über mächtige Staatsmänner, um sie anschließend niederzumachen, schließlich waren sie keine Künstler wie er. Ich saß in einem der schwarzen Ledersessel mit Tränen in den Augen und verachtete mich selbst.

Clara warf mir einen prüfenden Blick zu. Die feuchte Haut auf ihren Schultern leuchtete. Evelin schenkte mir mitleidig Wein ein. Sie hatte ziemlich lange Finger. Klavierfinger. Die Luft stand. Möglicherweise brütete ich eine Sommergrippe aus. Dabei hatte ich an einen Neuanfang geglaubt. Ich hatte so viel investiert. Doch man muss die Hoffnung aushungern, um ihr Wirtstier nicht zu blenden und in Versuchung zu führen. Die Hoffnung ist etwas Grausames, sie bindet, macht blind und hält einen fest.

Könnte mich bloß jemand hier herausholen. Ich war so jämmerlich hilflos. Mein Rücken bestand aus einem steifen Material. Ich wusste, hoch über den Dächern des Kommunedorfes waren dünne Wolken. Sie ahnten nichts. Niemand konnte sie im Dunkel der Sommernacht sehen. Zum ersten Mal in meinem Leben fühlte ich mich wie eine Maschine. War ich noch jung? Vielleicht hatte ich tatsächlich Fieber. Vielleicht hing die erhöhte Temperatur aber auch mit dem neuen Leben zusammen, das sich in meiner Gebärmutter eingenistet hatte.

51

Während Norwegen das hundertjährige Jubiläum seines Frauenwahlrechts feierte, verbrachte ich zwei Wochen in Berlin, die von langer Hand vorbereitet worden waren. Wie lange hatte ich mich nach diesem Abstecher gesehnt, ohne es zu ahnen. Ich war aus meinem Alltag ausgebrochen, um mich in ein deutsches Umfeld zu begeben, in etwas, das mich an meinen Vater erinnerte. Die deutsche Sprache, die mich überall in dieser Stadt umgab, hatte eine beruhigende Wirkung auf mich, zusammen mit den verputzten deutschen Häusern, dem Asphalt, dem Brot, den Reinigungsmitteln und dem Müll – alle Gerüche erinnerten mich an die Jahre meiner Kindheit in Deutschland. Gib mir das Deutsche, dachte ich, darin will ich sein, im Verdauungssystem der deutschen Sprache zusammen mit den Deutschen, denen, die im Krieg Verfehlungen begangen hatten, aber auch mit den ernsten unschuldigen Deutschen von heute, die langsam und deutlich sprechen und wissen, wie verführerisch und gefährlich Worte sein können. Die Deutschen sind Nachfahren von Gestrauchelten, und sie wissen, dass auch du fallen wirst, es kommt immer wieder zu einem Fall oder zu mehreren, einer großen Katastrophe. Hier will ich sein, hatte ich gedacht, bei den deutschen Deutschen, in dem Land, in dem alle ihr katastrophales Deutschsein teilen, egal, wie gut ihr Bruttoinlandsprodukt ist. Ein verprügelter Sprachhund kehrt immer wieder zu seinem Herrchen zurück.

Der Sommer stand definitiv bevor. Ich saß auf dem Friedhof in der Nähe meiner Pension, bald würde ich abreisen. Die Kronen der Kastanienbäume waren mit weißen Blüten geschmückt, und der Flieder schickte einen nahezu hysterisch lieblichen Duft über den Friedhof. Ich wusste, dass ich abreisen würde, obwohl ich am liebsten in Berlin geblieben wäre. Morgen. Rückkehr ins Büro. Was ist bloß mit mir los, dachte ich, dass ich so lange in Situationen verharre, von denen ich längst weiß, sie tun mir nicht gut?

Voller Selbstmitleid gönnte ich mir einen Abschiedsspaziergang durch die Straßen Berlins, im Bewusstsein, dass ich die Stadt bald verlassen würde. Ich hatte vor vielen Jahren mit dem Rauchen aufgehört, aber im *Würgeengel*, benannt nach dem gleichnamigen Buñuel-Film, in der Dresdener Straße in Kreuzberg, brauchte ich eine Zigarette. Ich bedankte mich bei der Sechzigjährigen mit toupierten gelben Haaren und einer enganliegenden Lederhose für die Zigarette, die ich von ihr geschnorrt hatte. Lächelnd wischte sie mein Dankeschön beiseite. In der Bar, die an die erste Hälfte des zwanzigsten Jahrhunderts erinnerte und die auch mein Vater frequentiert haben könnte, war der Abend noch jung.

Gab es hier eigentlich noch mehr freizukratzen? Diese beschissene Arbeit beschäftigte mich nun schon lange genug, und ich bezweifelte, dass ich andere Quellen mit Informationen zu den Kriegsaktivitäten meines Vaters finden würde als die Archive, in die ich mühsam Einblick erhalten hatte. Ich trank meinen Whisky in einem Zug. Das Brennen zog direkt in die Schläfen. *Ich hab noch einen Koffer in Berlin.* Marlene Dietrichs Stimme kroch aus den Lautsprechern. Während ich Marlenes einschmeichelnder tiefer Stimme lauschte, betrachtete ich mein leeres Glas. Vielleicht musste man sich der Erkenntnis beugen, dass Verletzungen dauerhafte Bindungen sind und bleiben: wahr, notwendig, brutal und unvermeidlich. Ob es Bindungen an die Eltern sind, an Menschen, die man geliebt oder gehasst hat, oder an ein System, dem man entkommen ist, es bleibt immer etwas zurück. Die Phantomschmerzen der Erinnerung.

Mama sang gern Marlenes Lieder. Musik dringt direkt zu Gefühlen vor, geht nicht über den Verstand. Meine Mutter hat mir auch erzählt, dass mein Vater, als er noch jung war, in warmen dunklen Sommernächten auf dem Weingut bei Maribor gesessen und mit seinen Freunden gesungen hat. Jetzt weiß ich, dass es die fröhlichen Lieder des deutschen Kulturvereins waren. Keine harmlose Singerei. Sie hatten sich Hitlers Zunge geliehen und hofften, dass ihre Maisfelder und Weinreben, die die fruchtbaren Berghänge bedeckten, ihre Häuser, Straßen und ihr Bahnhof einmal Nazideutschland heißen würden, dass Hitlers Krieg die deutsche Minderheit wieder zu den Herren dieser Gegend machen würde, so wie es früher gewesen war.

Trotzdem würde ich meinen Vater immer lieben, wie er da in seiner braunen Lederjacke mit Schirmmütze auf mich zukam und seine große warme Hand mein kleines dreckiges Händchen umschloss. Sie hielt sich nämlich. Die Erinnerung an die große Hand, die mein Händchen umschloss, eine leichte Veränderung der Atmung, dieses Gefühl beim Atmen, das mich mein Herz spüren ließ. War meine Liebe nach seinem Brief von 1984 endgültig angeknackst? »Ich habe diesen Krieg für mein Volk, meine Überzeugung und meine Gesellschaft, aus der ich herausgewachsen bin, mitgemacht. Da gab es keine Alternative.«

Als ich zur Theke ging, um mir ein weiteres Glas zu holen, fasste ich folgenden Entschluss: Wenn ich mir das Recht herausnahm, weiter in seinem Leben zu graben, wenn ich etwas von ihm forderte, musste ich mich derselben Prozedur unterziehen. Eigenes Versagen zugeben. Ich wusste es ja. Wissen ist eine Spur, die der Körper zieht.

52

Das verfallene Gut Friedrichshof hatte sich zu Beginn der 1980er Jahre in eine blühende Siedlung verwandelt, ein fruchtbares Ökodorf, das körperlichen, sozialen und ästhetischen Bedürfnissen gerecht werden sollte. Doch trug es in seinem tiefsten Innern nicht Anzeichen eines Arbeitslagers? Wurden die Menschen einer messianischen Utopie geopfert, der Idee einer künftigen Idealgesellschaft, die – so wie man sie am Friedrichshof zu realisieren versuchte – Ungerechtigkeit und Unfreiheit duldete? Zumindest begann Muehl damals, das Schlimmstmögliche zu sagen: »Du bist ersetzbar. Hier sind alle austauschbar, haben eine Funktion in der Struktur der Gemeinschaft. Dein Wert bemisst sich ausschließlich danach, ob du dieses Ziel erreichst.« Es hatte schon früher begonnen, die systematische Demontage all dessen, was einen Menschen ausmachte. Mit der Zeit geschah es völlig hemmungslos.

Der Druck auf den Einzelnen nahm zu. Die Selbstdarstellungsabende verkamen langsam und unmerklich von einer künstlerisch-therapeutischen Arena – in der man Druck ablassen konnte, in der man sich im heilenden Modus der Irrationalität befand und zuweilen Kritik förderte – zu einem leeren Ritual. Es waren kreative und teilweise unterhaltsame Vorstellungen, die reinsten Reality-Shows, und sie waren ein Forum für unschöne Disziplinierungen. Die aufgezwungenen Ekstasen wurden immer mechanischer. Das autoritäre Erbe, das einmal überwunden werden sollte, wurde lediglich verschoben, bis es schließlich alles durchdrungen hatte.

Öffentliche Belohnung und Demütigung funktionieren bestens, wenn man Menschen kontrollieren oder in eine der Macht dienliche Richtung lotsen will. Was wir kaum wahrhaben wollten, war die Tatsache, dass, wenn wir uns selbst einer Öffentlichkeit, einer Gemeinschaft gegenüber »offenbarten«, dies auch bedeutete, dass wir uns den Normen dieser Gemeinschaft aussetzten und entsprechend Anerkennung oder Ablehnung erfuhren. Das passiert überall und ständig, nicht nur in sektiererischen Gemeinschaften, und vielleicht muss man das Risiko auch eingehen, wenn man nicht nur mit sich selbst reden oder, wie mein Vater, stumm bleiben will. Wir begriffen allerdings nicht, dass das, wozu wir geworden waren, sich nicht umkehren ließ. Jedenfalls nicht ohne Weiteres.

Manche wandten sich von der Kommune ab. Im Grunde hatte es immer Leute gegeben, die nach einer kurzen Probephase die Kommune verließen, aber 1983 kam es zur ersten Auszugswelle. Auszubrechen war tabu. Eine Verirrung. Man verlor jegliche Ehre, wenn man sich von der Elite zurückzog. Lieber in den unteren Reihen der Avantgarde als in den oberen Reihen der Verlierer, der Letzten. Alle Ausbrecher stellten überdies ein Risiko für die Gemeinschaft dar. Einerseits bestand die Gefahr, dass sie Interna und subjektive Wahrheiten an die Öffentlichkeit weitergaben und dem bereits angeschlagenen Ruf der Kommune schadeten. Andererseits brachten viele Auszüge auch ein ökonomisches Problem mit sich, denn die AAO sah sich seit Mitte der 1980er Jahre gezwungen, Aussteigern eine Art Abfindung zu zahlen. Deshalb wurde das Verlassen der Kommune in den grässlichsten Bildern ausgemalt. Man würde auf seine armselige Individualität reduziert, als emotionaler, sexueller und intellektueller Krüppel allein und einsam in einer Wohnung enden, vielleicht auch in einer erzwungenen Notgemeinschaft mit einem entsprechenden anderen Wrack.

Mit Kindern auszuziehen galt als unverzeihlich egoistische, brutale Handlung, die dem Kind einen nicht wiedergutzumachenden Schaden zufügen und seine Zukunft für immer ruinieren würde. Oft wurden potenziell Abtrünnige, wenn sie so ungeschickt oder dumm waren, jemandem ihre Qualen anzuvertrauen, zu Muehl geschleppt, der sie mit einer Mischung aus Überredungsversuchen und Drohungen überschüttete. Häufig lockte er sie mit einem Job am Friedrichshof, mit mehr Kontakt, mehr Aufmerksamkeit. Allerdings endete die Bevorzugung derjenigen, die sich überreden ließen, meist schnell, sobald sie ihre Fluchtgedanken begruben.

53

Ich saß nicht lange zu Muehls rechter Seite. Meine Lähmung und meine negative Ausstrahlung beförderten mich rasch wieder in die 2. BAG. Fragte ich mich, welches Verhältnis ich zu Muehl hatte, wusste ich darauf keine Antwort. Ich glaube, ich schämte mich. Was ist eigentlich Scham? Vielleicht entsteht Scham, wenn unser Interesse an Dingen, unsere innersten Investitionen gestört oder entlarvt, aber nicht ganz ausgemerzt wurden? Es gibt noch irgendeinen Rest. Einen Rest an Interesse oder Lust, an den sich der Körper erinnert und der im Konflikt mit den sozialen Normen in seiner Umgebung steht.

Ich hätte mich am liebsten versteckt. Die Scham kam schubweise und fühlte sich an wie der Verlust jeglicher Würde, weil sie mich in all meiner Schwäche entblößte. Es fiel mir sehr schwer zuzugeben, dass ich neun Jahre meines Lebens dazu beigetragen hatte, das Ego eines größenwahnsinnigen Künstlers zu stärken, der Menschen verletzte, die sich gegen seine grenzenlose Ausbreitung nicht zu wehren vermochten. Allein schon beim Gedanken an mein jubelndes, mitläuferisches, agitierendes Ich wurde mir kotzübel.

Wie mein Verhältnis zu Muehl war?

Mit ihm zu schlafen war okay. Manchmal wurde ich von dem Gedanken abgelenkt, ich könnte die Gelegenheit strategisch nutzen, um wichtige Anliegen an ihn heranzutragen oder mir und anderen einen Vorteil zu verschaffen. Manchmal, vor allem gleich nach dem Akt, entstanden vertrauliche Gespräche und eine Nähe, die ich sonst nicht mit unserem Verhältnis in Verbindung brachte. Ich begehrte ihn nicht, empfand aber auch keine körperliche Abneigung. Aber wer von den Frauen, mit denen ich zusammenlebte, fand Muehl wirklich körperlich attraktiv?

Ich erinnere mich an ein ungewöhnlich vertrauliches Gespräch mit Tessa. Sie lachte laut, als sie erzählte, Muehl stehe auf der Liste derjenigen, mit denen sie den besten Sex hatte, keineswegs ganz oben. »Mit anderen Worten, du tust nur so, als wäre er der Beste?«, fragte ich. Sie wurde ernst und sagte, sie habe gute Gründe, den Mythos von Muehl als Nummer eins aufrechtzuerhalten. »Schließlich ist er die Garantie dafür, dass die männlichen Kommunarden nicht in altes Machoverhalten und Sexismus zurückfallen.« Indem sie einen Patriarchen an der Spitze beließen, einen, der die Befreiung und Anerkennung der weiblichen Sexualität und potenziellen Autorität verlangte, bekämen die Frauen in der AAO einen Spielraum, den sie ansonsten kaum zur Verfügung hätten, erklärte sie mir. »Zum Dank dafür schmeichle ich gern seiner Eitelkeit«, fügte sie lächelnd hinzu.

Endlich. 29. April 1983. Ein ungewöhnlich heißer Apriltag. 28 Grad. Zusammen mit zwei Freunden ging ich zwischen dampfenden Äckern spazieren. Als die Wehen einsetzten, blieb ich stehen, beugte mich vor wie im Gebet und überlegte, ob ich mich in die frisch gepflügte, noch feuchten Furchen legen sollte. Anschließend stundenlanges Auf-und-ab-Laufen in meinem Zimmer. Abend. Die Hebamme war eingetroffen. Leute kamen und gingen. Die Stunden schleppten sich dahin. Draußen Dunkelheit. Drinnen gedämpftes Licht. Unerträgliche Hitze. Erster Blitz und Donnergrollen. Bett. Boden. Bett. Schließlich eine Reihe von Wehen, von denen jede einzelne so heftig war, dass ich fast den Verstand verlor. Blitze. Gehäutet werden.

Das Erste, was das Kind tat, nachdem die Hebamme es zwischen meinen Beinen herausgezogen und mir auf den Bauch gelegt hatte: Es schob sich ein paar Zentimeter hoch bis zu meinem Herzen. Es roch nach Erde und Moos. Ich war gezeichnet. Ein paar Leute saßen auf der Bettkante. Andere standen um das Bett herum. Was für ein Fest. »Raus mit euch«, stöhnte ich.

54

Das war's mit Berlin. Meiner Akutmedizin. Auf Wiedersehen. Blick auf schneebedeckte Bergketten. So viel Platz, so viel Himmel, durch den man fliegen kann. Das Flugzeug senkte sich zum Meer hinunter. Sola Airport. Dann Shuttlebus. Aber ich hätte immer noch in die entgegengesetzte Richtung fahren können, nach Orre. Mich an den Esstisch im Sommerhaus setzen, ans Fenster mit Blick aufs Meer. Stattdessen war ich schon bald auf dem Weg zum Gipfel des Ullandhaug bei Stavanger, die Universitätsgebäude lagen wie eine Handvoll Legosteine in einer Art Fächer unterhalb des Botanischen Gartens verstreut. Meine Augen genossen das 360-Grad-Panorama auf die Halbinsel, auf der Stavanger und der Ullandhaug liegen, zwischen Gansfjord und Hafrsfjord. Mein Blick fiel auf den teilrekonstruierten Hof aus der Eisenzeit. Wie immer dachte ich, dass er eine fantastische Lage hat. Anstelle der heutigen Villengegend, die mich so traurig macht, stellte ich mir die Wälder vor, die hier einst die Berghänge bedeckt hatten, und ich dachte an die Menschen der Eisenzeit, die freien Zugang zu Wildtieren, Fischen, Wasser und Himmel gehabt hatten. Und zueinander.

Auf dem Fußweg durch das kleine Waldstück zu meinem Büro dachte ich: Auch wenn man uns, den Nachfahren der Kriegsteilnehmer, für das Vorgefallene keinen Vorwurf machen kann, wird es sich doch an uns rächen? Uns einholen, uns packen, einen Teil von uns in Besitz nehmen? Auch das, wovon wir nichts wissen, oder vielleicht gerade das. Wird es Verbindungen erzeugen, sich fortpflanzen, eben weil wir es nicht wollen? Was hat das mit uns heute zu tun?

Meine Unversöhnlichkeit. Eine schwedische Freundin – ihre Mutter hat einen jüdischen Hintergrund –, mit der ich von Berlin aus telefoniert hatte, sagte, ich solle mich nicht so aufregen. »Dein Vater und du, ihr habt eine ganz gewöhnliche Geschichte.« Vielleicht. Eine ganz gewöhnliche Geschichte. »Stell dich nicht so an«, hätte Mama gesagt. Im Wald, wo die Laubbäume gerade erst grün wurden, murmelte ich: »Es geht darum, Mensch zu werden. Immer wieder, die ganze Zeit. Da muss man sich schon mal anstellen.«

Im Anschluss an meine Rückkehr nach Stavanger lag ich nachts lange wach. Die Schlafhülle, auf die ich mich immer hatte verlassen können, funktionierte nicht mehr. Die Nacht war zu einem unangenehmen Ort geworden, dem ich nicht trauen konnte. Abstoßende Gedanken kreisten sinnlos in meinem hellwachen Schädel, während der Körper schmerzte und nach Schlaf schrie. Die Tage verliefen im Delirium. Irgendwie schaffte ich meine Arbeit, aber alle Eindrücke waren laut und kantig, und ich brauchte meine geballte Kraft, um den Fokus zu halten. Manchmal überlistete ich meinen Körper mit physischer Erschöpfung. Zog im Schwimmbad von Stavanger meine Bahnen. Brust. Kraul. Rücken. Brust. Kraul. Rücken. Schon nach einer halben Stunde langweilte ich mich zu Tode, trotzdem machte ich weiter. In der Sauna versuchte ich, meine Gedanken auszuschwitzen. Radelte durch das mit Ausnahme von ein paar Einkaufs- und Kneipenstraßen rund um den Hafen so gut wie überall stille Stavanger – heim in meine Apartmentwohnung in Eiganes. Ich verbrachte den ganzen Abend in meinem rechteckigen Zimmer in einem Wohnblock, im Lesesessel. Sah Arbeitspapiere durch. Machte mir Notizen. Las Zeitungen. Bücher. Ich starrte auf die Blutbuche vor dem Fenster. Dunkel vor dem hellen Sommerhimmel.

Ich schrieb. Manchmal warf mich das Schreiben zurück und rief Gefühle oder Situationen wach, die dann sehr lebendig vor mir standen. Dinge, die ich vergessen zu haben glaubte. Das Gedächtnis ist so präzise wie Sand unter den Füßen.

Ich träumte ständig von meinem Vater. Es ist unglaublich störend für den Nachtschlaf, wenn ich Tag für Tag mit dir schwanger gehe, Papa, dachte ich eines Morgens. Es fühlte sich an wie eine umgekehrte Schwangerschaft. Ich begegnete der Welt nicht nur mit geschwollenen, blinzelnden Augen, sondern mit einem grotesk aufgedunsenen Bauch. Ich musste ständig aufstoßen, was mir schon lange die Tage versauerte. Blasse Adern zeichneten eine Karte auf meinen Körper, der ich folgte wie ein alter Hund seinem Herrchen. Der Haarwuchs um meine Geschlechtsteile war kräftig und dicht, das Blut floss zäh in die Unterschenkel und sammelte sich in meinen Schwammfüßen. Ich aß ausschließlich Blutwurst und Sachertorte. »Ich werde dich abtreiben«, sagte ich laut. »Ich werde die robuste Fruchtblase mit einer Stricknadel durchbohren. Mit rotbraun sprudelndem Wasser wirst du als blauweiß vergrößerte Embryowurst herausgespült.

Deine Lungen schreien nach der Luft an Land, aber sie kommen nicht ans Ziel, denn ich lasse dich in der stinkenden Pfütze liegen und durchtrenne die Nabelschnur, deine Brücke zur Vergangenheit, Verbindung unterbrochen, keine Verbindung, du parasitärer Schmarotzer töchterlichen Blutes. Das Licht kann deine Greisenaugen nicht blenden, die Kapillaren werden nicht mit Sauerstoff vollgepumpt, deine Stimmbänder können sich kaum an einem ersten Röcheln versuchen, da spüle ich dich schon den Abfluss hinunter. Das werde ich tun. Sobald ich mich etwas gefasst habe. Etwas Kräutertee getrunken habe. Etwas geschlafen habe. In der Nacht, auf keinen Fall am Tag.«

55

Ich saß in der Straßenbahn zum Osloer Hauptbahnhof, von dort ging es mit dem Flughafenshuttle nach Gardermoen und weiter nach Stavanger. In der Tasche hatte ich wie immer Kleidung, meinen Laptop, zwei Bücher, einen Apfel und zwei Scheiben Brot mit Käse und Gurke. Es war morgens. Ich war froh, nicht im Büro zu sitzen – weder in Oslo noch in Stavanger. All die Stunden, die man in einem Büro verbringt. All die Jahre. Ich pendelte zwischen Büros, die letzten sieben Jahre zwischen Oslo und Stavanger.

Dennoch packte im Herbst nach meiner Rückkehr aus Berlin die Vernunft wieder zu und hatte mich fest im Griff. Ich tat auf den meisten Gebieten des Lebens meine Pflicht. Schrieb Listen. Machte Pläne. Radelte zur Arbeit und zurück. Ich besorgte mir eine Bildschirmarbeitsbrille und Einschlaftabletten.

Trotzdem, dieser unterschwellige Brummton, als wollte er mich davor warnen, dass ich in einer selbst gewählten interessenlosen Distanz lebte. Als bestünde das Ziel darin, in Würde alt zu werden. Nachdem ich so viele Jahre lang stabil in der Normalität gelebt hatte. Seht ihr, ich bin wie ihr, ich habe Familie, eine Ausbildung, gehe zur Arbeit, bezahle Steuern, gehe wählen und fahre in den Urlaub, lese Zeitungen, Bücher, schlucke Kalzium und gehe ins Kino. Nichts davon habe ich von 1976 bis 1985 gemacht, in diesem Ausnahmezustand, in meiner Nervenklinik, meiner Stammeszeit, beim Meister, bei meiner Scham und heimlichen Lust. Jetzt, wo ich die Lorbeeren für meine solide Mitbürgerschaft, meine konstruktive Anpassung und opportunistische Eingliederung einheimsen könnte. Bald kann ich mit Seniorenrabatt verreisen.

Konnte es nicht einfach so weitergehen: lieb und leicht und locker?

An einem Morgen im Spätherbst, einem Samstag in meinem Sommerhaus in Orre, saß ich auf der Sonnenseite des Flusses. Musste endlich damit beginnen, diejenige zu werden, die ich hätte sein können. Mit meinem Kaffeebecher in der Hand hatte ich einen schönen Blick auf die Mittelalterkirche und den Hof auf der anderen Flussseite, wo der Schriftsteller Alexander Kielland in regelmäßigen Abständen fröhliche Tage und Nächte mit Angeln, Frauen, Gedichtlesungen und gutem Wein verbracht hatte. Die geometrischen weißen Flächen der Gebäude leuchteten. Der Hintergrund teilte sich exakt auf, in ein grünes Feld unten und ein blaues oben, wie ein kubistisches Gemälde. Zurück in der Küche, nach einem weiteren Becher Kaffee, fiel mein Blick auf Fotos von

Kindern, die vier Generationen hindurch ihre Ferien in diesem Sommerhaus verbracht hatten.

Wenn wir in meiner Kindheit aus Deutschland hierherkamen, um im Sommer ein paar Wochen in Orre zu bleiben, teilten wir uns das Sommerhaus oft mit der Familie meines Onkels. Ein paarmal, wenn es eng wurde, schlief ich bei Papa im Zimmer, ich dürfte damals zwischen fünf und zehn gewesen sein. Ich lag auf einer Luftmatratze auf dem Boden, zugedeckt mit einer schweren grünen Steppdecke, die seit dem letzten Sommer auf dem Spitzboden gelegen hatte und nach Mottenkugeln roch. Abends lauschte ich. Was immer im Haus vor sich ging, geschah bei mir. Die Holzwände und -decken ließen die Geräusche durch. So lag ich da, die Sonnenwärme noch in der Haut gespeichert, mit Salz und Sand zwischen den Zehen und auf der Kopfhaut, der Geruch nach Kuhmist noch in der Nase vom täglichen Weg über den Fluss zum Stall, um bei den freundlichen Milchtieren zu sein mit allem Trost dieser Welt und niemandem, der ihnen hilft, für immer in ihren Boxen festgebunden. Ich schlief bei offenem Fenster, hörte beim Einschlafen den Fluss gluckern und den Wind an den Fensterhaken rütteln. Wenn ich mich unter der Steppdecke umdrehte und Papa es mir nachtat, kreischten die Federn des alten Eisenbetts unter seinem Gewicht. Einatmen. Ausatmen. Meine kleinen Atemzüge in Papas großen. Später habe ich den Körper meines Vaters als verschlossen in Erinnerung. Die Sicherheitszone um ihn herum, um die wir – wachsam und abhängig, alles andere als gleichwertig – kreisten: »Er ist zurück.« »Er ist im Wohnzimmer.« »Er ruht sich aus.« »Er schaut die Nachrichten.« »Er isst.« »Er ist schlecht gelaunt.« »Er fährt.« »Er ist wütend.« »Er braucht Ruhe.«

Aber ich war kein Kind mehr. Jetzt war ich im Sommerhaus allein. Es war schön, allein hier zu sein, auf niemanden herabsehen zu müssen als auf mich. Der Nordwind. Er hatte aufgefrischt. Hab keine Angst mehr, Wencke, dachte ich.

Nachts lag ich in dem Zimmer, das wir nach wie vor Papas Zimmer nennen. Das Bett in der Ecke. Das Haus knarrte. Der Herbstwind fegte in Böen um die Hausecken. Mein Wiegenlied. Das Haus und ich. Wie ein Rendezvous mit einem geliebten Menschen. Ich schloss die Augen. Sah mich als Tote. Ich setzte mich im Bett auf. Starrte mit aufgerissenen Augen in die Dunkelheit. Stille. Meine Synapsen waren wie Fliegenfänger. Alle potenziellen Katastrophen blieben an mir haften. Ich, die ich so ein glückliches Kind gewesen war. Der Sonnenschein der Familie. Ansteckend gut gelaunt, egal, was an Ungeheuerlichkeiten um mich herum geschah. Das hatte sich gewandelt. Es wandelt sich immer. Jetzt war ich an der Reihe. Vielleicht ist das einfach nur gerecht. Der ganze Dreck, den ich in jenen fröhlichen Jahren registriert hatte, kam jetzt an die Oberfläche. Das psychologische Melodrama, dem ich zu Recht den Rücken gekehrt hatte, wenn ich fröhlich, dumm und alles leugnend davongehüpft war, holte mich jetzt ein, verwandelte sich in unappetitliche Katastrophen. Ich war bad, bad news. Nichts Behagliches. Nichts Gemütliches.

56

In den Monaten nach der Geburt des Kindes verbrachte ich sehr viel Zeit mit Reisen zu den Satellitenkommunen und Performance-Auftritten. Das Kind hatte ich stets bei mir, genau wie Angelika, die vom ersten Tag an als Mitmutter gelten konnte. Oft war auch Daniel dabei. Eine kleine Familie auf Reisen. Die Entwicklung am Friedrichshof versetzte mich in große Unruhe. Nachdem so viel vergebliche Hoffnung in den Demokratieversuch gesteckt worden war, wirkte es, als blickten wir alle wieder mehr in unser Innerstes. Dort gab es immer allerhand zu inspizieren und zu analysieren. Viele waren ziemlich erschöpft, deprimiert, einige waren zornig, trotzig, aber dennoch wie gelähmt. Wir, die wir einst existenzielle und politische Fragen gemeinschaftlich lösen wollten, fühlten uns zunehmend allein. Aber wir konnten uns immer nur an die eigene Nase fassen.

Um die schlimmsten Auswüchse »asozialen Verhaltens« auszumerzen, wurde irgendwann in den 1980er Jahren ein unangenehmes Ritual eingeführt: das *Fehlleistungspalaver*, ein Forum, in dem die Mängel und Schnitzer der Mitglieder besprochen wurden. Unter Fehlleistung versteht man normalerweise einen Freud'schen Fehler. Der Begriff bekam in der Kommune eine Art Eigenleben. Fehlleistungen galten als Konsequenz eines Wegschwimmens, Tagträumens, Sich-treiben-Lassens. Im Kommunejargon bezeichnete das Wort einen Zustand, in dem man aufgrund gedanklicher Abschweifungen nicht präsent war bei dem, was man gerade tat. Der Theorie nach lag diesem unglückseligen Zustand meistens eine aufgestaute Aggression zugrunde, und diese Aggression richtete sich – so die Theorie – gegen die

Gemeinschaft. Das Gefährliche daran war, dass sich der Urheber einer Fehlleistung seiner Aggression in der Regel nicht bewusst war. Wurde uns erzählt.

Fehlleistungen konnten relativ harmlos sein, wenn sich derjenige, der sich Träumereien hingab, selbst verletzte, etwas verlor oder zu spät zur Arbeit kam. Es gab jedoch auch spektakulärere Fehlleistungen, die andere in Gefahr brachten oder zu größeren materiellen Schäden führten. Da sich Fehlleistungen allen Therapien und Selbstdarstellungen zum Trotz niemals ganz ausmerzen ließen, wurde das Fehlleistungspalaver als neues Forum eingeführt. Dort wurden die Fehler öffentlich diskutiert und Reaktionen abgewogen. Das konnte öffentliche Kritik, die Streichung einer Urlaubsreise oder anderer Privilegien sein, eine Degradierung in der Rangordnung oder die Verbannung in eine andere, weniger populäre Kommune.

Auch die Kinder wurden mit der Zeit im sogenannten Kinderpalaver diszipliniert. Dazu versammelten sich täglich alle Kinder, Pädagogen und Eltern. Manchmal war es ein netter Austausch über aktuelle Vorfälle im Kinderalltag. In den letzten Jahren artete das Kinderpalaver jedoch manchmal auch in schwarze Pädagogik aus. Dann wurden Kinder in aller Öffentlichkeit kritisiert. Gedemütigt. Lächerlich gemacht. Sogar Strafen wurden verhängt. Von Muehl. In den späteren Jahren wurden Kinder zuweilen auch körperlich bestraft: angebrüllt, gestoßen, geschüttelt, geschlagen. Eine Regression der antiautoritären Generation. In den letzten Jahren der AAO-Geschichte wurden selbst die kleinsten Kinder einer willkürlichen Hierarchie innerhalb der Kindergruppen unterworfen, basierend auf Leistungen, Popularität, Anpassungsfähigkeit und mütterlichem Rang.

Das unterband Nähe und Freundschaft zwischen den Kindern und installierte auch bei ihnen eine Kultur der Angst.

Die besondere Mischung der AAO-Hierarchie aus Erstarrung und Willkür war für alle eine Belastung. Die Hierarchie basierte nämlich zu keiner Zeit nur auf der Anwendung der augenblicklich geltenden Normen, die festlegten, wer einen Platz weiter oben verdiente. Heikel war, dass trotz des Kollektivismus die romantische Verehrung der Nummer eins – des Individuums und Künstlers, der Grenzen überschritt – bei allen als loyal geltenden Gruppenmenschen hoch angesehen war.

Warum protestierte niemand mehr? Niemand von uns Kindern der autoritären Kriegsgeneration. Von unseren Eltern waren viele Nazis und Wehrmachtssoldaten gewesen. Hatte die mangelnde Verarbeitung der Nazivergangenheit in Deutschland und insbesondere in Österreich nicht nur unsere Eltern, sondern auch uns traumatisiert, verhärtet und verschlossen und uns zu untertäniger Machtausübung verleitet? Und obwohl Muehl stets gegen die autoritäre österreichische Kultur und die kleinbürgerliche Verlogenheit wetterte, kann ich mich nicht daran erinnern, dass er jemals über das Aufkommen des Nationalsozialismus in Österreich gesprochen hat, der ja in seine Jugend fiel. Wie bei den meisten Österreichern blieb der Holocaust im Dunkeln. Vermutlich fühlten Muehl und wir uns gegenüber faschistischen Impulsen immun, gerade weil wir uns als Teil derjenigen sahen, die für die Befreiung der 1960er und 1970er Jahre standen.

Sich gegen Muehl aufzulehnen schien wie die Überschreitung einer gemeinsamen, unausgesprochenen Grenze, ein Tabubruch. Und in gewisser Weise war die Grenze vielfältig, so wie auch Muehl es war: Seine Macht war über die Jahre so stark gewachsen, weil er Rollen parallel ausfüllte, die für gewöhnlich getrennt gehalten werden. Den guten – alternativ auch strengen – Vater; den Künstler und Lehrer; aber auch den Lebensgefährten und Sexualpartner. Besonders zerstörerisch war seine selbsternannte Rolle als oberster Analytiker für alle. Das »Therapeutische«, die Dekonstruktion unserer Persönlichkeiten, war für ihn immer eine Möglichkeit, in das gruppendynamische Spiel einzugreifen und somit alle Ebenbürtigkeit und alle Demokratieversuche auszuhebeln. Die jahrelange Regression, der wir uns alle hingegeben hatten, verwischte die Grenzen zwischen der Wirklichkeit und unseren Projektionen oder infantilen Übertragungen. Was war real, und was war irreal, eine Fantasie, Wunschdenken oder Horrorszenario?

In den achtziger Jahren artete das Fehlleistungspalaver mitunter regelrecht in ein Tribunal aus, in dem selbst ein vertrauter Freund sich, zum eigenen Schutz, in einen giftigen Ankläger verwandeln konnte. Der Verrat unterhöhlte die Beziehungen und war von keinem Gefühl zu stoppen, nicht einmal die Liebe war für potenzielle Ankläger attraktiv genug. Liebe lässt die größte Nähe und damit den größten Verrat zu.

Was ich damals nicht wusste und erst Jahre nach meinem Absprung erfuhr, war, dass Muehl angefangen hatte, Kokain zu nehmen, angeblich seit 1983. Alkohol und Haschisch gehörten zu seinem Lebensstil, aber ich hatte keine Ahnung, dass er und eine kleine treue Clique Kokain schnupften. Zuerst wollte ich es nicht glauben, zumal ich jahrelang dem sogenannten engeren Kreis angehört hatte und dachte, davon hätte ich etwas mitbekommen müssen. Aber es passierte wohl, nachdem wir anderen uns schlafen gelegt hatten: Dann erhielten die wenigen Eingeweihten Zugang zum Meister und seinem Kokain.

Bemerkenswert war, dass, obwohl die AAO keine Kurse mehr anbot und ihre Aktivitäten nicht länger anpries, ein langer und intensiver Kontakt zur Kunst- und Kulturwelt begann. Im Kunstbereich genoss Muehl dank seiner zentralen Rolle in den Glanzzeiten des Aktionismus immer noch einen relativ hohen Status. Außerdem hatten viele Künstler eine kritische Einstellung zu geltenden Moralvorstellungen und Normen. Von sporadischen Gerüchten und Schlagzeilen in der Boulevardpresse ließen sie sich kaum beeindrucken. Ganz im Gegenteil. Ein wichtiges Ereignis war die Eröffnung einer Sammlung von Werken der Wiener Aktionisten aus den 1960er Jahren. Viele prominente Gäste aus dem In- und Ausland besuchten die Kommune. Ein Foto von einer Veranstaltung der damaligen Zeit zeigt eine Mischung aus Kommunarden und bekannten Vertretern der Wiener Kunstöffentlichkeit wie zum Beispiel Dieter Ronte, den damaligen Direktor des Museums Moderner Kunst, sowie Wiens legendären Kulturstadtrat der Nachkriegszeit, Viktor Matejka.

Zur selben Zeit begannen Muehl und andere Kommunemitglieder, Filme zu drehen, bei denen die Besucher über diverse improvisierte Rollen integriert wurden. Der erste Film hieß *Vincent* (1984) und handelte von van Gogh als anarchistischem Künstler. In diesem Film wirkten die österreichischen Aktionskünstler Günter Brus und Hermann Nitsch sowie der amerikanische Fluxus-Künstler Al Hansen mit. Im Film *Back to fucking Cambridge* (1987) übernahmen unter anderem der bekannte Kurator Rudi Fuchs, Harald Szeemann und der Künstler Nam June Paik Rollen. Die prominenten Besuche wurden sehr sorgfältig inszeniert: Wer die Besucher empfing, wer mit ihnen redete, wer bei den verschiedenen Aktivitäten und Mahlzeiten zugegen war, wurde nicht dem Zufall überlassen.

Der bekannte deutsche Künstler Joseph Beuys stattete dem Friedrichshof mehrere Besuche ab, er nahm an Selbstdarstellungsabenden teil und saß nächtelang mit dem engen Kreis um Muehl zusammen. Genau wie mein Vater und so viele andere redete Beuys nicht gern über seine Kriegserfahrungen. Er hatte im September 1936 am Aufmarsch des achten Reichsparteitags der NSDAP teilgenommen und sich freiwillig zu jahrelangem Kriegsdienst gemeldet. Er äußerte sich niemals kritisch zum deutschen Angriffskrieg und zu seinem eigenen Beitrag in der Luftwaffe. Vielmehr nahm er bis zu den 1970er Jahren an Veteranentreffen seiner früheren Einheit teil. In diesen Clubs saßen sie bei Bier, Cognac und Kaffee zusammen und unterhielten sich über den Kriegsverlauf. Suchten nach Erklärungen, warum sie den Krieg verloren hatten. Befehle wurden korrigiert, unfähige Generäle gefeuert, die Schlachten noch einmal geschlagen. Hitler wurde abgesetzt. Ehemalige Generäle und Offiziere schrieben populäre Bücher zu dem Thema. Eine ganze Generation war damit beschäftigt. Doch nie sprachen sie über Verantwortung.

Im Schweigen liegt ein fürsorglicher Schutz. Ganz klar. Ein zarter, schützender Bereich des Abwesenden.

Auch angesehene Lokal- und Bundespolitiker statteten dem Friedrichshof gerne einen Besuch ab – was sich günstig auf die großzügige finanzielle Unterstützung auswirkte, die die Kommune mit der Zeit erhielt. Plötzlich war die Kommune Teil des Establishments. Österreich war stolz auf das Kommunedorf, dieses innovative soziale Experiment. Bereits 1981, als der damalige sozialdemokratische Kanzler Bruno Kreisky mit negativen Presseberichten zu kritikwürdigen Verhältnissen konfrontiert wurde, bot er der Kommune über seinen Pressesekretär Robert Sedlaczek Unterstützung an und äußerte sich folgendermaßen: »Die Presse muß veranlaßt werden, die Wahrheit zu schreiben.« Und 1988, als die dystopischen Züge des Experiments unübersehbar wurden, sagte Kreisky in einer Fernsehsendung über Muehl: »Als Mensch hat er eine große intensive Entwicklung durchgemacht und hat in der Tat neue menschliche Qualitäten ins Leben der Gemeinschaft eingebracht.«

57

In meinem neuen Leben als Mutter machte ich mir Sorgen um die Folgen der Kommunepädagogik für mein Kind. Nach den ersten Jahren antiautoritärer Siebzigerjahrepädagogik, bei der das unmittelbare Bedürfnis und die Autonomie des Kindes im Mittelpunkt standen, änderte sich die Kindererziehung. Die Nähe der ersten Jahre und die unmittelbare Gemeinschaft einer übersichtlichen Gruppe, in der sich alle miteinander verbunden fühlten, war weg. Zunehmend musste auch die Kindererziehung organisiert und verwaltet werden. Die Kinder wohnten ab dem Schulalter zusammen im Kinderhaus, einer Art Internat, teils selbstverwaltet, teils von Erwachsenen geleitet. Wenn die Eltern am Friedrichshof wohnten, hatten sie zumeist regelmäßig Kontakt zu ihren Kindern, idealerweise sollten die Kinder jedoch nicht von ihren Eltern betreut werden, sondern in der Gemeinschaft der Kinder selbständig werden.

Die Mütter wurden zunehmend zum Problem. Auch sie konnten ausgetauscht werden, wenn beobachtet wurde, dass ihr Einfluss nicht den Erwartungen entsprach. Wie geeignet als Mütter waren die Einzelnen eigentlich? Würden sie womöglich ihre Charakterschwächen auf das Kind übertragen und seine Entwicklung und Möglichkeiten einschränken? Stellte die Mutter-Kind-Beziehung im Grunde nicht eine ziemlich destruktive Fixierung dar, die das Kind aus der sozialen Gemeinschaft drängte? Die Kritik traf zunächst Frauen weiter unten in der Hierarchie. Sie verunsicherte die Mütter. Die Unsicherheit übertrug sich auf das Verhalten der Kinder. Es wurde überlegt, ob es manchen Kindern nicht guttäte, wenn sie für eine Zeit von ihren Müttern getrennt würden. Um wieder zu sich zu finden. Eine geeignetere Ersatzmutter, die in ihrer persönlichen Entwicklung schon fortgeschritten war, könnte für eine Weile die Verantwortung übernehmen und das Kind enger an die Gemeinschaft binden. Stärker der positiven Wirkung aussetzen, die Muehl auf die Kinder hatte. Eine Furcht einflößende Waffe.

Ich hatte eine neue Kindergruppe mit acht Kindern ins Leben gerufen, die sich alle in der Altersgruppe meines Kindes befanden. Wir nannten sie *Die Krokos*. Wir wollten Dinge auf unsere Art machen, verliebt, wie wir in die Kinder waren. Gleichzeitig erschrak ich über meine neue Verletzlichkeit. An dieser Stelle.

Erneut der gleiche alte Trick: Es ging darum, Muehl das Gefühl zu vermitteln, wir würden seine Ideen in die Tat umsetzen. Die Rede war von einfachen Dingen wie mehr Raum für freies Spiel ohne die ewigen pädagogischen Einmischungen, die die künstlerische und soziale Entwicklung garantieren sollten. Wir sorgten für eine enge, kontinuierliche Bindung an Mütter und andere Bezugspersonen im Umfeld der Kinder. Die Gruppe war ein Erfolg. Die Kinder waren lebhaft und hatten Vertrauen. Mit anderen Worten: Es waren ganz normale Kinder. Ich hatte die Hoffnung, dass die Methode andere Kindergruppen anspornen würde, unserem Beispiel zu folgen.

Im Sommer 1984 hatte ich mein Kind zu einer zweimonatigen Reise mit Performance-Auftritten mitgenommen. Die Reise endete mit ein paar Wochen in der Osloer Kommune. Ich bereitete schon die Heimkehr vor, als ich von Magdalena einen beunruhigenden Anruf erhielt. Sie war eine enge Freundin von mir und Mutter eines der Kinder in der *Krokogruppe:* »Ich kann nicht lange reden. Ich will dich nur auf das vorbereiten, was gerade passiert. Alle Kinder der Krokogruppe haben Ersatzmütter zugeteilt bekommen. Die Kinder sind angeblich aufgrund des schlechten Einflusses der Mütter zu wenig in die Gemeinschaft integriert. Alle Mütter müssen sich von ihren Kindern fernhalten – jedenfalls für eine Weile. Von deinen Konkurrentinnen wurde die Krokogruppe als Nest für deine liberalen Ideen ›enttarnt‹. Andere organisieren jetzt die Kindergruppe. Es wird gerade heftig diskutiert, inwieweit auch du als Mutter ersetzt werden sollst.«

Ich beschloss, den Kampf aufzunehmen.

Wie kann man nur so dumm sein?

Das Telefongespräch mit Magdalena versetzte mich in Alarmbereitschaft. Zurück am Friedrichshof, begegnete ich einigen der verzweifelten Mütter der Krokogruppe. Drei Mütter waren für unbestimmte Zeit in eine der Stadtkommunen geschickt worden, um nach der *unglücklichen Fixierung auf das Kind wieder zu sich zu finden,* und um den Kindern die Gelegenheit eines *Neuanfangs* zu geben. Die anderen drei Mütter konnte man nicht wegschicken, da ihre Aufgaben am Friedrichshof nicht so leicht von jemand anders übernommen werden konnten. Damit die Kinder sie nicht sahen, weinten und einen *Rückfall* erlitten, lag es in der Verantwortung der Mütter, darauf zu achten, dass sie nicht in die Nähe ihrer Kinder kamen. Das war der Beginn eines makabren Versteckspiels, das die Mütter zu meinem Entsetzen hinnahmen und sich zur Routine machten.

Ich musste versuchen, Muehl klarzumachen, dass es den Kindern nicht guttat, wenn die Bezugspersonen wechselten. Das Problem war, dass Clara Schulrektorin war und ihr zudem die oberste pädagogische Verantwortung oblag. Nachdem sie meinetwegen für kurze Zeit von Muehls Seite hatte weichen müssen, war unser Verhältnis angespannt.

Jetzt war sie wieder die Nummer zwei. Und nachdem berichtet worden war, dass mein 18 Monate altes Kind oft eigensinnig auf Pädagogen und Aktivitäten der Kindergruppe reagierte, passierte es:

»Die Wencke muss weg!«

Was ich befürchtet hatte, traf ein: Ich landete in der Kategorie austauschbare Mutter. Um dem Kind eine *Atempause* zu verschaffen, wurde ich zur Pariser Kommune abgeordnet, die damals keinen Gruppenleiter hatte, um mich dort zu engagieren. Ich wurde von Panik erfasst, und meine bereits reduzierte Fähigkeit zu selbständigem Denken löste sich vollends auf. Kein rationaler Gedanke war mehr möglich.

Ich badete mein Kind weiterhin jeden Abend vor dem Schlafengehen – der Zeit des Lesens und Singens. Eines Abends saß meine Tochter wie üblich in der Badewanne mit einem Entchen in der Hand. Ich drehte mich nach rechts zum Waschtisch, griff nach dem Shampoo, drehte mich zurück. Sie war unter Wasser verschwunden: Das stillstehende Wasser, die schreckgeweiteten Augen hielten für einen Augenblick den Strom der Kommunezeit an, von der ich mich nicht hatte loseisen können: *Nimm das Kind aus dem Wasser. Trag es in die freie Landschaft hinaus, in die Straßen. Hinaus in die Welt mit ihm. Hinaus mit mir.*

Die eindringliche Aufforderung dieses Gedankens vermochte mich nicht von dem Gefühl zu befreien, dass meine Existenz auf eine einzige Sache reduziert worden war: Ich musste alles richtig machen. Um zu meinem Kind zurückzukehren. Sonst nichts.

Muehl hatte mir versichert, dass meine Tochter bei meiner Mitmutter Angelika bleiben würde, während ich ein paar Wochen zum Arbeiten weg war. Das sollte gehen. Hauptsache, ich spielte meine Karten jetzt geschickt aus.

In Wahrheit schwindelte mir. Und zwar schon lange. Ich wurde permanent von Fluchtfantasien heimgesucht, war aber unfähig zu handeln. Wie ein Alkoholiker, der davon fantasiert, mit dem Trinken aufzuhören. Und doch ahnte ich in Form eines dumpfen pulsierenden Schmerzes, dass ich eines Tages verwundert auf diesen Kampf zurückschauen würde. Zunehmendes Chaos im Tagebuch. Worüber man nicht sprechen kann, das muss man aufschreiben. Was man nicht denken kann, kann man auch nicht schreiben. Behutsam tastete ich mich bei meinen engsten Freunden Daniel und Magdalena vor. Wusste, dass sie es ahnten. Ich stotterte mich an die gefährlichen Themen heran. Wir hätten Fehler gemacht. Es sei vorbei. Das, was vielleicht einmal war. Es gehe nicht mehr um Systemkritik. Es gehe um die nackte Existenz. Die Kinder. Uns. Unser Leben. Es müsse etwas Besseres geben, und wir hätten es verdient. Doch sie entzogen sich. Vorsichtig, verletzt und traurig. Aus Angst, sie würden angesteckt, assoziiert mit der Negativität, die mich jetzt wie ein übler Geruch umgab. Es gab so viele, die ich liebte. Ich war so allein. Der Meister hatte meinen schwächsten Punkt gefunden: einen kaum hörbaren, aber konstanten Brummton, der eine abstoßende Verbindung zwischen dem Jetzt und der hilflosen unvermeidlichen Unterwerfung meines Kinder-Ichs herstellte. Der Unterwerfung unter alles Elementare:

Every woman adores a Fascist,
The boot in the face, the brute
Brute heart of a brute like you.

Panzer-man, panzer-man, O You –

Ich kam aus der Gruppenehe nicht los. Noch nicht.

58

Paris. Die Stadt, die ich verabscheute. 1971, der Sommer, in dem ich 17 war: die katastrophale Gewalterfahrung mit dem jungen afrikanischen Studenten, der mir den Weg zum Louvre zeigen wollte. Und jetzt, Herbst 1984, hatte ich mein Kind zurückgelassen. In Paris stieß ich zum zweiten Mal an meine Grenzen, obwohl ich schließlich zum Louvre fand. Erneut war Gewalt im Spiel. Die Verletzung war deutlich. Diesmal keine blauen Schwellungen am Hals. Sie war innerlich. Ein Ausschlag bedeckte meine Lippen, sodass alle sehen konnten, wie sehr ich mein Kind vermisste, meine mütterliche Scham.

Wie wichtig ist eine Mutter, ein Vater? Die tägliche, mitunter langweilige Routine; der morgendliche Brei, der Nachmittagsspaziergang, das abendliche Bad, jeden Abend dieselben drei Lieder. Sich um einen kleinen Menschen kümmern. Es können gern auch mehr Menschen sein, nicht nur einer oder zwei, es brauchen auch nicht dieselben Lieder zu sein. Es gibt durchaus andere Vorgehensweisen als die, die wir für die einzig vernünftige halten. Kinder werden unter allen möglichen Umständen groß. Das schon, aber die Lieder müssen mit Liebe für ebendieses Kind gesungen werden. Und die Lieder müssen das Versprechen in sich tragen, erneut gesungen zu werden von denselben Menschen. Damit es Hoffnung gibt.

In Wahrheit hatte ich überhaupt keine Hoffnung. Aber ich versuchte, es vor mir zu verbergen, sodass der Wundschorf, der meinen ganzen Mund bedeckte, seine stumme Sprache sprechen musste. Gib auf. Mach es wie die anderen. Du kannst es genauso gut. Als flüsterte mich jemand ins Dunkle hinein: Komm herein, komm hierher. Ich sehnte mich ständig nach der Nacht. Sehnte mich danach, den Tag zu überspringen, um mich kopfüber in den See der Nacht zu stürzen, in dem ich mit meinem Kind vereint wurde, in dem wir zusammen schwimmen konnten, während die Nabelschnur und die Morsesignale unseres Pulses zwischen uns schwebten. Doch es ist gefährlich, für die Nacht zu leben. Der Tag wird irrelevant. Man wird leicht unaufmerksam, verspricht sich, übersieht Details, verirrt sich. Ich konnte mitten in einem Zimmer stehen, ein Blatt Papier in der Hand, und mich wundern, wo ich es herhatte. Die permanente Wachsamkeit wurde an den Rändern porös. Die Menschen um mich herum waren mir vollkommen gleichgültig. Fremd. Die tagesaktuellen Probleme, die wir besprechen und lösen sollten, die Zukunft, die geplant werden sollte, an die ich nicht glaubte. Ich versuchte, mich zu ermahnen. Hoch mit dir, Wencke. Weiter. Du musst. Aber was genau musste ich? Um die Verbindung zwischen Tag- und Nachtleben zu finden, ging ich so oft wie möglich ins nahe gelegene Schwimmbad. Ich zog im Becken meine Bahnen. Lag auf dem Rücken, ließ mich vom Wasser tragen, den Blick auf die Dachkonstruktion des Schwimmbads gerichtet, die graues Licht durchsickern ließ. In dem flachen Teil am Ende des Beckens schienen alle Kinder im Alter meines Kindes zu sein. Mit offenem Mund und feuchten Augen stand ich da und sah ihnen zu, bebend vor Sehnsucht, während die Tage vergingen.

Vor lauter Sehnsucht nach meinem Kind hatte ich ein Loch im Bauch. Etwas stimmte nicht. Etwas jenseits meines Verstands. Ich wusste, dass mein Kind lebte. Wusste, dass es sich in derselben Alltäglichkeit befand wie ich. Aber es kam mir vor, als wäre es hinter einer Wand. Die war dünn und doch undurchdringlich.

Nach ein paar Wochen fuhr ich auf Wochenendbesuch zum Friedrichshof, von bangen Ahnungen getrieben. Ich begab mich direkt in Muehls private Gemächer.

»Ich muss dir was sagen«, teilte er mir mit. Das graue Januarlicht hatte sich über seinen Arbeitstisch mit Zeichenpapier, Bleistiften, Kaffeetassen, Aschenbechern und Weingläsern vom Vorabend gelegt. Ein graublauer Morgenmantel hing über einem Stuhl. Terpentingeruch. Ölfarbe. Während er sich eine Zigarette der niederländischen Tabakmarke Van Nelle drehte, erzählte er mir, sie hätten es für besser erachtet, meinem Kind für eine Weile eine andere Bezugsperson als Angelika zuzuweisen, da diese so sehr von meiner liberalen Denkweise durchdrungen sei. Deshalb habe er, während ich in Paris war, die 16-jährige Violene, die so jung und positiv sei, damit beauftragt, die Verantwortung für mein Kind zu übernehmen.

»Du hast es mir versprochen«, sagte ich.

»Es war besser für dich, es nicht zu erfahren. Ich wollte dich nicht beunruhigen«, antwortete er.

»Wo ist mein Kind?«, fragte ich.

»Es geht ihr gut«, sagte Muehl. »Sie hat eine positive Entwicklungsphase durchgemacht. Aber über einen Vorfall solltest du informiert sein.« Dann erzählte er, dass sie krank geworden sei, sie habe Fieber bekommen, ohne dass es jemand bemerkte. Violene habe es erst entdeckt, als die Kleine abends beim Fertigmachen einen Fieberkrampf erlitt. Daraufhin sei Violene mit ihr zur Krankenstation gerannt. Die Atmung hatte ausgesetzt. Die Kleine wurde künstlich beatmet und wiederbelebt und mit dem Krankenwagen ins Krankenhaus gebracht. Ein EKG wurde gemacht. »Es ist alles gutgegangen. Sie ist wieder fit.«

Kinder erkälten sich. Vor allem im Januar. Manche bekommen Fieberkrämpfe. Während ich diese vernünftigen Gedanken dachte, spürte ich, wie etwas aus mir herausrutschte. Etwas Warmes, Weiches, Nasses glitt an meinem Oberschenkel hinunter, an meiner Wade und legte sich unter der Hose um meinen Knöchel. Blauglibbrig und glänzend hatte sich die Nabelschnur um meinen Fuß gewunden, getränkt von ihrem stummen Zeugnis, dort stellte sie – bum, bum – das Band zum Herzen, die elementare Klarheit der Gedanken wieder her.

Danach war die Entscheidung gefallen. An diesem Wochenende packte ich meine Tagebücher, meine Fotoalben, meinen Pass ein. Ich schaute nach, ob genug Geld auf meinem Konto war. Nicht viele verfügten über ein eigenes Konto, aber aufgrund meiner Reisen war ich eine Ausnahme. Ich musste äußerst vorsichtig sein. Ich wusste, dass ich *zu meinem eigenen Besten, bis ich mich beruhigt hätte,* zurückgehalten würde, wenn ich meine Ausstiegspläne in der Gemeinschaft bekanntgab. Es würde Chaos hervorrufen. Und mein Kind würde es ausbaden müssen. Ich konnte es nicht einfach unter den Arm klemmen und gehen. Ich musste vermeiden, dass es mich sah, die gängige Praxis einhalten.

Dann passierte, was nicht passieren durfte.

Ich war bei dem üblichen Selbstdarstellungsabend dabei, hatte mich hinter dem Flügel versteckt, während die Kinder vor dem Schlafengehen eine Runde tanzten. Einer meiner Freunde filmte den Tanz der Kinder, und was er filmte, wurde automatisch auf die Großbildschirme übertragen.

Plötzlich filmte er mich. Irrtümlich. Eine Fehlleistung. Mein Gesicht, überdimensioniert, auf allen Bildschirmen. Mein Kind sah mich und schrie gellend: »Mama Wette!«, so nannte die Kleine mich, und ich musste aus meinem Versteck kommen. Ich schloss sie in die Arme. Setzte mich mit ihr hin. Nahm sie auf den Schoß. Ich sagte: »Alles wird gut. Geh zu den anderen Kindern. Ich komme wieder.« Und sie gehorchte. Etwas steif? Aber sie ging. Kluges Kind. Sie trug einen buntgestreiften Wollpullover. Strumpfhosen. Sie bekam Applaus. Positive Entwicklung. Geringe Mutterfixierung.

Leise tröpfelte der Hass.

59

Ich kehrte wie geplant nach Paris zurück und wusste, dass ich viele Menschen zurückließ, die ich nicht wiedersehen würde. Ich konnte mich nicht von Daniel verabschieden, nicht von Magdalena.

Wie konnte es so weit kommen?

Ich wusste nicht, wohin ich gehen sollte. Norwegen war die einzige Möglichkeit, aber nicht zu meinen Eltern. Ich nahm Kontakt zu meinem Freund Stein in Oslo auf, dem ich mich am Telefon anvertraute. Ich musste ihn bitten, dichtzuhalten. So hatte ich zumindest eine Adresse, an die ich meine Tagebücher und Fotoalben schicken konnte. So lange hatte es also gedauert. Was mein Körper schon lange wusste, hatte meinen Kopf seit einer Ewigkeit wie ein Neurosenapparat mit Hammerschlägen bearbeitet. Doch die Entscheidung setzte sich durch. Eine Rückkehr zu dem Menschen in mir, den ich vergessen hatte.

Nach zwei Wochen, in denen ich mich jeden Morgen dafür schämte, Schlaf gefunden zu haben, verkündete ich, noch einmal für einen Kurzbesuch zum Friedrichshof zu fahren. Ich achtete darauf, dass sonst niemand aus der Pariser Kommune dorthin wollte, um ohne Begleitung reisen zu können. Ich packte meinen Pass, Geld und Kleidung zum Wechseln in eine Tasche und wurde zum Zug gefahren, der mich nach Wien bringen sollte. Als ich am Sonntag, dem 13. Februar 1985, im Waggon saß, bekam ich Panik. Ich hatte geplant, in Straßburg auszusteigen und von dort nach Oslo zu fliegen. Was machte ich bloß? Wie sollten wir dort zurechtkommen? Im nächsten Augenblick war ich wild entschlossen, den Plan durchzuziehen. So ging es hin und her. Als sich der Zug dem Straßburger Bahnhof näherte, pochte sich mein Herz mit betäubenden Schlägen bis ins Gehirn. Ich riss die Tasche an mich. Sprang aus dem Zug. Stand auf dem Bahnsteig. Der Zug fuhr ohne mich nach Wien. Ich war ausgestiegen.

Abend. Regen. Tief einatmen. Ich suchte mir eine Telefonzelle und rief den Empfang am Friedrichshof an, der, wie ich wusste, um diese Zeit geschlossen war. Sie würden mich heute Nacht erwarten, spätestens morgen früh, und ich musste Chaos verhindern. Ich sprach auf den Anrufbeantworter: »Ich bin ausgezogen. Bin in Oslo, wenn ihr die Nachricht abhört. Habe einen Anwalt eingeschaltet. Verhaltet euch dem Kind gegenüber ganz normal und ruhig. Ich werde jemanden schicken, der es in ein paar Tagen abholt. Melde mich.«

So geschah es. Meine jüngste Schwester flog nach Wien und holte meine Tochter. Gesegnet sei sie. Es gab kein Drama. Ein Anwalt und die Aussicht auf eine Anzeige bei der Polizei hielten sie in Schach.

In Oslo war es kalt. Eine weiße Stadt. Ausatmen. Zuerst glaubte ich, meine Flucht würde andere nach sich ziehen. Das passierte nicht. Ich war die einzige Mutter, deren Kind in der AAO geboren war, die den Absprung wagte. Alle anderen blieben in der Kommune, bis sie nach dem Gerichtsverfahren gegen Muehl 1991 aufgelöst wurde. Später erfuhr ich, dass mein Auszug Schock und Ungläubigkeit ausgelöst hatte. Als wäre ich gestorben. Dann folgte eine Zeit, in der meine Freunde und Verbündeten, alle, mit denen ich eng zusammengearbeitet hatte, sowie Skandinavier allgemein, leiden mussten. Sie stürzten in der Hierarchie ab, mussten Runden mit öffentlicher Kritik, Hohn und erzwungenen Geständnissen über sich ergehen lassen. Es kostete viel Mühe, meinen Verrat zu erklären und weitere Abgänge zu vermeiden. Fazit: Ich war in meiner *Bewusstseinsentwicklung* nicht weit genug gekommen und litt an einer Charakterschwäche. Diagnose: *Negative Vaterfixierung*. Folgen: *Chronischer Autoritätskonflikt. Konkurrenz zu Muehl und gestörte lesbische Sexualität.*

60

Neun Jahre hatte es gedauert, bis ich am Boden angelangt war. Ganz unten, wo ich zuließ, dass meine Mitmenschen ständig meine Grenzen überschritten, wo ich selbst anderer Menschen Grenzen überschritt. Neun Jahre hatte es gedauert, bis ich erkannte, wie schwach ich geworden war.

Dazu kam die Liebe. Die vielen Liebesbeziehungen. Noch lange danach wurde ich von vergangenen Liebesbeziehungen und Körpern heimgesucht. Im Traum strömten sie durch mich hindurch.

In den Jahren danach wurden mir immer wieder Varianten ein und derselben Frage gestellt: »Bist du, nachdem du so lange in einer Kommune gelebt hast, jetzt ganz konventionell geworden?« Es hörte sich an, als wäre konventionell sein eine Krankheit, eine Krankheit, die mich jetzt ebenfalls erwischt hatte – je nachdem, wer fragte, klangen Vorwürfe, Erleichterung oder Triumph durch. Und die Antwort lautete: »Ja. Das Konventionelle ist ansteckend. Das Soziale ist akut ansteckend. Ein sich sozial organisierendes Virus, das sich ausbreitet.« Aber zuallererst ist es eine Gewohnheit.

Ich hatte oft darüber nachgedacht, wie eine Gegensprache aussehen könnte. Nach der Auflösung 1991 fügten sich die meisten aus der AAO scheinbar reibungslos in das frühere Leben ein. Es war regelrecht abstoßend zu sehen, wie einige hemmungslos die Institutionen der Normalität priesen, die lächerliche Form konventionellen Glücks und neoliberaler Selbstregulierung. Andere verschwanden – auf der Suche nach metaphysischen Erlebnissen – in einer Art New-Age-Wolke. Wieder andere wurden zu guten Staatsbürgern und verdienten mit den Geschäftstricks, die sie in der Kommune oder als Partner in den von der AAO gegründeten Firmen erlernt hatten, gutes Geld.

Doch inwiefern impliziert die Vorstellung einer Gegenkultur, einer Gegensprache die Idee, die uns einmal angetrieben hat? Konnten wir im Nachhinein die vielen Versuche der 1970er eher anerkennen – ihr Risiko, ihre künstlerischen, sexuellen, sozialen und politischen Experimente? Gab es die Hoffnung, dass die Sprache noch nicht alles zugedeckt hatte, dass es Risse gab, dass es schlicht und einfach möglich war, etwas anderes auszuprobieren? Sollte man es nicht trotzdem versuchen – auch wenn die Aussichten auf Erfolg nicht günstig standen? Denn wenn es niemand versucht, »wenn die utopischen Oasen austrocknen, breitet sich eine Wüste der Banalität und Ratlosigkeit aus«, schreibt der Philosoph Jürgen Habermas.

Für viele in der AAO galt dies 25 Jahre lang. Ein revolutionärer Funke von einer Heftigkeit, der möglicherweise einmal ein Tritt gegen herrschende Ideen gewesen war, der aber seine eigene brutale und einschränkende Ideologie erschaffen hatte. Erst die Überschreitung, das Licht der Veränderung, dann die Scham. Was sollen die früheren Ost-Berliner sagen, die Bürger der DDR, eines Staates, den es nicht mehr gibt? Ostalgie nennt man die Sehnsucht nach der untergegangenen Lebenswelt der DDR – nach inexistenten Marken, Lebensmitteln, Radio- und Fernsehprogrammen, Lebensarten und Umgangsformen. Alles wurde ausradiert. Eine ganze Lebensweise. Denn dort lebten die Menschen ihr Leben.

War die Diktatur damit auch die Voraussetzung für alles, was gut war?

61

Nach meinem Absprung verschloss ich die Tür zur AAO-Zeit, so gut es ging. Jetzt galt es, nach vorne zu schauen und Teil einer anderen Wirklichkeit mit anderen Erwartungen, Normen und Anforderungen zu werden. Ein neues Leben im Norwegen der 1980er Jahre, in Oslo. Ich war 32 Jahre alt. Nachts bröckelte die mühsam installierte Zensur gegen die Erlebnisse der letzten Jahre in der Kommune, und meine Träume füllten sich mit Bildern der Scham.

Zwei andere Aussteiger kamen 1987 nach Norwegen und wohnten ein paar Wochen bei mir. Sie berichteten von einer deutlichen Verschlechterung der Verhältnisse. Es war alles wie vorher, nur viel, viel schlimmer. Muehl, der Apostel der freien Sexualität, der einen Feldzug gegen die bürgerlichen Familienstrukturen geführt und die Vaterrolle und zum Teil auch die Mutterrolle abgeschafft hatte, hatte angefangen davon zu reden, dass sein Sohn, den er mit Clara hatte – mit der er mittlerweile verheiratet war –, sein Thronerbe werden sollte. Mit anderen Worten: Erbmonarchie.

Zurück zur Ideologie, die Blut, Stammbaum und Nachkommenschaft als Argumente ins Feld führt.

Diese Rückmeldungen machten mir klar, dass ich mich nicht damit zufriedengeben konnte, mich und mein Kind in Sicherheit gebracht zu haben. Wir beschlossen, zum Friedrichshof zu fahren und der Kommune und Muehl ins Gewissen zu reden.

Als wir ankamen, sahen wir zu unserer Überraschung, wie Kinder in Zweierreihen herumliefen. Das hatte ich seit meiner Volksschulzeit Ende der fünfziger Jahre in Deutschland nicht mehr erlebt. Jugendliche hielten Abstand zu uns und starrten uns skeptisch, aber fasziniert an, als wären wir eine Mischung aus Verrätern und Helden. Aber keiner von ihnen nahm Kontakt auf, auch keiner der Erwachsenen, mit Ausnahme der kleinen Clique um Muehl. Erstaunlich angespannt schlichen sie um uns herum.

Ich führte ein überraschendes Gespräch mit Herbert, der mich im Herbst 1976 in die Aktionsanalyse eingeführt hatte. Ich war auf dem Weg zu Muehls Atelier, wohin er uns drei Dissidenten eingeladen hatte. Herbert sagte geradeheraus, er habe resigniert. »Ich bin ein Opportunist«, sagte er. »Ich komme hier nicht los. Dann bin ich niemand und habe niemanden. Vergiss nicht, ich bin zehn Jahre älter als du. Ich hatte nie eine normale Arbeit.«

Leute aus den Anfängen der Wohngemeinschaft in Wien 1970 würden Muehl nach seiner Verwandlung zu Machtperson und Guru nicht wiedererkennen, sagte er. »Früher war er Künstler und Aktionist. Er war verheiratet und im Privaten relativ konventionell. Dann wurde er zu dem wilden Mann, der mit langen Haaren und Bart und selbst geschneidertem Mantel aus Lederresten durch den kulturellen und politischen Untergrund Wiens zog. Ich habe mit ihm zusammen LSD genommen, und vor meinen halluzinierenden Augen hat er sich in eine nackte athletische Gestalt verwandelt, als sei er von Michelangelos Himmel in der Sixtinischen Kapelle herabgestiegen. Ich kannte ihn in den ersten Jahren als eher gutmütigen, wenn auch dominanten Menschen. Keiner von uns würde den selbstherrlichen Diktator erkennen, in den er sich verwandelt hat«, sagte Herbert.

»Du musst hier raus«, sagte ich, »bevor es zu spät ist.«

Er drehte sich um und ging.

»Wir sind unserer Zeit zweifellos voraus«, bemerkte Muehl, nachdem wir in sein Atelier geführt worden waren, gefolgt von gut zwanzig Kommunarden. »Wir können nicht erwarten, von unserer Umwelt verstanden zu werden. Was wir hier machen, ist einzigartig und für die Zukunft ungeheuer wichtig.«

Anschließend schrieb ich das Gespräch auf. Vielmehr den Monolog. Wir kamen kaum zu Wort. Er sprang von einem Thema zum nächsten und wischte alle Einwände als Psychopathie oder Selbstverteidigung beiseite. Er saß in seinem schwarzen Ledersessel, in seinem unwidersprochenen megalomanen Universum, eingehüllt in Haschischrauch, realitätsfern und vom Kokainmissbrauch paranoid. Er redete über die Einzigartigkeit einer geschlossenen Gemeinschaft, die den Menschen gestatte, auf einem höheren sozialen und künstlerischen Niveau zu leben als die primitiven kleinen Kleinfamilienmenschen. Über die Verantwortung für die Kinder, die von den Kommunemitgliedern vollen Einsatz und Opferbereitschaft verlange. Wir drei, die wir gekommen seien, um ihn zu belehren und zu bedrohen, seien nur ein paar einfältige Trottel voller Hass auf das kreative Experiment. Wir seien Verlierer. Unsere jämmerliche Niederlage, die wir jetzt mit Angriffen kompensierten, sei der Grund, weshalb wir aus der Gemeinschaft ausgezogen waren. Aber er würde uns unsere Torheit, unsere Drohungen, an die Presse und die Behörden heranzutreten, verzeihen – wenn wir unsere Verirrungen zurücknahmen. Er würde uns beschenken oder eine Art soziale Unterstützung gewähren, da wir uns in Wahrheit vermutlich alle in einer schwierigen Lebenssituation befänden. Wir seien schließlich eine große Familie, auch wir Abtrünnigen und Verirrten. Wollten wir nicht wieder einziehen? Wenigstens unsere Kinder?

Es gab Kaffee und Kuchen, Dessertwein, Obst, Schnaps und Haschisch. Er wollte uns Geschenke mitgeben.

Anschließend stiegen wir ins Auto. Völlig erschöpft.

Nach einigem Hin und Her beschlossen wir, zur Presse in Deutschland und Österreich Kontakt aufzunehmen. Aber es fiel uns nicht leicht, uns an die Medien zu wenden. Wir wussten, wie sie sich an dem spektakulären Stoff laben würden. Und die Bedingung wäre, dass wir als Opfer dargestellt würden. Wir würden 750 Menschen schaden, indem wir uns als Mitläufer präsentierten.

War es der Wunsch nach Rache an Muehl, der uns antrieb, hinter der Fassade angeblicher Verantwortung?

Über Rache heißt es, sie sei ein Gericht, das man am besten kalt genießt. Und jetzt war ausreichend Zeit vergangen, sodass sich die meisten brandheißen Rachegedanken abgekühlt hatten, die Aggression war kalkulierten Überlegungen gewichen, welche sich jener Instanzen bedienten, die sich auf institutionalisierte Rache spezialisiert hatten.

1988 wurde in den Zeitungen groß berichtet. Ziemlich abstoßende Schlagzeilen, aber sie bereiteten den Boden für Anzeigen und die spätere Gerichtsverhandlung. Gleichzeitig nahmen wir Kontakt zu ein paar der Jugendlichen auf und fragten, ob sie als Zeugen gegen Muehl aussagen würden. In dieser Zeit entstanden Muehls berüchtigte Aschebilder. Um die Nachforschungen, die allmählich in Gang kamen, zu behindern, sammelte Muehl alle Tage- und Notizbücher ein. Es fand eine Bücherverbrennung statt. Die Asche der verbrannten Tagebücher wurde mit Ölfarben gemischt und in wildem Schwung auf dicke auf dem Boden liegende Leinwände geklatscht. Und die Tagebuchverfasser, Mitglieder der Kommune, waren applaudierende Zuschauer. Das Leben als Kunstwerk.

Muehl setzte sich für die Taktik des verbrannten Textes ein. Im Buch *Das AA-Modell* steht daher auch: »insofern ist die bioenergetische selbstdarstellungsaktion ... eine existenzielle kunst, die in einem viel tieferen sinn den menschen zum inhalt hat als alle kunst bisher. sinn ... ist es ..., zur selbstverwirklichung im leben zu kommen, zur identität von kunst und wirklichkeit.«

Im Sommer 1991 wurde Muehl verhaftet, und ein halbes Jahr später wegen Unzucht mit Unmündigen, Missbrauchs eines Vertrauensverhältnisses und Verstößen gegen das Suchtmittelgesetz zu einer siebenjährigen Haftstrafe verurteilt. Der Aktionskünstler, der geglaubt hatte, er könne die Kunst mit dem Leben verschmelzen und den alten Traum der Avantgarde von einem Leben ohne Spaltung verwirklichen, landete als Gefangener ganz unten in der Gefängnishierarchie. Er, der all die Jahre die Nummer eins gewesen war, würde jetzt auf den letzten Platz herabgestuft und den Schikanen seiner Mitgefangenen ausgesetzt. Das geschieht mit vielen männlichen Sexualverbrechern. Jenseits der Gefängniswelt, in Teilen der Kunstbranche, wurde Muehl hingegen zum Märtyrer erhoben: Seht nur, was die Gesellschaft mit grenzüberschreitenden Künstlern macht!

Aber Muehl behauptete sich auch im Gefängnis. Er bekam häufig Besuch und wurde von seinen treuesten Anhängern aus der Kommune weiterhin unterstützt. Am Ende gab er Malkurse und hielt für seine Mitgefangenen Studienzirkel ab. Er stieg in der Hierarchie auf. Bei seiner Entlassung war er zum Ersten unter den Letzten geworden. In der Zwischenzeit war er jedoch an Parkinson erkrankt.

Noch nachdem das Urteil ergangen war, lehnten viele Kommunarden die Legitimität des Gerichts ab. In ihren Augen hatte die Jury keine moralische Relevanz. War es nicht so, dass die Gesetze ein Produkt der sexuellen Doppelmoral der Kleinfamiliengesellschaft waren und daher nicht ohne Weiteres auf die hochentwickelte Sexualkultur und Sensibilität der Kommune angewendet werden konnten?

Zwischen 1971 und 1991 lebten zirka zweitausend Frauen, Männer und Kinder für kürzere oder längere Zeit in Europas AAO-Kommunen. Mehr als zehntausend Menschen besuchten den Friedrichshof als Kursteilnehmer. Kurz vor Haftantritt soll Muehl verkündet haben: »Ich wollte mit den Menschen den Mount Everest besteigen und hatte nicht gemerkt, dass sie Sandalen trugen.«

62

Hatte ich etwas mitbekommen? Wusste ich von Muehls sexuellen Übergriffen? Ja. Mitte der 1980er Jahre sah ich, dass Mädchen im Alter von 13, 14 Jahren von Muehl sexualisiert wurden. Er war für alle Vaterfigur, Erzieher, Vorbild. Manche Jugendliche hatten feste Beziehungen. Muehl sah darin eine Bankrotterklärung der Ideale der freien Sexualität und fürchtete, die Jugendlichen würden die Kommune verlassen. Er beschloss, gegen die Zweierbeziehungen anzugehen. Die Sexualisierung der Mädchen und das Flirten mit ihnen gehörten zu seinen Mitteln. Er machte ihnen Komplimente für ihren Tanzstil und pries ihre körperliche Entwicklung. Die Kommunikation, die Sprache und das Leben in der Kommune waren bereits in großen Teilen sexualisiert; die Bedeutung der Sexualität wurde eindeutig idealisiert. Schließlich gebar die gesellschaftliche Unterdrückung der Sexualität Neurosen. Dort geschahen die Verletzungen und Übergriffe.

Was dachte ich, als ich registrierte, wie Muehl sich den jungen Mädchen näherte? Es passierte ja schrittweise. Und in aller Öffentlichkeit, während der Selbstdarstellungsabende, in Muehls Atelier mit vielen Anwesenden, auf Spaziergängen, ja, vielleicht war es eine Form von Sexualpädagogik? Hin und wieder kam mir der Gedanke, dass das Ganze sehr aufdringlich sei. Unpassend. Wo der Mann so alt war. Es war widerwärtig. Aber ich tröstete mich damit, dass sicherlich nicht mehr passierte.

Von den erwachsenen Frauen waren einige neidisch auf die Aufmerksamkeit, die die Jugendlichen genossen. Doch wünschten sich auch manche Mütter, Lehrerinnen und Erzieherinnen, dass die Mädchen die Aufmerksamkeit des Anführers bekamen. Aufmerksamkeit war Anerkennung. Und die Anerkennung übertrug sich auf die Erwachsenen und erhöhte ihren Status.

An einem Abend nicht lange vor meinem Absprung war Clara wütend und ließ eine Bemerkung über die übertrieben sexualisierte Aufmerksamkeit fallen, die Muehl gegenüber den Mädchen an den Tag legte. In dem Moment blitzte ein Gedanke in mir auf, es war wie ein Riss in dünnem Eis, aber im nächsten Augenblick war er verschwunden.

Um das Jahr 1986 herum fing Muehl an, prima noctis zu praktizieren. Er behielt sich das Recht vor – und übernahm dafür auch die *pädagogische Verantwortung* –, die Mädchen in die Kommunesexualität einzuführen. Er nutzte die Gelegenheit. Weil er es konnte. Weil Macht aufgeilt. Er nutzte seine Macht, der niemand Grenzen setzte, da die Übergriffe als moralische Handlung zur Befreiung der Opfer definiert wurden. Im Dienste der Utopie. Nicht viele wussten davon. Wirklich nicht?

Was war mit den Jungs? Clara hatte Muehls Interesse für die Mädchen angeblich satt und sah sich dazu auserkoren, die Jungen in die Kommunesexualität einzuführen. Aber ihre Übergriffe nahmen zu keinem Zeitpunkt denselben Umfang an wie Muehls. Heißt es.

Als wir ein paar der Jugendlichen dazu überredeten, gegen Muehl auszusagen, war es deutlich schwieriger, Jungen für eine Aussage gegen Clara zu motivieren. Ihnen gefiel die Opferrolle nicht. Manche hielten fest an der Gegenseitigkeit der sexuellen Beziehungen. Trotzdem musste auch Clara nach der Verhandlung 1991 eine Gefängnisstrafe absitzen.

2010 organisierte das Leopold Museum Wien anlässlich von Muehls 85. Geburtstag eine Ausstellung mit Kunstwerken aus dessen umfangreichem Spätwerk. Nach dem Gefängnisaufenthalt hatte er an vielen internationalen Ausstellungen teilgenommen. Einige Kommunemitglieder taten sich zusammen und protestierten dagegen, dass Muehl ohne Rücksicht darauf, dass manche seiner Modelle Jugendliche waren, die er sexuell missbraucht hatte, gefeiert wurde. Nach dem Protest entfernte die Museumsleitung die betreffenden Werke, und Muehl veröffentlichte eine Stellungnahme: »Ich habe mich in einigen Sachen grundsätzlich geirrt. Ich habe als Künstler und, davon angestachelt, auch als Mensch Risiko auf mich genommen. Ich wollte die Kinder befreien und habe sie mit sexueller Überschreitung stattdessen überrumpelt und gekränkt. Es war auf keinen Fall meine Absicht.«

Heute steht auf der Internetseite des Friedrichshofs über diese Zeit zu lesen: »Die KommunardInnen mussten erkennen, dass sie durch ihre bedingungslose Unterstützung und Bewunderung viel zu Muehls Abgehobenheit beigetragen und seinem Machtmissbrauch zu spät Einhalt geboten hatten. Am schmerzlichsten war die Einsicht, dass sie ihre Kinder nicht mehr beschützt hatten und dass nunmehr jeder einzelne seine individuelle Mitverantwortung für das unrühmliche Ende des kollektiven utopischen Experimentes trägt.«

Wird Muehl durch die Demokratisierung der Schuld indirekt von seiner Verantwortung entbunden? Er, der in den 1970er Jahren die lodernden jungen Herzen gepackt hatte und sie nach seinem künstlerischen, übergriffigen Bild formte?

Er war nicht bei uns, wir waren bei ihm. Wir waren keine Therapeuten für ihn, er war Therapeut für uns. Nicht er, sondern wir wurden infantil. Wir beteiligten uns am Rausch der Befreiung, von dem so viele Revolutionäre erzählt haben. Darum waren wir Kommunarden nicht die selbstbestimmte Avantgarde, als die wir uns damals sahen.

Hingegen weiß ich, dass wir uns irgendwann von Besitz, in Bezug auf Geld wie auch auf Menschen, verabschiedet hatten zugunsten einer fließenden grenzüberschreitenden Energie, und dass sich diese zunächst entfaltete, bevor sie in völlige Selbstaufgabe mündete und dadurch zerstört wurde. Ich weiß, es stimmt, dass wir uns unterworfen haben, dass ich mich unterworfen habe.

Es ist eine harte Erkenntnis, die für mich immer unbegreiflicher wird, je zutreffender sie ist und je mehr Beweise ich für sie anführen kann.

63

Zwanzig Jahre nach der Auflösung, nach dem Gerichtsurteil gegen Muehl, fuhr ich über die Feldwege durch die offene Landschaft, die zum Friedrichshof führt, wie immer mit einem vagen Mix an Erwartung und banger Vorahnung im Bauch. Ich saß in einem Minibus, der zwischen dem Wiener Flughafen und dem Friedrichshof pendelte, um die neu

Angekommenen zum ersten Wiedersehenstreffen der AAO-Veteranen zu bringen.

Muehl war nicht eingeladen.

Die Umrisse der Anlage tauchten auf: der alte Wasserturm, das kleine Akaziengehölz, der Schüttkasten, das alte Getreidelager. Wir fuhren an einer endlos scheinenden Mauer entlang, die ich nicht kannte, sie schützte die Gebäude dahinter vor Blicken. Die Mauer war anscheinend Ende der 1980er Jahre erbaut worden. Vielleicht als Schutz vor der feindlichen Außenwelt oder auch, um die Kommunarden an einem Ausbrechen zu hindern?

Will ich mir das antun, dachte ich, und sah eine beklemmende »Familienfeier« vor mir, das sentimentale Schwelgen des Veteranenclubs in Erinnerungen. Wie wäre es wohl, frühere Freunde, Geliebte, Lieblingskommunarden wiederzusehen, mittlerweile mit grauen Haaren, ein paar von ihnen kamen sicher mit Partner?

Erneut auf dem *Roten Platz* zu stehen, der seinen Namen von den roten Steinen hat, die den Außenbereich vor dem großen Wohnkomplex auf mehreren tausend Quadratmetern bedecken, war bewegend. Mein Herz schlug schneller, um dem Körper die nötige Kraft zu verleihen, in einer Art kompaktem Gedenkraum zu stehen. Mein Blick ging zum Schulhaus, das hinter den großen Obstbäumen zu erkennen war. Als ich die Bäume zuletzt gesehen hatte, waren sie frisch gepflanzt und noch mickrig. Alle Gebäude – Wohnhäuser, Werkstätten, Kunstsammlung, Hotel, Versammlungshaus, Pferdestall – wurden von einer üppigen Landschaft mit großen Obst- und Laubbäumen, Gemüseäckern, Sport- und Spielplätzen und gepflegten Rasenflächen um den künstlich angelegten See eingerahmt.

Mein Brustkorb zog sich zusammen. Ergriffen? Erschrocken? Beschämt?

Links vom Schulhaus, fast ganz hinter den Bäumen verborgen, konnte ich den Neubau erkennen. Das erste Haus, das wir noch ohne Zuschüsse und Bauunternehmer zusammen erbaut hatten. Das erste ordentliche Wohnhaus, das uns vom Urzustand des Schlafsaals erlösen sollte. Ich schaute sofort zu einem Fenster auf der linken Seite, im ersten Stock, an der Schmalseite. Meinem Zimmer. Dort habe ich mein Kind zur Welt gebracht.

Die Kinder und Jugendlichen waren erwachsen geworden. Viele von ihnen kamen ebenfalls zum Ehemaligentreffen. Es war überwältigend. Sie hatten über all die Jahre nach der Auflösung engen Kontakt gehalten. Wie Geschwister. Einige erkannte ich nicht wieder. Manche hatten mittlerweile eigene Kinder.

Es folgten drei vollgepackte Tage. Vierhundert Kommuneveteranen waren zurück. Vierhundert Wiedersehen und Umarmungen. Die Rangordnung von damals hing uns noch nach, wurde jedoch rasch gesprengt oder nahm bei den Begegnungen unerwartete Formen an.

»Ihr habt uns tyrannisiert«, behaupteten diejenigen, die weit unten in der Struktur gewesen waren.

»Ihr habt euch wie willenlose Rindviecher verhalten«, konterten wir aus der oberen Hierarchieebene.

Viele hatten das Bedürfnis, von der harten Zeit danach zu erzählen. Die meisten waren 1991 zwischen vierzig und fünfundfünfzig gewesen. Am schwersten hatte es diejenigen getroffen, die all die Jahre innerhalb der Kommune gearbeitet hatten, nicht zuletzt die damals hochangesehenen Gruppenleiter, die Clique um Muehl. Sie hatten keine Ausbildung, keine Erfahrung im Arbeitsleben, auf der sie aufbauen konnten. Kreativität und autoritäres Verhalten reichten nicht aus. Viele Mütter hatten wirtschaftlich schwere Zeiten hinter sich. Erst nach vielen Jahren erfuhren die meisten von uns, wer der leibliche Vater unserer Kinder war. Nach der Auflösung war von einem Privatinstitut in Wien eine großangelegte Vaterschaftsuntersuchung durchgeführt worden. Es hatte lange gedauert, die Männer, die in der Kommune gelebt hatten, ausfindig zu machen und zur Teilnahme zu überreden. Einige weigerten sich. Sie fürchteten, mit Versorgungsansprüchen für mehrere Kinder konfrontiert zu werden, und fanden es ungerecht, dass das, was in gegenseitigem Einvernehmen und im Hinblick auf eine gemeinsame Verantwortung passiert war, individuelle Konsequenzen bekommen sollte.

Wir hatten geglaubt, zusammen alt zu werden. Wir, die wir uns einst für die Avantgarde gehalten hatten, waren mit einem schalen Geschmack im Mund zurückgeblieben. Manche waren wütend. Überdeckte die Wut unsere Trauer darüber, dass wir nicht in der Lage gewesen waren, auf uns aufzupassen, dass wir so hilflos gewesen waren? Es war verlockend, Muehl die ganze Schuld zuzuschieben. So verlockend, sich als Opfer gerieren zu können, die eigene Unschuld aufrechtzuerhalten, ein Schaf in der Herde, das im gewieften Netz des Meisters gelandet war. Muehls Schuld als Ausgangspunkt, um das Gewesene zu leugnen. Gar nicht so unähnlich dem Umgang der Deutschen mit der Schuldfrage nach dem Krieg. Als hätte nicht jeder Einzelne etwas mit dem System zu tun gehabt. So bekam Muehl erneut alle Macht, es war eine Wiederholung des Autoritätsdenkens, ein Koordinatensystem zur Messung des Grades an Freiheit oder Unterdrückung.

Das Problem, wenn man moralische Verantwortung allein aus der Machtposition Einzelner heraus beurteilt, ist, dass alle anderen sich von Schuld freisprechen und ihre Ohnmacht bei Bedarf einsetzen können. Auch diejenigen, die Macht haben, kamen ohne Macht zur Welt. Wenn sie Fehler begehen, erinnern sie sich daran, wie sie auf dem Schulhof gemobbt oder von Papa geschlagen wurden, und schieben den anderen die Verantwortung zu.

Einige von uns widersprachen jedoch der Behauptung allgemeiner Ohnmacht und fragten, ob nicht jeder Einzelne auf seine Weise zu Muehls Entwicklung und seiner am Ende erreichten Position beigetragen habe. Wäre jeder Einzelne – und somit auch die Gemeinschaft – aufmerksamer gewesen, hätten wir den Untergang vielleicht abwenden können? Herrschen und beherrscht werden läuft womöglich aufs Gleiche hinaus, wenn auch nicht aus moralischer Sicht. Wir waren alle gezeichnet, sodass das Leben für jeden von uns zweigeteilt war: in die Zeit in der AAO und die Zeit danach.

Die heftigsten Diskussionen fanden zwischen zwei Hauptgruppen statt. Die einen meinten, nach zwanzigjährigem Kollektivexperiment müsse man schließen, dass der Mensch nicht in der Lage sei, unabhängig von bürgerlichen und familiären Verträgen in Gemeinschaft zu leben. Setze man sich über diese Erkenntnis hinweg, komme es zur Katastrophe. Andere waren der Ansicht, die Kommune sei zwar gescheitert, ihr Ende sei aber kein endgültiges Fazit. Obwohl in vielen Bereichen unserer neoliberalen Demokratien allerhand schieflaufe, verlören die meisten Menschen nicht den Glauben an die Demokratie. Noch nicht.

Vorsichtig versuchten wir, andere Erinnerungen hervorzukramen, die nicht mit Schuld und Scham in Verbindung standen. Wir unterhielten uns flüsternd über Sehnsüchte, die wir nicht geäußert hatten – das Schöne an sozialen und kollektiven Erlebnissen. Ich stand zwischen den Menschen, die ich einmal sehr gut gekannt hatte, in meinem Mund formten sich Worte im Versuch zu sprechen, nicht über das, was gescheitert war, sondern über das andere. All das andere, was ich nicht missen wollte. Was sollen wir mit der Sprache machen, die alles gleichmachen will, ging es mir durch den Kopf, während ich, als wäre ich etwas einfältig, die Kommunekörper anstarrte, die zu Einzelkörpern geworden waren. Einatmen. Ausatmen. Der gemeinsame Atemzug.

Wir tranken, aßen, tanzten, gingen schwimmen und in die Sauna. Wir schauten uns Filme und Fernsehsendungen an, die über die Kommune gedreht worden waren. Blätterten in Büchern und Forschungsberichten über die AAO. Es ließ sich nicht vermeiden, dass manche einander instinktiv suchten, wir mussten durch die gemeinsame Geschichte galoppieren, uns übereinstimmender und abweichender Standpunkte versichern. Unsere Hände tasteten verstohlen über andere Körper und erinnerten sich, als wären wir blind und durstig. Es war zum Heulen. Dort steht ein Mensch. Von dem ich weiß, dass ich ihn oder sie geliebt habe. Und dort. Ich fühlte mich von allen, die ich geliebt hatte, so unendlich verlassen. Jetzt, wo sie hier waren.

Einige von uns blieben noch am Lagerfeuer sitzen, das für die Nacht angezündet worden war. Ein Stück weg von den Flammen lag ein Tanzplatz, von bunten Laternen umgeben. Die Lautsprecher spuckten Musik aus. Die Leute tanzten seit Stunden. Zu sechst oder siebt standen wir gegen drei Uhr morgens dicht beieinander im Licht des Feuers. Erschöpft von den vielen Begegnungen. Vom See weiter unten drang das nächtliche Quaken der Frösche zu uns dicht beieinanderstehenden, bestens angepassten Menschen herüber, die wir ein fortgeschrittenes Alter und gute berufliche Positionen erreicht hatten. Wir erzählten von unterschiedlichen Überlebensstrategien, zu denen wir in vertrackten Situationen oder schweren Zeiten gegriffen hatten. Heimliche Cafébesuche, inoffizielle Paarbeziehungen, Tricks, um ungewollten Sexualkontakt zu vermeiden oder den Begehrten zu erreichen, Geheimkonten, illegitime Kontakte zur Außenwelt, missglückte Fluchtversuche und geglückte Absprünge. Wir lachten schallend. Konkurrierten um die besten Geschichten.

Ich hatte nur wenige Stunden geschlafen, als ich am nächsten Morgen mit Muskelkater vom Tanzen, heiser nach all den Gesprächen, dem Gelächter und der Achterbahn der Gefühle, dehydriert vom vielen Wein aufwachte. Der Morgen unterschied sich nicht wesentlich von den vielen Morgen in der AAO-Kommune nach einem intensiven Selbstdarstellungsabend. Nur dass ich nicht nach einer Nacht kollektiver Atemzüge auf dem Hochbett erwachte, sondern allein im Seminarhotel, das der Friedrichshof jetzt betreibt.

64

Frühjahr 2013. Ich raste auf dem Fahrrad den Blindernveien hinunter, über mir ein schwindelerregender Himmel. Der frische Frühsommerwind trieb mir die Tränen in die Augen. Ich hatte den Winter überlebt! Mein Handy signalisierte den Eingang einer SMS, ich hielt an und nahm es heraus. Auf dem Display stand: »Muehl ist heute gestorben.« Es war der 26. Mai, er war 87 Jahre alt geworden. Ich hatte ihn nach unserer letzten Begegnung 1987, als wir versucht hatten, ihm ins Gewissen zu reden, nicht wiedersehen wollen. Nun, wo er tot war, würde die Presse über den großen Künstler und den rechtsbrecherischen Utopisten schreiben.

Jetzt waren beide Täter tot – Muehl und mein Vater. Es gab nun nur noch mich. Ich hatte mich von diesen peinlichen, quälenden Vaterfiguren und ihren Systemen lösen wollen. Doch der Versuch war misslungen. Von Eltern kann man sich nicht lösen. Akzeptierte ich sie? Nein. Aber ich akzeptierte die Bindung. Die ewige Verwandtschaft.

Mit dem Wind in den Haaren, das Maschinengefühl weit hinter mir, raste ich den Ullevålsveien hinunter und überlegte, dass ich wohl bald wieder nach Berlin fliegen würde, nachdem ich das hier hinter mich gebracht hätte, in der ehrlichen Gewissheit, dass es bestimmt wieder schiefgehen würde. Alle Gedanken und Handlungen würden weiterhin unter bröckelnden Prämissen erfolgen. Trotzdem werden wir immer unser Bestes geben wollen. Ich nahm an, dass die nächste Berlinreise geplant und der Standard ein höherer sein würde. Vielleicht könnte ich ein Einzimmerapartment mit Bad und ohne braune Plüschdecken mieten, mir ein altes Fahrrad zulegen, mit dem ich im Innenstadtbereich herumfahren könnte. In sicherem Abstand zu allen Archiven, Ausstellungen und Museen über den Zweiten Weltkrieg. Vielleicht würde ich eine Gewohnheit aus der AAO-Zeit wiederaufnehmen und Tagebuch führen. Ein paar Gläser gut gekühlten Rieslings wären wohl drin. Und irgendwann, wenn ich nach der Berlinreise wieder abends im Büro säße und fast niemand mehr da wäre und es still wäre in dem großen Gebäudekomplex, im Bewusstsein darum, dass es nur wenige Stunden dauern würde, bis ich wieder zur Tür hereinkäme und mich auf denselben Stuhl setzte, würde ich manchmal denken, dass es so wirkt, als wäre die Zukunft bereits geplant, über sie wurde berichtet, sie war schon eingetroffen. Meine Überempfindlichkeit gegenüber Systemen und ihren Anforderungen war kaum abzustellen. Vielleicht half das Wissen darum. Als hätte man eine Allergie.

Ulrike Meinhof hat Anschläge verübt, um sich zu befreien. Mir würde es reichen, meinen Job zu kündigen.

Vielleicht gibt es noch einen freien Platz in der Welt.

EPILOG

Was passierte mit der AAO-Kommune nach dem Richterspruch gegen Muehl 1991? Noch während der laufenden Ermittlungen war die Kommune 1990 in einer Generalversammlung aller Mitglieder offiziell aufgelöst worden.*

Dieser vorausgegangen war im April 1990 die Gründung der Cooperation Friedrichshof, bei der alle Mitglieder notariell auf Ansprüche eingebrachter Leistungen im Sinne des Gemeinschaftseigentums verzichteten und im Gegenzug dafür alle die gleiche Anzahl von Anteilen an der eigens dafür gegründeten Genossenschaft erhielten – auch Otto Muehl brachte seine Kunstwerke ein. Der neu gewählte Cooperationsrat von 23 Mitgliedern löste die alte Führung ab und begann mit der Umstrukturierung des Besitzes. Beim Start in das Privateigentum am 1.1.1991 erhielt jedes Mitglied eine Starthilfe von 1500 DM. Die kommuneeigene Stiftung in Luxemburg schüttete das Vermögen von zirka einer Million DM nach einem gemeinsam erarbeiteten Verteilungsschlüssel aus. Die meisten zogen weg vom Friedrichshof – die Stadtkommunen lösten sich bis auf wenige auf.

Am schwierigsten war es in ökonomischer Hinsicht für die Mütter, die plötzlich die alleinige Verantwortung für Kinder hatten, die in die Gemeinschaft hineingeboren worden

* Dank an Gitta Verlei, die mit ihren Informationen zu diesem Epilog beigetragen hat.

waren, in der sie aufwachsen sollten. Viele Mütter taten sich mit anderen ehemaligen Mitgliedern zusammen und bildeten Familien. Eine neue Genossenschaft fusionierte mit der bereits bestehenden Genossenschaft, sodass das gesamte Vermögen nun in der Friedrichshof Wohnungsgenossenschaft zusammengeführt wurde. Die Genossenschaft hatte nun die Aufgabe, den Friedrichshof nach dem Wegzug vieler Kommunarden neu zu entwickeln und zu verwalten. Teil des Vermögens waren auch die Werke von Otto Muehl aus der Kommunezeit, sowie eine Sammlung aus der Zeit des Wiener Aktionismus. Viele der ehemaligen Kommunarden sind auch heute noch Mitglieder.

Ein großes Anwesen, »El Cabrito«, das 1986 auf La Gomera – einer Kanarischen Insel nach dem Schock von Tschernobyl erworben worden war, war ebenfalls Teil des Genossenschaftvermögens. Die Immobilie wurde in Form einer Aktiengesellschaft geführt, in einem ökologischen Ferienbetrieb strukturiert und später aus der Genossenschaft ausgegliedert. Heute setzen sich die Aktionäre der »Liligomera« aus früheren Kommunarden und vielen neuen Stammgästen zusammen. Der Ort ist als Urlaubsziel bei umweltbewussten und alternativ ausgerichteten Deutschen und Schweizern sehr beliebt.

Diejenigen, die in den kommuneeigenen Firmen gearbeitet hatten, waren nach der Auflösung finanziell gesehen in der günstigsten Position, da sie über Berufserfahrung, Arbeit und Einkünfte verfügten. Die Firmen wurden von den jeweiligen Belegschaften aufgekauft, die Kaufsumme floss in die Cooperation Friedrichshof. Das gemeinsame Vermögen nach Abzug aller Verbindlichkeiten wurde 1996 mit einer Million DM beziffert. Nach einem Verteilungsprinzip, auf das sich alle geeinigt hatten, wurde es an bedürftige Mitglieder verteilt und auch genutzt, um gemeinsame Schulden zu tilgen und die großangelegte Vaterschaftsuntersuchung zu finanzieren, bei der ermittelt werden sollte, wer für die Kinder unterhaltspflichtig ist.

Der Übergang vom Gemeinschaftsleben zum privat organisierten Leben war nicht nur für die Erwachsenen schwierig, sondern insbesondere für die Kinder, die in der Kommune aufgewachsen waren. Viele ehemalige Kommunekinder erhielten von früheren Mitgliedern finanzielle Unterstützung für den Besuch einer weiterführenden Schule oder Universität. Mit der Zeit gründete sich ein Verein zur Unterstützung ehemaliger Mitglieder, dessen größter Geldgeber die Genossenschaft ist.

Die Abwicklung und Umstrukturierung dessen, was von der AAO-Kommune übrig war, zog sich lange hin und verlief keineswegs konfliktfrei. Nach Muehls Inhaftierung hatten die meisten Kommunarden aufgrund der Vergangenheit und mangelnder Einkunftsmöglichkeiten den Friedrichshof oder die Stadtgruppen verlassen. Die wenigsten verfügten über genug Zeit, Kraft und Verantwortungsgefühl, um sich zu engagieren. Ein Kern von zirka dreißig ehemaligen Kommunarden blieb am Friedrichshof wohnen. Ein paar von ihnen übernahmen zusammen mit einigen von denen, die weggezogen waren, die Verantwortung für das Nachleben der Kommune.

Die schwierigste Aufgabe bestand darin, die Immobilie Friedrichshof umzugestalten und etwas Neues zu entwickeln. Der bestehende Gebäudekomplex wurde zu Mietwohnungen umgebaut. Aufgrund der medialen Aufmerksamkeit rund um den Gerichtsprozess und die Auflösung der Kommune hatte der Ort einen schlechten Ruf. Nach Jahren am Rande des Konkurses ging es aufwärts. Inzwischen hat sich der Friedrichshof zu einem beliebten »urbanen Dorf« entwickelt. Viele Bewohner arbeiten in Wien, pendeln oder haben am Friedrichshof eine Wochenend- und Ferienwohnung. Ein Teil des Gebäudekomplexes wird an eine soziale Initiative vermietet, die von der Bezirksverwaltung betrieben und vom Land Burgenland finanziell unterstützt wird und behindertengerechte Wohnungen und Arbeitsplätze anbietet. Zurzeit leben am Friedrichshof 180 Menschen.

Nach der Auflösung blieb rund um Muehl eine »Restkommune« von etwa 25 Erwachsenen und zehn Kindern bestehen. Diese zogen, nachdem Muehl seine Gefängnisstrafe verbüßt hatte, zusammen nach Portugal. Sie lebten in der Hauptsache von Muehls Kunst, dienten ihm weiterhin und pflegten ihn in den letzten Jahren seiner Krankheit. Der Kontakt zu Muehl und der Nachfolgekommune in Portugal war nicht einfach. Der Vorstand der Genossenschaft musste viele Verhandlungsrunden mit Muehl durchstehen, bis eine Einigung über die Rechte an den Kunstwerken, die er in der Kommunezeit angefertigt hatte, erzielt werden konnte. Nach etwa zehn Jahren einigte man sich über Rechte und Besitz. Erst nach dieser Klärung konnte der Friedrichshof Muehls Kunst verkaufen, die Sammler zeigten neues Interesse, der Wert der Werke auf dem Kunstmarkt stieg. 2001 wurden die Kunstsammlung, das Museum mit früheren Werken der Aktionisten sowie laufenden Ausstellungen, das Hotel und das Restaurant offiziell eröffnet. Es war ein Neuanfang.

Am Friedrichshof gibt es auch ein Archiv zur Kommunezeit mit Büchern, Zeitschriften, Manifesten, Heften, Fotos, haufenweise Ton- und Videoaufnahmen und anderem. Der

Zugang zum Archiv ist eingeschränkt. Will man Fotos oder Filme einsehen, braucht man die Zustimmung aller Abgebildeten. Aufgrund ihrer beruflichen Stellung oder heutiger Beziehungen verweigern sich jedoch viele ehemalige Kommunarden dem öffentlichen Interesse an ihrer Zeit in der Kommune. Das Archiv ist mit einer Nutzungsordnung zugänglich für wissenschaftliche Zwecke.

REFERENZEN

10 Tage Friedrichshof. Ein Report über den Friedrichshof von Kari Skollerud und Wencke Margrethe Myhre. Zurndorf 1982.

Améry, Jean: Jenseits von Schuld und Sühne. Bewältigungsversuche eines Überwältigten. Stuttgart 1997 (1966).

Andersson, Lena: Widerrechtliche Inbesitznahme. München 2015.

Anonyma: Eine Frau in Berlin. Tagebuch-Aufzeichnungen vom 20. April bis 22. Juni 1945. München 2005.

Arendt, Hannah/Blücher, Heinrich: Briefe 1936–1968, hrsg. und mit einer Einführung von Lotte Köhler. München 2013.

Badura-Triska, Eva und Klocker, Hubert (Hrsg.): Wiener Aktionismus. Kunst und Aufbruch im Wien der 1960er-Jahre. Köln 2012.

Bakke, Gunstein: Maud og Aud. Ein roman om trafikk. Oslo 2011.

Benz, Wolfgang, Graml, Hermann und Weiss, Hermann (Hrsg.): Enzyklopädie des Nationalsozialismus. München 2007.

Ben-Ze'ev, Efrat, Ginio, Ruth und Winter, Jay (Hrsg.): Shadows of War. A social History of Silence in the Twentieth Century. Cambridge 2010.

Bode, Sabine: Nachkriegskinder. Die 1950er Jahrgänge und ihre Soldatenväter. Stuttgart 2011.

Browning, Christopher: Ganz normale Männer: Das Reserve-Polizeibataillon 101 und die »Endlösung« in Polen. Reinbek 1999.

Dagerman, Stig: Deutscher Herbst. Frankfurt a. M. 1981.

Das AA-Modell. Neusiedl am See 1976.

Diedrichs, Maria: Wanderer in zwei Welten. Vom Leben in der Kommune des Otto Mühl. Klagenfurt 2010.

Ferenc, Mitja und Repe, Božo: »Die deutsche Minderheit in Slowenien in der Zwischenkriegszeit«, in: Necak, Dusan u. a. (Hrsg.): Slowenisch-österreichische Beziehungen im 20. Jahrhundert. Ljubljana 2004.

Fleck, Robert: Die Mühl-Kommune. Freie Sexualität und Aktionismus. Geschichte eines Experimentes. Köln 2003.

Fløgstad, Kjartan: »Lov og urett«, in: Morgenbladet, 16.4.2010.

Fløgstad, Kjartan: »Farleg nær. Eichmann før Jerusalem«, in: Morgenbladet, 25.12.2011.

Fløgstad, Kjartan: »Birds on a wire. Om å dyrka ornitologi etter Auschwitz«, in: Morgenbladet, 23.5.2014.

Fobrig, Susanne: Die Aktionsanalytische Organisation: Die Entwicklung einer Therapiekommune zum Untergang einer Utopie. Wissenschaftliche Arbeit zur Zulassung zum Staatsexamen. Universität Konstanz 2012.

Foucault, Michel: »Of Other Spaces«, in: Marquard Smith und Joanne Morra (Hrsg.): Visual Culture: Critical Concepts in Media and Cultural Studies. London, New York 2006.

Giordano, Ralph: Die zweite Schuld oder Von der Last Deutscher zu sein. Köln 2000.

Goltermann, Svenja: »On Silence, Madness, and Lassitude: Negotiating the past in post-war West Germany«, in: Efrat Ben-Ze'ev, Ruth Ginio und Jay Winter (Hrsg.): Shadows of War: A social History of Silence in the Twentieth Century. Cambridge 2010.

Habermas, Jürgen: Die Neue Unübersichtlichkeit, Frankfurt a. M. 1985.

Haderlap, Maja: Engel des Vergessens. Göttingen 2011.

Hanika, Iris: Das Eigentliche. München 2011.

Heer, Hannes: Vom Verschwinden der Täter. Der Vernichtungskrieg fand statt, aber keiner war dabei. Berlin 2004.

Hobson, Rolf: »Hva mistet vi med Habsburgerriket?«, in: Morgenbladet, 25.6.2014.

http://www.forum-der-wehrmacht.de/
http://www.friedrichshof.at/de/geschichte/
http://www.lexikon-der-wehrmacht.de/
Jureit, Ulrike und Reemtsma, Jan Philipp (Hrsg.): Verbrechen der Wehrmacht. Dimensionen des Vernichtungskrieges 1941–1944. Ausstellungskatalog. Hamburg 2002.
Jørgensen, Stein Inge: Tyskland som det stiger frem. Oslo 2014.
Kaltenegger, Roland: Schicksalsweg und Kampf der »Bergschuh«-Division. Die Kriegschronik der 7. Gebirgs-Division, vormals 99. leichte Infanterie-Division. Graz 1985.
Kertész, Imre: Roman eines Schicksallosen. Berlin 1996.
Knausgård, Karl Ove: Sterben. München 2011.
Knausgård, Karl Ove: Kämpfen. München 2017.
Lindstrøm, Merethe: Dager i stillhetens historie. Oslo 2011.
Mitscherlich, Alexander und Mitscherlich, Margarete: Die Unfähigkeit zu trauern. Grundlagen kollektiven Verhaltens. München 1968.
Muehl, Otto: Weg aus dem Sumpf. Nürnberg 1977.
Müller, Herta: Hunger und Seide. München 2015.
Necak, Dusan u. a. (Hrsg.): Slowenisch-österreichische Beziehungen im 20. Jahrhundert. Ljubljana 2004.
Neitzel, Sönke und Welzer, Harald: Soldaten: Protokolle vom Kämpfen, Töten und Sterben. Frankfurt a. M. 2012.
Olick, Jeffrey K.: »In the ashes of digrace: Guilt versus shame revisited«, in: Efrat Ben-Ze'ev, Ruth Ginio und Jay Winter (Hrsg.): Shadows of War. A social History of Silence in the Twentieth Century. Cambridge 2010.
Olsen, Kåre: Vater: Deutscher: Das Schicksal der norwegischen Lebensbornkinder und ihrer Mütter von 1940 bis heute. Frankfurt a. M. 2004.
Øverås, Tor Øystein: »Den andre Roth eller Joseph Roth og nasjonalismen«, in: Granta 2013.

Plath, Sylvia: »Daddy«, in: Ariel: The Restored Edition: A Facsimile of Plath's Manuscript, Reinstating her Original Selection and Arrangement by Sylvia Plath. O. O. 1965 (2004).
Reichert, Manuela: »AA Kommune. Den Kopf an der Garderobe abgeben«, in: Die Zeit, 13.5.1977.
Ruin, Hans: »Minnets sarkofag. Europas ödefråga i vår tid«, in: 10 Tal 8/9 (2012).
Rummler, Fritz: »Die Kinder des Väterchen Frust«, in: Der Spiegel, 9.5.1977.
Rumpler, Helmut und Suppan, Arnold: Geschichte der Deutschen im Bereich des heutigen Slowenien 1848–1941. Wien 1988.
Schuler, Emil: Mit dem Bergschuh in Rußland und Finnland: Kriegserlebnisse und Kriegserfahrungen der 7. Gebirgs-Division, vormals 99. leichte Infanterie Division. München 1962.
Sebald, W. G.: Luftkrieg und Literatur. Mit einem Essay zu Alfred Andersch. München 1999.
Sem-Sandberg, Steve: Theres. Stuttgart 2012.
Sindbæk, Tea: »After the ›Bloody Cloth of Krajina‹. The Yugoslav communists and the construction of a usable past out of the history of the inter-Yugoslav massacres of the Second World War«, in: Painful Pasts and Useful Memories. Remembering and Forgetting in Europe. CFE Conferance Papers No 5, Centre for Euopean Studies, Lund University 2012.
Solstad, Dag: Arild Asnes. Oslo 1970.
Sontag, Susan: »Fascinating Fascism«, in: The New York Review of Books, 6.2.1975.
Stoeckl, Peter: Kommune und Ritual. Das Scheitern einer utopischen Gemeinschaft. Frankfurt, New York 1994.
Stumpfl, Herbert: Ein autoritärer Idealismus. Gruppendynamische Prozesse eines sozialutopischen Experiments. Unveröff. Ms. 2014.

Tomkins, Silvan Solomon: Affect, Imagery, Consciousness. London 1963.

Topographie des Terrors – Gestapo, SS und Reichssicherheitshauptamt in der Wilhelm- und Prinz-Albrecht-Straße. Eine Dokumentation, hrsg. v. Stiftung Topographie des Terrors, vertreten durch: Prof. Dr. Andreas Nachama. Berlin 2010.

Uhl, Heidemarie: »Das ›erste Opfer‹. Der österreichische Opfermythos und seine Transformationen in der Zweiten Republik«, in: Österreichische Zeitschrift für Politikwissenschaft, 1 (2011).

Villanger, Aina: Langsang. Oslo 2012.

Welzer, Harald, Moller, Sabine und Tschuggnall, Karoline: »Opa war kein Nazi.« Nationalsozialismus und Holocaust im Familiengedächtnis. Frankfurt a. M. 2002.

»›Wenn du ausziehst, wirst du eine Hure.‹ Das wilde Treiben Otto Muehls in seinen Kommunen im Burgenland und auf Gomera«, in: Der Spiegel, 8.5.1989.

Westlie, Bjørn: Fars krig. Oslo 2008.

Wolf, Christa: Kindheitsmuster. Frankfurt a. M. 2007 (1976).

Wolff, Reinhart: »Spätes Bekenntnis zur Verantwortung«, in: www.taz.de (abgerufen am 20.7.2014).

Zahra, Tara: »›Prisoners of the Postwar‹: Expellees, Displaced Persons, and Jews in Austria after World War II«, in: Austrian History Yearbook, Band XLI (2010).